ドナウ、小さな水の旅

ベオグラード発

山崎佳代子

Kayoko Yamasaki

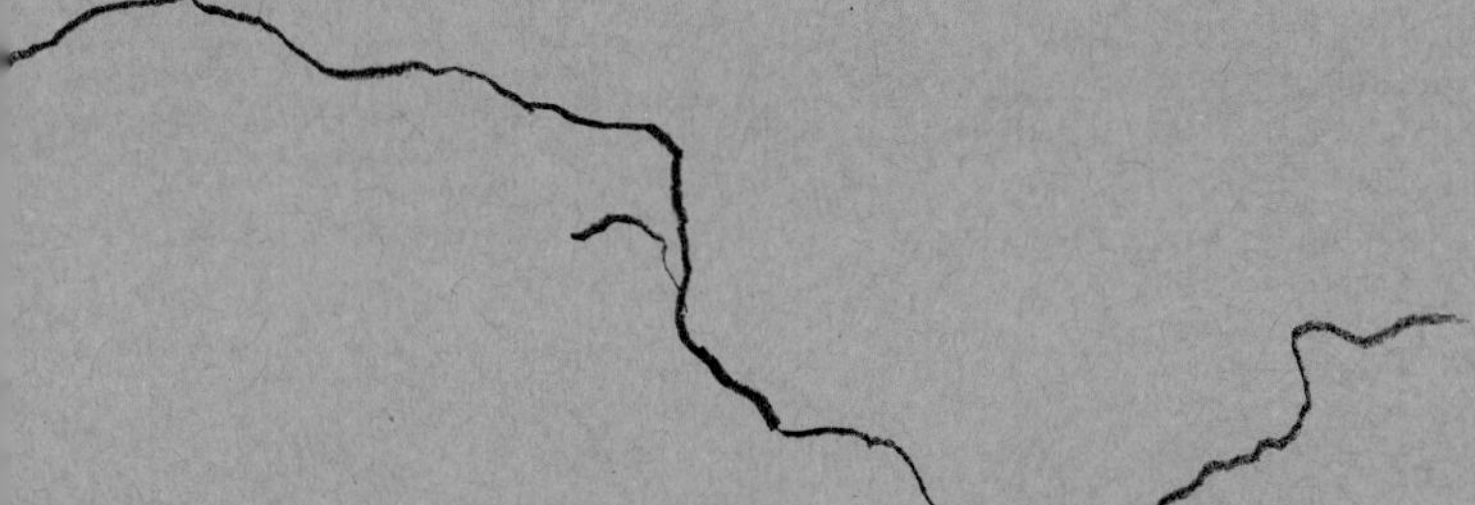

左右社

目次

プロローグ　セルビアの小さな旅　ドナウにそそぐ水たち

水のある情景が好きだ。セルビア（旧ユーゴスラビア）の首都、ベオグラードに棲みはじめて長い時間が過ぎた。セルビアは海のない国。海が恋しくなると、私はサバ川の岸辺へ向かう。我が家から十分ほど歩くと、ニセアカシアの大樹の枝を透かして、深緑の川が現れる。「まあ、湖みたい」と、母が驚いたほど、川幅は広い。ときに、砂を積んだ巨大な船が行き過ぎる。

サバ川は旧ユーゴスラビアを西から東へ流れるドナウ河の支流で最長、全長九四〇キロメートルある。スロベニアの山、クランスカ・ゴーラから流れ出し、クロアチア、ボスニア、そしてセルビアと四つの国を繋ぐ。ヨーロッパとバルカン半島を結ぶ大切な川である。

霧、雪、光、雨……。水は絶えず表情を変える。一度も、同じだったことはない。川岸に立ち、水を見つめる。空を鴎が飛び交い、川面を野鴨が泳いでいく。この流れがドナウ河に合わさって黒海に向かうのだと、想ってみる。そして私の故郷の海にも、水は溶けこんでいるのだと、想ってみる。そうすると、なんだか、ほっとする。だから、水のある情景が好きだ。

　ここからほんの三キロメートルも下れば、サバ川はドナウ河に流れ込む。その合流点を、高みから見下ろすようにして、旧き城塞カレメグダンがそびえている。ローマ帝国時代には軍営都市として栄え、シンギドゥヌムと呼ばれたベオグラード。城壁は、激しい歴史の濁流の中で、たえず支配者の名を書き換えてきた。中世に栄えたセルビア王国は、コソボの戦いに敗れてオスマン帝国の支配下におかれる。オスマン帝国の崩壊のあと、この城の主はオーストリア・ハンガリー帝国となる……。幾度もの蜂起、解放戦争……。城壁には、東と西を結ぶバルカン半島の歴史が地層のように重ねられている。

　この城壁のあたりでドナウ河は、サバ川をうけとめて、のっしりと流れていく。河岸の港にはカフェが並び、外国の豪華客船が休んでいる。

ヨーロッパ第二の大河、百二十の支流をもつドナウ河。ドイツのシュバルツバルト、つまり「黒い森」に端を発し、やがて大きな流れを形成し、十か国を繋ぐ。全長二八五〇キロメートル、その中流の五八七キロメートルがセルビアを流れている。長さでいえば、ルーマニアの一〇七五キロメートル、ドイツの六八七キロメートルに次いで三番目の長さ。オーストリアの三五七キロメートルよりはるかに長い。

　ドナウに繋がるセルビアの支流には、サバ川、ティサ川、ティモック川、ベリカ・モラバ川などがある。その川たちには無数の小川がそそぎ込む。セルビアというバルカン半島の国で、ドナウ河の小さな支流を巡るとき、歴史という時間が、あなたの胸に流れはじめる。それぞれの土地が、セルビアに生きる人々の記憶をドナウに繋がる水面に、映しはじめる。

　バルカン半島の国、セルビアを流れるドナウの支流たち。水をめぐる小さな旅へ、あなたを私は誘いたい。小さな国の岸辺から、大河の光をとどけたい。あなたの胸に水の流れをとどけたい。

旅がはじまろうとしている

セルビアを旅するときに、地層のように重なりあう歴史が立ちあがり、不思議な声たちがささやきはじめる。古代や中世の遺跡は、度重なる戦いのためか破壊が激しく、もとの形を失っていることも少なくない。だが崩れかけた形が、見えない過去の世界へあなたを誘う。西と東を結ぶバルカン半島は、世界の弾薬庫と呼ばれて歴史は複雑で、国境は絶えず書き換えられてきた。

今日のセルビアの土地は、かつてはローマ帝国の版図にあり、コンスタンティヌス一世をはじめ十七人のローマ皇帝がこの地で誕生している。本書が記すことのできなかったシルミウムは、四分統治時代のローマ帝国の四大都市のひとつ、今日のスレムスカ・ミトロビツァ市にあたり、往時の栄華をしのぶことができる。中世から近世にかけては、北へ領土を広げるオスマン帝国と、南へ広がるオーストリア帝国が、バルカン半島で幾度も衝突を繰り返した時代で、セルビアの町や村ごとに戦火が刻印を押した。だから土地ごとに、それぞれの歴史が刻まれている。ドナウ河の岸辺の町、ベオグラードの物語も劇的だ。

今日のセルビアの首都、ベオグラードは、歴史を通じて無数の戦の舞台となった。二千年の間に百十五もの戦争があったという。町は四十四回も破壊されたと記録があり、その度に蘇った町は、不死鳥にたとえられる。オスマン帝国は、この町を「聖戦の家」と呼んだ。古代から多くの地図に記され、二大帝国がせめぎあった十七世紀から十八世紀にかけては、各国の言葉で二百枚以上の地図が残されていると聞く。スラブ語の地名「ベオグラード」が登場するのは九世紀のこと。ローマ法王がブルガリア皇帝ボリス一世に宛てた書簡にあったと言われ、「白い町」を意味している。

ベオグラードの歴史を雄弁に物語るのは、カレメグダン要塞である。トルコ語でカレとは要塞、メグダンとは野原のこと。今日の姿は、十九世紀末、イギリスやフランスの公園をモデルにエミリヤン・ヨシモビッチが設計。三〇ヘクタールの広大な要塞跡に、セルビアの文学者の胸像が数多く並び、樹木と花々が季節を告げ、小鳥が歌い、栗鼠たちが枝を渡る。サバ川がドナウ河に注ぎ込む河口を一望できる地点に、町の象徴、イバン・メシトロビッチの彫刻「勝利者」が、鷹を手にして水を見つめている。

カレメグダンはベオグラード発祥の地、つねに東と西の「境」であり、長い時を経て、地形はすっかり変わった。多くの血が流れ、支配者は幾度も変わった。かつては、この地点でパンノニア平原とシュマディヤの山岳地帯が交わり、要塞は絶壁の上にドナウ河とサバ川を見下ろすように築かれたというが、その面影はない。

ここに最初の集落を形成したのはケルト人で、彼らは町をシンギドンと名付けた。その後、一世紀から二世紀にローマ帝国の軍営都市シンギドゥヌムが生まれ、第四軍団フラウィア・フェリクスが駐屯する。帝国の境界リメス、コンスタンチノープルに向かうビア・ミリタリスの要所として、町は栄えた。この町に生まれた皇帝にはヨウィアヌス帝があるが、その治世はわずか三六三年から三六四年までの八か月、不穏な時代がそこまで来ていた。ゴート族の攻撃がはじまり、五世紀にはフン族が侵入、町はすっかり荒廃する。六世紀に都を復興したのは、ローマ帝国のユスティニアヌス帝だった。この町にスラブ民族が定住するのは、七世紀初頭のこと。ベオグラードは、十一世紀にはビザンチン帝国の都市として、ハンガリー王国との国境の町となった。十二世紀、ビザンチン帝国のマヌエル一世コムネノスは要塞を拡張してハンガリーを攻撃したが、一一八二年には、ハンガリーがベオグラードを占領。ビザンチン帝国支配の時代が終焉する。

十二世紀末から十三世紀、ベオグラードを取り巻く地勢的な状況はさらに変化し、ベオグラードはハンガリー王国とセルビア王国の国境の町となる。一二八四年、ハンガリー王国との協定により、セルビアのドラグティン王（一二七六―一三一六）はベオグラードを治め、サバ川とドナウ河の岸辺の防衛にあたるが、王の死後、町は一三一九年にハンガリーに返還される。

ベオグラードがふたたびセルビアの町となるのは、十四世紀末から十五世紀初頭。ラザル公の息子ステファン・ラザレビッチ専制公が、この町をセルビア王国の首都と定めた。だが一四二七年、専制公の死後、町はハンガリー王国にふたたび返還される。

中世には、オスマン帝国とハンガリー王国との激戦の舞台となった。ベオグラードは、キリスト教圏を守る要塞として、大切な役割を担う。一五二一年、オスマン帝国のスレイマン一世はハンガリー王国を破り、ベオグラードに入城して、町を支配下に置いた。以来、一六七年間にわたり平和が続き、交易も盛んになって、ベオグラードはオスマン帝国の町として栄える。だが一六八三年、ウィーン包囲に失敗したオスマン帝国は衰退し、十七年間続くオーストリア帝国との戦争のために町は荒廃し、殺戮《さつりく》と強奪と飢餓の地獄と化した。ベオグラードは、一六八八年にオーストリア帝国に征服されたが、一六九九年、カルロビッツ和平条約により、ふたたびオスマン帝国の版図に入る。

その後も、ベオグラードは二大帝国の狭間にあって激しく揺れる。一七一七年、司令官サボイ公オイゲンの指揮により、オーストリア帝国軍がオスマン帝国軍を破ると、一七三九年までベオグラードはふたたびキリスト教圏の砦となるが、一七四〇年にオスマン帝国はベオグラードを奪回し、オーストリア帝国は対岸の町のゼムンに後退した。

十八世紀後半は、オスマン帝国の衰退期とセルビア人の民族高揚の時期に重なる激動の時代だ。オスマン帝国の内部では中央権力の衰退がはじまり、最精鋭部隊イェニチェリが各地で反乱を起こす。一八〇四年に、弱体化したオスマン帝国に対して、セルビアの第一次蜂起が始まる。ベオグラードは一時、カラジョルジェの率いる蜂起軍の手におちた。だが、蜂起は失敗に終わる。一八一五年、ミロシュ・オブレノビッチ公は第二次セルビア蜂起を指揮、オスマン帝国からの解放地を広げてセルビア自治公国を築く。その後、ミロシュの後を継いだミハイロ公は、一八六七年、和平条約によってオスマン帝国からカレメグダンの鍵を受け取り、ベオグラードはふたたびセルビアの町となる。一八七八年のベルリン会議でセルビアは王国として国際的に承認され、ミランはセルビア王を名乗った。

しかし、セルビアの近代化は苦難に満ちていた。カレメグダンは、第一次世界大戦ではオーストリア帝国軍とセルビア軍との激戦地となった。多大な犠牲をはらってセルビア王国は勝利し、ベオグラードはセルビア人・クロアチア人・スロベニア人王国の首都となる。一九二九年に、ユーゴスラビア王国と改称され、多民族国家の道を歩んだ。

だが、平和は続かない。第二次世界大戦が勃発すると、一九四一年四月六日、ナチス・ドイツはベオグラードを爆撃、ユーゴスラビア王国はナチス・ドイツの占領下におかれる。多くの命を犠牲にして解放運動が繰り広げられたが、ベオグラードには、アウトコマンダと呼ばれるユーゴスラビア王国の操車場、旧見本市会場、ズベズダラ、そしてバニツァと四か所に大規模な強制収容所が置かれ、ヤインツィの処刑場をはじめ、町の各地には夥しい数の処刑場が作られ、ナチス・ドイツによる虐殺が繰り返された。連合軍もベオグラードを爆撃し、町は文字通り、瓦礫と化す……。

一九四五年、ベオグラードは、ユーゴスラビア社会主義連邦共和国の首都として、新たに出発する。東欧でもっとも西側に近い国として、比較的、物資も豊かで表現の自由もあり、穏やかな時間が流れた。だが、ベルリンの壁が崩壊し、東西冷戦構造が崩れると、多民族国家も解体していく。一九九一年から内戦が始まり、一九九九年三月二十四日から七十八日間、ＮＡＴＯによる空爆が続き、町は破壊され、幼児もふくめ多くの市民が犠牲となった。ミロシュ公通りは、空爆通りと呼ばれた。今もなお連邦国防省、参謀本部は巨大な廃墟のままだ。戦後のユーゴスラビア建築の傑作とされ、重要文化財であるがゆえに、今もなお修復の見通しが立たず、天井が抜けた瓦礫の部屋から樹木が生えて枝を伸ばしている。完全に破壊された共和国内務省は、二十年近い歳月を経て、ガラス張りの高層ビルとなり、サバ川を見下ろしている。空爆の跡は消されて、悲劇は忘れ去られ、町は記憶を喪失していく。

本書に記録した町や村は、いずれもベオグラードに劣らず、苛酷な歴史をくぐりぬけてきた。それぞれの町、それぞれの村が、それぞれの過去を秘めている。ラキアと呼ばれる土地の火酒やワイン、肉料理やチーズの味、人々の暮らしぶりには、土地の風が香り、小さな水のささやきが聞こえるだろう。小さな水たちは、ドイツの「黒い森」から流れ出るドナウ河に溶け込んで、黒海へ旅を続けていく。あなたの旅が始まろうとしている。今は形を失ったもの、見えないものに思いを馳せるとき、土地はあなたの書物となる。よき旅を祈る。

ドナウ、小さな水の旅

ベオグラード発

地球は震えている　東京からベオグラードへ

静けさの春

ベオグラードに帰る前に、海が見たい。三月十日、鎌倉を訪ねた。木曜日の江ノ島電車。太平洋が朗らかに広がる。極楽寺を訪ね、庭の梅の花の香に心打たれた。わずか二週間の日本滞在が夢のように過ぎ去ろうとしている。翌日の三月十一日、金曜日。東京の従兄弟の集合住宅の六階、床にトランクを広げ、荷物の整理をしていた。テレビの時代劇から聞こえる日本語が、耳に心地よい。午后二時四十分ころ、突然、画面からベルが鳴り地震警報が発せられる。三陸沖が震源地らしい。と、わずか数分でぎしぎしと建物が揺れ始めた。窓のむこうの灰色の高層ビルも、ゆさゆさと激しく左右に揺れている。近くには誰もいない。今までにないほどに、長いこと建物は揺れ、とうとう縦型ピアノが動きはじめ、楽譜がばらばらと落ちていく。カタカタと乾いた音をさせて震えるテレビの画面は、地震が東北地方を襲ったことを告げ、津波警報を発している。傍にあった椅子の足をしっかりつかんでしゃがみ、揺れが止むのを祈るほかなかった。なんということなのだろう。なんということになったのだろう。唇がかさかさに乾いていた。

それから廊下に出た。お隣さんがドアを開け、知り合いと話している。怖かったですね、と言葉を交わす。「上の階から水漏れがして、水浸しです。お宅は大丈夫ですか」と、お隣さんはおっしゃる。互いの無事を祈り、部屋に戻る。ぶるぶると体が震えている。何度も余震がやってきた。携帯電話で従兄弟夫妻を何度も呼ぶ。電話は切断されている。窓から外を眺めると、人々が確かに歩いている。エレベーターは動かない。階段を下りていくと、女の人が帰ってきた。大きい揺れでしたね、と声を交わす。こわごわ外に出る。

　代官山の駅は人であふれていた。電車は止まった。だれもが静かだった。大きな声を上げる人はない。駅のそばの電話ボックスには人の列ができていた。携帯電話はまだつながらない。人々は歩いて家に帰ろうとしている。不思議な静けさに、哀しみが染みこんでいる。一九九九年三月二十四日、ＮＡＴＯによる旧ユーゴスラビア（セルビア・モンテネグロ）空爆がはじまった春の日、あのベオグラードの静けさを想い起こした。空襲警報が国に響きわたる。あの日の人々もやはり、静かで厳かだった。だれもが優しくなり、声をかけあい励ましあった。先ほど言葉を交わした女の人たちの声が、あの日の人々の声に重なった。

　翌朝、成田に向かう。高速道路は閉鎖されバスも通わず、成田エクスプレスも運行中止。総武線で千葉へ、そこから成田線に乗るほかはない。東京駅の構内は、緊張した空気がよどみ、人の川が流れていく。やっとのことでホームにたどり着く。車内は混み合った。大きなトランクを携える人々。そこに家族が乗り込んでくる。お父さんがベビーカーを押している。弟を守るようにお下げの女の子が立っている。子供たちの笑顔に、私は救われた。

やっと着いた空港は、今まで見たこともないほどの人の列だった。青い寝袋とオレンジ色の毛布が貸し出され、通路にはダンボールに寝袋を敷き、ラップトップの画面を見つめる若者たちがいた。世界の人々がみんな故郷を失ったような光景だった。飛行機は定刻に出てしまい、空港で夜を明かす。こわばった体をベンチに横たえる。子供の咳、大人の咳、さまざまな国の言葉の話し声が聞こえる。疲れが襲い、眠りに落ちていった。

夜が明けた。なんとかチェックインできる。荷物を預けようとすると、照明器具が恐ろしい音を立て、空港は激しく揺れた。余震だ。係の女性は、昨日はもっと怖かったんですよ、と囁く。だが、何もなかったように誰もが冷静に仕事を続け、旅行者たちはおとなしく順番を待っている。飛行機に搭乗する。機体が空に浮かぶ。窓に顔をつけて、ゆっくりと視界のなかで小さくなってく灰緑色の日本を見とどけた。

長靴とスニーカー

シートの小さな画面で日本語のニュースが始まる。福島第一原発は津波により冷却装置が故障、煙を上げている。被災地の模様が映し出される。避難所に集まる人々。仙台が燃えている。はじめて涙が流れた。声を立てずに泣いた。一九九〇年代、ユーゴスラビア内戦で難民となり家や肉親を失った人々の長い列が、被災した人たちの姿に重なる。

夕方、チューリッヒに着いた。疲れ果てた身体が、ときおり奇妙に揺れた。喉が渇いていた。食欲はない。早めにベッドに入り、大きな画面のテレビを付ける。NATOの旧ユーゴスラビア空爆以来、信用していないCNNのニュース。女性記者が、仙台、福島原発、津波の模様を伝え、泥の中から見つかった子供の長靴が映し出される。次はリビアのトリポリで、男性記者は瓦礫の中から片方だけの子供のスニーカーを拾い上げ、ガダフィはひどい独裁者だと説いている。

翌朝の早い飛行機で、ベオグラードに着いた。友人たちから「日本を襲った地震に胸が痛む、一日も早く、みなさんが立ち直ることを祈る」、といったメッセージがいくつも携帯電話に届いている。電話は鳴り続け、友人や知人からのお見舞いの声を聞いた。

当地の市民の日本人に対する共感は、人間らしい深さがあった。NATOによる空爆や内戦で十年以上も苦労し続けた国である。市場ではチーズ売りのミリツァさんが、無事でなにより、とチーズをおまけしてくれた。日本から人道援助を受けた貧しい町プロクプリェでは、真っ先に町長が被災地への募金を始めた。ベオグラードの若者たちが中心となり、日本語を学ぶ学生が折った折鶴を配り募金を集め、思い思いに赤と白の洋服を着た市民たちを集め、日の丸を模って、日本の人々にメッセージを発した。セルビア赤十字も携帯電話で義捐金を募る。日本から文化援助を受けたベオグラード・フィルは、チャリティー・コンサートを開いた。

「日本人は実に規律正しく行動した。店員のいない壊れたマーケットから品物をとると、代金を置いていく日本人は誠実な民族だ。日本人は優れた組織力があり高度な技術を持っているので、原発の問題も解決できる。日本人は犠牲の精神があり、被爆も恐れず市民の安全のために作業員が危険を冒して原発の修理にあたっている。立派だ、神風だ……」というコメントがメディアに多く、「正確で勤勉な善き日本人」像が生まれた。これとともに原発がいかに安全か、という発言が、毎日、専門家から繰り返された。

政治学部の学生は、講師に専門家を招き、「日本の市民を支える会」を催した。教室には百人ほどの学生が集まった。原子力の専門家は、「原発恐怖症」には根拠がないと言い、原発は安全でクリーンで廉価なエネルギーであり、日本は最新技術を駆使して問題は解決するはずだと語った。地震学の研究者は、日本の地震学は優れており、日本人から地震対策を学ぶべきである、と唱えた。政治学者は、核エネルギーに対する恐怖は実際にある、一九八六年の春のチェルノブィリの事故ではベオグラードにも灰が飛んできて危険だった。この地震で世界は驚愕し、リビア空爆も、そのために数日間、決定が遅れた、自然の力、人間の暴力をどう抑制するのか、それを考えるときが来た、と結んだ。

日本文学研究家は、谷川俊太郎の「空に小鳥がいなくなった日」を朗読し、この地震は現代文明に発せられた警告だと語った。天災であると同時に人災であり、豊かさとは何か問い直すときが来ている、と。会場からは社会政治学の研究者が発言した。「核廃棄物の処理は未解決、テロ対策をどうするか。原発は危険な問題を孕んでいる。人間には完璧という言葉はない、思いもよらぬ小さな間違いが悲劇をよぶ。多くの犠牲を出す技術が、廉価だといえない」と。学生たちは実に静かに、真剣に聞きながらノートをとる。会は二時間にも及んだ。私語はひとつもなく、若者たちの静けさこそ、日本の地震の犠牲者への哀悼、原発で厳しい作業にあたる人々へ捧げる愛、に思われた。

地球はまるい

昨日は、よく晴れていた。買い物に出る。団地に並ぶ屋台で、衣料を売るスネジャナさんと立ち話する。彼女の家族は旧ユーゴスラビア内戦で故郷を失って、ずいぶんと苦労した。「ご家族は大丈夫だったのね。被災者の方たちはどうしているでしょう。私も戦争で難民として苦労してきたから皆さんの気持ちがよくわかる。どうやってお葬式を出すのでしょうか。それに原発も心配だしね。ここ十五年で世界は変わった。大きな欲望が世界を動かしている。地震は神の怒りで、犠牲となったのは罪のない人たちだわね」と言った。

夕方には、心理学者のベスナが電話をくれた。難民支援活動の旧友だ。「あなたのこと、心配したわ。無事でなにより。スメデレボの難民センターの子供たちは、地震のニュースに動揺していた。智恵子さん（難民支援団体ACC代表）はどうしているの、かずこさん（詩人白石かずこ）はどうしているのと、みんな日本の仲間のことを心配していた。ところで地図を見て驚いた。地震国日本に原発が五十四基もある。それにヨーロッパだって原発だらけじゃない。フランス、ドイツ、イギリス……。ブルガリアにも原発があって、セルビアとの国境にも建設予定。ドナウの支流サバ川の上流には、旧ユーゴスラビアの共和国だったスロベニアのクルシコに原発があるし。事件が起きたら大変ね。ドナウ河が汚染されれば、ひとつの国の問題ではないもの」。

夜のテレビの画面は、地震のあと海を漂流していた犬が救出されたと日本から伝え、リビアからはトリポリの空爆の模様を伝えている。ひとつの国に救いの手をのべ、ひとつの国には戦闘機を送る。今日の文明、哲学とは何なのだろう。世界には多くの震源地があり、数多くの原発がある。地球はこれからも震え続けるだろう。

地震から一か月が過ぎようとしている。サバ川の光も潤みはじめ、岸辺に山林檎の花が咲きはじめた。そよ風に花びらが流れる。春風にのって、福島原発からは放射能物質がベオグラードにも届いた。微量で人体には影響はないと言う。地球はまるい。

どんなよろこびのふかいうみにも
ひとつぶのなみだが
とけていないということはない

ふと、谷川俊太郎の詩「黄金の魚」が心をよぎる。灰緑の川の水に、鎌倉のおだやかな海の光を重ねていた。

秋の海、ではなく

ドナウをくだりスメデレボの古城へ

ベオグラードから四七キロ東へ車を走らせる。海を思わせるように、ドナウ河は川幅をゆったりと広げていく。秋の澄み切った空の底から、ときおり白い鴎があらわれて、水面に舞い降り魚を狙う。ゆっくりと汽が水をすべっていく。どうして海を思わずにいられようか。

スメデレボの町が岸辺に姿をあらわす。壮大な城壁が、ドナウ河の灰緑色の水に影を微かに震わせている。スメデレボは、かつて中世セルビア王国の最後の首都であった。今日、城のまわりは広々とした草地となっているが、トルコの支配下では城下町として栄え、商店や人家がひしめきあっていたと聞く。だがその面影はない。広場の傍らには鉄道の引込み線が延びている。その傍らにそびえ立つ塔は破壊がひどく、うらぶれた感じがする。赤茶けた石は同じような大きさに切られ、整然と重ねられていたはずだが、今も癒えることのない傷を残して黒々と崩れ、そこに勢いよく雑草が小さな花を咲かせている。

スメデレボ城　歴史の光と影

ドナウ河の岸辺に、スラブの民が住みはじめたのは六世紀から十世紀のこと。セルビア人もこの時期にバルカン半島に移住、畑を耕し家畜を飼い集落を形成していった。十四世紀のドゥシャン大帝の治世には、バルカン半島の三分の二を領土とする大帝国となった。だが大帝の死後、セルビア王国は衰退の道をたどる。オスマン帝国は勢力をのばしつづけブルガリアを破り、さらに一三八九年にはコソボの戦いでセルビア軍をうち破った。セルビアは正教会の聖地コソボを失う。それは、キリスト教の生活圏をイスラム教の支配に譲ることをも意味した。

コソボの地をトルコに奪われると、セルビアの専王ジュラジュ・ブランコビッチは、スメデレボの地に城を築き、堅固な城壁で囲みセルビアの首都と定めた。ベオグラードは当時、ハンガリーの支配下にあった。城の規模は、当時のヨーロッパの平城でもっとも大きかったといわれる。まず一四二八年から三十年にかけて内郭が築かれ、それから一四五九年までの間に城壁の建築が進められ、十九の塔が築かれた。高さは二〇メートルから二五メートルにも及ぶ。大砲をすえる台場が用意され、衛兵たちが見張りに立てられた。築城にあたっては、土地の男たちが集められて、石を切り出し運び積む厳しい仕事が課せられた。過酷な労働に耐えられず、屈強の男たちすら逃げ出した、と叙事詩には歌われ、ギリシャ出身の王妃は、呪われたイェリナと呼ばれ民から疎まれたと伝えられる。

かなり急な石段を上ると、城壁の上からは三百六十度の視界が開ける。ドナウ河の対岸に広がるパンノニア平原は、築城当時、ハンガリー王国の領土であった。こちらの岸辺の背後には、オスマン帝国が迫っていた。この塔に見張りに立った兵士たちは、どんな思いを抱き、広大な草原を見つめていたろうか。なにひとつ油断はならなかったはずである。北からはハンガリー王国、南からはオスマン帝国と、恐るべき二つの勢力にセルビア王国は挟まれていたのである。オスマン帝国は一四三九年にスメデレボに攻め入り、一四五六年にジュラジュ専王が死去、一四五九年にオスマン帝国に城の鍵が譲られる。スメデレボはオスマン帝国の軍事的な拠点として、また商業都市として繁栄した。五世紀にもおよぶオスマン帝国の支配から祖国を解放しようと、セルビア人は一八〇四年に蜂起する。やがて自治を獲得したセルビア人は、一八六七年四月には城門の鍵をオスマン帝国から取り戻した。

しかし一九一四年に第一次世界大戦が勃発、スメデレボはオーストリア帝国の手に落ちる。激しい砲撃で町は廃墟と化した。一九一八年、セルビアはふたたびスメデレボを奪回。だが第二次世界大戦が始まると、一九四一年四月六日、ナチス・ドイツはベオグラードを空襲、セルビア全土を占領する。スメデレボ城もナチスの手に渡った。

夏の日のこと　花と鳥

それは一九四一年六月五日のことであった。時計が十四時十四分を指す。と、ドナウ河に激しい爆発音が響き渡り、スメデレボの町は、一瞬のうちに激しい炎に包まれる。美しい初夏の情景は地獄図となった。大量の火薬が爆発したのである。

ナチス・ドイツは、セルビアの各地から砲弾や火薬を没収、この古城の草地に集めていた。鉄道で運ばれたものもあれば、ドナウ河を下る貨物船で運ばれてきたものもある。城跡は、にわか作りの火薬庫となった。そこで働かされていたのは捕虜たちである。反ナチ活動家、社会主義者、ユダヤ人もいたろう。火薬は野ざらしの状態で、管理はずさんだった。初夏にしては異常なまでに暑い日、例年になく気温が高かった。火薬は貨車に千二百台分もあった。それが炎天下で自然発火したのである。大量の火薬の爆発、それは巨大な爆弾を空から投下したのと同じこと。スメデレボ市は一度に破壊され、当時の人口八千人のうち三千五百人余が即死、夥しい負傷者が出た。すさまじい爆風に、町のなかで残った家はたった七軒だったという。

この町の詩人ゴランは語る。

「まるでヒロシマですよ。私の祖父の家は郊外にあり、農業を営んでいました。葡萄を栽培する農家の家は、長さが五〇メートルもある細長い造りです。広い庭は、助けを求める負傷者であふれていました。祖父は、大きな木製の盥《たらい》に火酒をなみなみと注ぎ、そこにまっさらなシーツやテーブルクロスを出させると、引き裂いて浸します。消毒のためですよ。家の者たちは、それを包帯にして負傷者の傷の手当てをはじめました。嫁入り支度にと、まだ若かった叔母が、色鮮やかな刺繍で花や鳥を縫い取りした、真新しいものでした。

悪いことに、いくつもの偶然が重なり、悲劇は大きくなりました。市日でしたから、午后二時といえば、近くの村から市場で売り買いをしていた人々が家路につくころです。また戦時下ということで、いつもなら六月二十八日に学年が終わるのが繰り上げられて、この日が終業式となったため、成績表を手にした生徒たちも駅に集まっていました。それからセルビア北部がハンガリーの親ナチ、ホルティ政権の版図に組み込まれたため、ノビサドの劇場はスメデレボに拠点を移しており、この日はちょうど給料日、月給を手にした劇団員たちもほろ酔い加減で家に帰るところでした。汽車は、農家の男女、生徒たち、俳優たちで満員だったのですよ。この爆発事故で、列車はひとたまりもありませんでした。八百人の乗客は全員が即死でした。劇団員も一人残らず死にました」。

かつてセルビアには、年頃の娘たちが、母や祖母たちから教わって機を織り、織り上げた布に刺繍を施して、テーブルクロスや寝具、夫となる人のシャツなどを少しずつ調えるという慣わしがあった。夢みるように、美しい糸を選び、針をさしていった娘の指を思い描いてみる。引き裂かれ、木の盥の火酒に浸されて、血まみれの腕や足、顔や胴体に巻きつけられたシーツを思い描いてみる。まっさらな白い布、そこに縫い取りされた花びらや鳥の翼を、鮮血が染めていく。激しい痛みに人々が呻いている。不規則な呼吸が聞こえる。だんだんに脈が弱くなり息絶える人……。「怪我をした人のなかに妊婦さんがいてね、庭で出産がはじまったと聞きましたよ」とゴランさんは言った。

静かな光の中で

二〇一〇年、十月二十三日の朝。スメデレボの詩の秋と名づけられた詩祭が始まっていた。本年で第四十一回を迎える。優れた世界の詩人に贈られる「スメデレボ金の鍵賞」の二十五人目の受賞者となった詩人白石かずこさんも、はるばる東京からやって来た。散歩にお誘いする。街路のプラタナスの並木は黄金色に木の葉を染め、枝を愉しげに伸ばしている。城壁のまえの広場に二人で立って、真っ青な空にそそり立つ高い塔を見上げた。「美しいわね。もう二度と見られないかもしれないわね」と、かずこさんがしみじみとおっしゃる。「一期一会というのだから、どの景色も一度しか見られない、そうでしょう」と私は言葉を返す。空気が冷たい。かずこさんの喘息の発作が起こるのを恐れ、内郭へ入るのはやめる。石段を上ってドナウ河を見ていただきたかったが、それもよしておく。静かな光の中で、もう一度、何も言わず城壁を見つめた。これでいい。

かずこさんが手にした正賞の「金の鍵」は、この城門の扉の鍵のレプリカである。セルビアの専王が築いたスメデレボ城の鍵は、川のように果てしない時間の流れのなかで、まずトルコの手に渡り、さらにオーストリア・ハンガリー、はてはナチスの手に渡った。そのたびに多くの血が流れ、町は廃墟と化した。多くの犠牲を払った第二次大戦後は、多民族国家ユーゴスラビアのもとで、現代都市として発展した。製鉄所や食品工場、ワイン工場などで繁栄し、近郊からも人が集まり人口も増えた。働く人々のために次々と集合住宅が建てられ町は姿を変えていった。

だが一九九一年に国家解体の悲劇がはじまった。一九九九年には、ＮＡＴＯによる空爆でスメデレボは何度も攻撃される。市民のライフラインだったドナウ河に架かる橋も落とされた。コソボからは難民となった人々が流れ込み、欧州で一番大きいといわれる難民センターで、今も五百人あまりの人々が生活を続けている。公営企業の私有化により、社会主義時代の企業はただ同然で外国資本に売られた。第一次大戦直後に創業した製鉄所は、アメリカに買われた。町は失業者であふれている。スメデレボ城は、血を流しながら所有者を変えてきた。移ろいゆく民族の存亡の姿を水に映して、ドナウ河は流れつづけてきたのだった。

その日の午后、ひとりでゆっくりと川岸を歩いてみた。白石かずこ対訳詩集を編むという難しい仕事も無事に終わり、書物もできあがった。久しぶりにほっとしたかった。川辺を行くと、男の人が舟を川岸につけていた。子供を岸辺に降ろそうとしている。揺れる舟に、女の子が怖いよと泣いている。父親の手につかまり、なんとか岸に上がる。やっぱり泣いていた小さな弟も、父親に抱きかかえられて岸に上がる。二人は笑いながら岸辺を駆けていく。父親は舟を杭に繋ぐと、その後を歩いてゆく。秋の太陽のぬくもりを人々は楽しんでいた。

「ドナウよ、ドナウよ、おいらの海よ、お前に昇る朝日ほど、この世にきれいなものはない……」土地の人ならば誰でも知っている昔の流行歌を思い出した。二拍子で泥臭い旋律である。居酒屋で酔っ払いが楽しそうにうたう唄、長距離トラックの運転手や職人さんがラジオの音量をめいっぱい上げて聞く唄。オーケストラの演奏で、上品なタキシードや豪華なドレスに身を包んだ男女が踊る三拍子のウインナ・ワルツとは大きな違いだ。世界には様々な国があり、与えられた土地でそれぞれ人は生きていくほかはない。単純な事実である。が、ときに壮絶なまでに歴史は残酷だ。川辺を歩きながら、そんなことを思った。

　その日の夕映えは、ひえびえと燃えて美しかった。並木道の柔らかな落ち葉を踏むと、甘い香りがした。ドナウ河には匂いがあるよ、と土地の人が言っていたのを思い出す。息を胸いっぱいに吸い込む。日が傾きはじめると、いっぺんに気温が下がりはじめた。散歩を終えると、かずこさんの待っているホテルへと坂道を急いだ。夕映えのドナウも、やはり海に似ていた。

石、風、火

ドナウをわたりルーマニアへ

麦畑がどこまでも続き

四月の終わり、見知らぬ町の夢を見た。谷間に、茜色の屋根の家が立ち並ぶ。その三日後、ルーマニアの詩人リュビツァ・ライキッチから電話があった。レシツァ国際詩祭に招待する、日本の大地震で被災した方々に詩を捧げましょう、と言う。必ず行くわ、と私。

　五月の終わり、ベオグラードからルーマニアへ。灰緑のドナウに架かる橋を渡ると、パンノニア平原がはじまる。緑の麦畑がどこまでも続き、空は果てしない。パンノニア平原は、ヨーロッパの穀倉地帯。太古、この地は海だった。だから空の輝きも色も地中海と同じ、そんな友達の言葉を思い出す。初夏の風を切って車は走り、ベーラ・ツルクバに出た。ルーマニアとの国境の町である。リュビツァの夫、ペーラの車に乗り換える。青々とカルパチア山脈が連なる。山にはチャウシェスクの時代にサナトリウムがあったが、今は閉鎖された、民主主義のせいでみんな健康になったから、要らないのだ、とペーラ。耕す人のない畑や果樹園が点々と続く。ＥＵ加盟以後、かつて盛んだった農業は不振、官僚主義が小規模の農家を潰す、ＥＵは大国が小国を搾取する装置さ、と彼は言った。

田舎道を一時間ほど走ったろうか。山道を下ると、丘に囲まれるように町が現れる。団地や工場の煙突、レシツァだ。リュビツァが私たちを待っていた。彼女はセルビア系、ペーラはルーマニア人、三人の息子も詩祭を手伝っている。ブカレストの若い詩人たち、テミショワラの批評家ジジと夕食。セルビアからゴランも着いた。セルビア語、ルーマニア語、英語が、フォークやナイフの音に混じりあう。ふとリュビツァは語りはじめた。

「一九八六年の冬のこと。みんな貧しかった。暮らしに困った妹夫婦は、セルビア、つまり当時のユーゴスラビアに移住しようと考えた。まずブカレストの役人に化学調味料とか、ささやかな贈り物をもっていき、出国の許可をもらおうとしたけど無駄だった。一月の寒い夜、妹の家族はこっそり国境を越えることにする。凍てつく闇を引き裂くように犬が吠えはじめた。国境警備隊だ。夫は担いでいた南京袋を放り出し、雪の上に身を伏せた。犬の注意をひき、妹たちを逃がすためだ。袋にはまだ一歳にもならぬ息子が入っている。妹は袋を抱きかかえ、必死に駆けた。警察犬は夫に襲いかかり、八つ裂きにした。遺体は無残なものだったわ。妹は息子と国境を越え、ベーラ・ツルクバに逃れた。妹は夫の墓を建て、毎日を墓地で過ごしていた。家主が同情して結婚してくれた。ずっと年上の人。いい人だったけど、酒に溺れて死んだ。苦労ばかりの人生ね。では、お休みなさい」。

　次の日もよく晴れた。レシツァは十八世紀から炭鉱の町として栄え、ドイツ人が移り住み、第二次大戦後は製鉄工業で発展したが、共産主義体制崩壊後、工場はほぼ操業停止、過去の輝きは失せた。現在、人口は八万ほど。夫婦でＥＵ諸国へ出稼ぎに行く者が多く、子供たちは祖父母に育てられる、と聞く。町をブルザバ川が勢いよく流れていく。ゆったりと夕暮れが訪れて、町の劇場で朗読が始まる。舞台には灰色をおびた幕がかけられ、樹木の枝の影と橙色の太陽が映しだされ、墨絵を思わせる。日本の人々への想いに胸が熱くなる。土地の子供の合唱ではじまり、ルーマニア語のほかイタリア語、スペイン語などが響き朗読が続く。遠い国の人の命を想うこと、詩の言葉に人が集うことについて考えた。

　翌日の午后、バスでオラビツァへ向かう。バスはゆるやかなカーブの続く山道をたどる。小さな駅に、二両編成の旧い列車が止まっている。駅は一八四九年の開設。私たちは三十二人。一日に二便か三便、いつもは乗客が一人か二人、こんなに切符を売ったのは初めてと、駅員さんが目を丸くする。みるみるうちに黒雲がたちこめ、車両に乗り込んだ瞬間、雷雨となった。アニーナ駅へ出発。木製のベンチに腰かけ、おしゃべりがはじまる。時速二〇キロで広葉樹の森を走る。樹の枝が窓にあたり山の香が流れ込む。眼下に深さ五〇〇メートルの谷底が続く。ほとんど集落はない。ぽつんと農家が現れ、農夫の姿が見える。ジジが村の名を教えてくれる。チャウシェスクの時代はどうでしたか、と尋ねた。そのころ教師をしていました、と短い答えが返ると、トンネルに入り、機械音と暗闇が会話を断ち切った。三三キロメートルの路線に、十ほどトンネルがあり、闇と光が現れては消える。

「アニーナはね、一七九二年、オーストリアがここに炭鉱を作ってから栄えたの、二〇〇六年に閉山となるまでね。炭鉱夫はこの列車で仕事に通った。ウランも出たわ。鉄道はオーストリア・ハンガリー帝国が作ったもので、ルーマニアで最も古い。セルビアにも続いていたけど、そちらは廃線になったわ」とリュビツァが語る。

車窓を眺めていた私は、あっ、と声を上げた。夢に見た町なのだ。集落がはじまり、茜色の屋根の家並みはオーストリアの田舎を思わせる。アニーナ駅に降りる。人口一万人ほどの町は、いかにも閉山になった炭鉱の町らしく、ひっそりとしている。道端で男の人がカナリアと餌を売っていた。鳥籠の小鳥は歌わない。鳥を買う人などいるのかしら。

夕方はオラビツァの劇場で朗読。また雨となった。かつて炭鉱で栄えたこの町も、今は閑散としている。勤労者のために建てられた団地が並び、子供のいない公園でお年寄りがおしゃべりをしていた。おばあさんが通りかかり、ルーマニア語で話しかける。一八一七年設立の劇場はルーマニアで最も古い。小規模ながらもウィーンのオペラハウスを模したもの。アセチレン・ランプを灯した劇場は珍しかったと聞く。今は使われていないのか、舞台はかすかに黴の臭いがした。土地の女流詩人も朗々と朗読。九十近い歳には、厳かな輝きがあり、仲間と溜息をついた。

翌日は山の町、ボクシャの市庁舎で小学生たちのために朗読をした。通りには水色の噴水があり、天使が朗らかにラッパを吹いている。子供たちも先生も顔を輝かせて詩の言葉に耳を傾ける。おしゃべりする子もいない。遠いところから来てくれた。乗り合いタクシーで、それぞれの村に帰っていった。人口が少ない。過疎、学校に通うのは大変だろう。

午后、バスはオクナ・デ・フィエル村に入る。どの家の庭にも花が咲きみだれていた。その一軒に、私たちは招かれていた。姿勢のよいおじいさんが現れ、二階の部屋の鍵を開けると、それは小さな鉱物博物館だった。星や十字架やナイフなどの形をして輝く石は、彼が集めたもの。翡翠、水晶の原石に息をのむ。大きな紫の結晶を前に、おじいさんは言う。「手をかざしてごらん、触ってはだめだ、何か感じないかね」。石にかざした指の先が、びりびりしてくる。今、あなたたちは石の力をもらっているところだ、とおじいさんが言った。鉱石のせいで彼は元気なの、とリュビツァが囁く。「九十歳ですって」。なんと若々しい。外に出る。空気を胸にいっぱい吸い込む。ジジが隣の庭の赤い小さな薔薇の花を一輪、折ってくれた。山深い村で、薔薇はなんと清んだ香りなのだろう。

丘にはケシの花が揺れ

詩祭は夢のように過ぎ、ひとりひとり詩人が国へ帰っていく。朝食のあと、ペーラの車でセルビアの国境へ向かった。帰り道が大変なことになるとは誰が想像したろう。パンノニア平原の草と空が光っていた。野原にひょろりと白い風車が並んでいる。風力発電所さ。パンノニアの風は発電に理想的、あたりに人家もないし。渡り鳥たちは大丈夫かしら。原子力は危険だしね。おしゃべりが続く。

国境の検問所に着いた。セルビアの橋は農民のストライキで封鎖、と係の女性が言う。まさか。国境を越えた。スメデレボ市文化会館が約束した迎えの車は来ていない。橋が占拠されたのだ。ゴランが、携帯電話で連絡をとっている。ペーラは、橋まで送ろうと言った。麦畑を走るとトラクターで道は封鎖されていた。政府が農家に約束した補助金を一部廃止したため、抗議するのだという。農民にお願いして、やっとのことで車を通してもらう。だが国道は渋滞、橋どころか北部の道はすべて封鎖されていた。ペーラは言った。ドナウ河の渡しがあるじゃない、そこまで行くよ、と。スピードを上げて旧道を抜け、スターラ・パランカの渡しまで送ってくださる。岸辺は、深紅のケシの花に揺れていた。向こう岸はラム村、丘には城址が見える。若者がドナウ河に飛び込み、泳いでいる。水は冷たいのに。旧い渡し船に、次々と車が乗り込む。エンジンの音が水に響き、風が心地よい。愉しい旅になったわ、と私は笑った。

川幅は広く、海のように波が輝き、鴎が舞う。リュビツァの祖先は、十八世紀にセルビア南部のコソボからオスマン帝国に追われ、ドナウ河を渡って左岸のベロブレシツァ村に住みついたんだ、とゴランは言った。あそこだ、と左岸を指す。今はルーマニア領だが、地名はスラブ語で

「白い丘」を意味し、セルビア人の集落だったという。歴史の変わり目に、命がけでドナウを渡った人々を想った。右岸から左岸へ、左岸から右岸へ。

　ラム村の砂利だらけの岸辺におりて、鄙びたレストランに席をとり、スメデレボ市からの車を待つ。テラスに座るととたんに、黒々と雲が空に広がり、雷とともに激しい雨になった。無数の真珠を落としたように、ドナウがけぶりはじめる。何も言わずに河を見つめていた。雨雲が向こう岸に去っていく。嘘のように晴れ上がり、蛙たちがいっせいに鳴きだす。ドナウの匂いがする。振り返ると、荒れた丘にドナウ河を見下ろすように朽ちた城壁が建っていた。ビザンチン帝国とハンガリー帝国が鬩《せめ》ぎあう十二世紀に最初の城壁は築かれたというが、今日のものは一四八三年にオスマン帝国が築いたものだ。バルカン半島ではいつも、大きな力や思想がぶつかりあい悲劇が生まれる。それを思い出した。

　迎えの車が来た。ポジャレバッツへ行く道路は大丈夫、と運転手のブラーダが言った。農道に入り、麦畑や葡萄畑の広がる土地を縫うようにして走った。スメデレボでゴランたちが降りる。今年は麦も果物も豊作らしい。ドナウ河が薄紫の空気に暮れなずんでいく。ベオグラードの町は、はじまりかけた夏の闇に沈もうとしている。

　旅のあとで、貧しさと豊かさ、自由と権力、そして人が命をかけて手に入れようとしてきた火、または資源について考えた。大地震の数日後に始まったＮＡＴＯによるリビア空爆は今も止まず、今日も人が殺されていく。詩の言葉に何ができるのか、私は考えていた。

村、水、炎

モラバ川をたどってゴロビリェへ

山と花と村

モラバ川はセルビアを流れるドナウ水系の大きな支流である。両岸には豊穣の大地が広がる。北の山岳部から南へと縦にドナウ河へ流れるモラバには、静脈のように山奥から湧き出る小モラバ、西モラバ、そしてルザブ川が注ぎ込む。

八月、モラバの岸辺の村、ゴロビリェを訪ねた。画家ミラン・トゥツォビッチ夫妻の故郷だ。彼の母が永眠、四十日（日本の四十九日にあたる）の儀式に招かれたのだった。村の名は、山（ゴーラ）の草花（ビーリェ）という意味だと聞く。生家に父だけが残った。トゥツォビッチ家とは二十年近くの付き合いになった。私の処女詩集『鳥のために』の表紙は彼の作品だった。「草について」という油彩、三つ編みの少女がじっとこちらを見つめている。

金曜日の午后、バスはチャーチャック市を過ぎ、モラバ川に沿って走る。川幅は湖のように広く、緑の水が滔々と流れていく。麦畑が広がりポジェガ市に着く。車で二十分ほど、右手に折れるとゴロビリェ村、坂道を左に曲がるとトゥツォビッチ家だった。

庭に、ミランとその妻ミラの笑顔が現れる。ゆっくりとした足どりで、ミランの父も現れた。犬のコスタが駆けてくる。土地の伝統的な平屋建て、壁は白く屋根の瓦は茜色、階段には水玉模様のホウロウの鍋に赤いベゴニアが咲き、地下室は納屋だ。牛舎で牛の声がする。玉蜀黍の粒を芯からとる機械が、ガラガラと騒がしい。手伝いの男が二人、働いている。林檎の木の下で、薪の準備が始められブナの木が輪切りになって積まれている。鉄線で囲まれた空き地では鶏が十二羽、駆け回っていた。庭の前の牧場には十七頭の羊が草を食む。

村を案内しようか、とミランが言った。夕暮れの坂道を下り墓地へ出かける。モラバ平野に波打つ山並みが一望できる。墓石は時代によって形が違う。十九世紀末から二十世紀初頭の墓標には、葡萄と鳥があしらわれ無常を象徴している。これは、仕立屋の女の人の墓だね、とミラン。ミシンの絵が刻まれていた。新しい墓石は御影石や大理石で、遺影が埋め込まれている。墓参りの夫婦が、お墓が増えるねえと、寂しそうに言った。今年だけで十三人が亡くなった。村の人口は千二百人ほど、かつて五百世帯あったのが、四百余世帯になったと言う。多くの若者たちは村を去っていった。

夜、誰かが扉を叩いた。ミランは近所の農家に呼ばれ、慌しく出て行った。仔牛が生まれるのだ。気持ちのよい台所で、翌日にそなえ、夫妻の長女ヨバナと一緒にマッシュルーム・パイを作る。葱を炒め刻んだマッシュルームを加える。型に薄いパイ皮を二枚重ねてしき、マッシュルームと葱をのせ、これを四回ほど繰り返して最後はパイ皮で被う。それを、向かいのオルガ叔母さんの竈で焼くのだ。外に出ると、満天の星だった。夜の空気が美味しい。樹木や牧草が香った。

　オルガ叔母さんの台所の竈に、赤々と炎が燃えて、ぱちぱち薪がはぜている。ぬくもりに心がほぐれていく。オルガ叔母さんは右脚が悪く、身体を揺するように歩く。が、笑顔を絶やさない。慣れた手つきでオーブンを開け、パイを入れた。裸電球の蜜柑色の光のなかで、話がはじまる。ヨバナは彫刻家の卵、愛について、仕事について話が尽きず、葡萄酒のグラスを重ねた。竈を開けて火加減を見る。炎がなんと美しいのだろう。叔母さんの長女は結婚してベオグラードで暮らし、長男はドイツに出稼ぎに行ったが離婚、長距離トラックの運転手だ。息子がね、ソーラーの外灯を買ってくれたの。夕方、庭がぽおっと明るくなるよ……。叔父さんは長いこと寝たきりで、叔母さんがこの家を守っている。できた。こんがりとパイが焼きあがった。

　ミランが戻ってきた。「仔牛が生まれたよ。お前は力がありそうだ、しっかり足を引っ張り出せ、と獣医が僕に言うんだ。四人がかりだったよ」。その家では牛の死産が続いたから、喜びはなおさらだ。長い一日が終わり、ぐっすり眠る。犬のコスタもソファで丸くなる。

森と川と歴史

　朝、私が眼を覚ますのをコスタは待ちわびていた。クンクンとベッドの傍らで、私の顔を覗き込む。そっとドアを開けると、冷たい朝の空気をコスタが庭へ翔け出した。お早う、卵をとってきてね、とミラ。家畜小屋の藁のなかから、産みたての卵を五つ、そっと籠に入れた。まだ温かい。牛糞の臭いが甘い。故郷の静岡、お隣さんの庭を思い出した。

同じ村に住むミランの妹ミレナがやって来た。手作りの七種類の菓子が花のように盆に並び、息を呑む。知り合いや親族が挨拶にやってくる。私も仕事の輪に加わった。キャベツのサラダ作りだ。日本人とは違ったナイフの持ち方をすることを知って驚く。うまくいかない。見かねたミランの祖母が、私がやると言って手際よく刻み始めた。八十とは思えぬほど元気だ。だが娘、つまりミランの母を失った悲しみは見せず、淡々としている。

太陽の日差しは強い。抜けるような青空、列をつくって坂道を下り墓地へと向かう。司祭が祈祷をはじめ、黄色い蜜蝋の蝋燭に火がともされる。墓標は木製の十字架に名を記した仮のものだ。村人が集まり、火酒と麦菓子、葡萄酒が振舞われる。

家に戻ると、庭に大きな天幕が張られテーブルが用意されていた。四十人ほど客が集まり、ミランが挨拶した。料理は冠婚葬祭のための料理を作る家族経営の仕出屋からの取り寄せ。巨大な鍋から、サルマというロールキャベツのいい匂いがする。発酵させたキャベツの葉で挽き肉を包む郷土料理だ。干し肉でスープをとった昔ながらの味に、みんなが舌鼓を打つ。

山のような皿を洗い終わったころには、客人は帰り、家は静かになった。夕暮れ、ミランとヨバナと三人でゴドビク村に中世の修道院を訪ねた。長い坂道を縫うように走ると、森に教会が姿を現す。峡谷と向かい合うように石の聖堂が立っていた。落葉樹の山の岩からゴドビク川が流れ、滝となる。犬のコスタは、賢者のように水の流れを見つめている。かつて三百人も児童がいたという小学校は閉鎖され、村は静まりかえっている。若い人たちは去り、プラムの青黒い実を摘む者もいない。

　翌朝は、ゴロビリェの教会を訪ねた。一六九〇年、セルビア正教総司教アルセニエ・チャルノエビッチが、南からオスマン帝国に攻められ北へと移動、一七〇九年に教会を建立。トルコ軍に見つからぬようにと小さい木造で、わずか縦九・九メートル、横四・五メートル。簡素な聖堂である。その後も何度かトルコ軍に破壊され、その度に建て直された。今日の聖堂は、十数年前に再建された。釘をほとんど使わぬ伝統的な工法で、屋根は、燕の尾と名づけられたやり方で樫の板を組み合わせたものだ。祈祷のあと、小学校のあった場所に行こうと、ミランが言う。一九〇七年に建てられた学校は廃校、一九八四年に新校舎が造られた。司祭が言った。「あの道は無くなったよ、誰も通わないから草が生い茂ってしまってね」と。子供が減り、来年は新校舎も閉鎖と言う。昨日、村で見かけた三つ編みの少女は、遠い町の学校に通うことになる。この道を行きなさい、と司祭は森の入り口を指差した。

　ミランとミラと三人で、小道を辿った。固くなった轍のあとが残るが、行き交う者はない。大樹が生い茂り、あたりは静か。ときおり鳥が声を交わす。黒イチゴの実よ、とミラ。実をほおばると、粒が舌の先ではじけた。「泳ぎを覚えたのもモラバ川だ。仲間と川でパルチザンごっこして遊んでいたらね、浅瀬からナチス・ドイツの兵士のヘルメットが出てきたっけ」と、ミラン。

第二次大戦時には戦場だったのだ。ふたたび森の入り口に戻った。「見てごらん、四世紀のローマ字の記念碑だ。ポジェガ市周辺はローマ帝国時代に栄えた。セルビア人などスラブ民族がバルカン半島のこの辺りに移り住むのは六世紀から八世紀。この村に残された唯一のローマ帝国時代の遺跡、それがI.O.C.TAVRO PROCULUS L.P.と記された石碑さ」と、ミランが言う。犠牲者の墓碑という。数世紀もの間、聖堂の聖卓として使われていたが、一九三六年に教会の庭に再び移された。「石碑は僕の世界観を作った。小さい僕はこの道を通うたび、歴史の流れに触れ、他の民族や文明があることを想った。それが今の僕の絵の世界を築いた」と、ミランが言った。

夜、ふたたび台所に集まる。「ミランはね、最初に、えぴつ（鉛筆）買ってと言うのを覚えたよ。よくトラックの絵を描いていた」、と懐かしそうにお父さんが言った。「早くから才能がはっきりしていたのですね」と言うと、皿を片付けていたミラは言った。「子供の才能なんて当てにならない。天才的な絵を描いた子が画家なるとは限らないし」と。

牛乳と水と卵

次の朝、白ワイシャツの男の人が庭に姿を現した。牝牛を買いにきたのだ。「父も年だし、家畜の数を減らさなくては。畑仕事をしなくても、じゅうぶん暮らせるんだから」とミラン。牛と別れるのが辛いお父さんは法外な値をつけたが、最後には折れたらしい。

ミランがポジェガの町に行くから一緒にいらっしゃい、とミラが言う。ミランの車で、朝の自動車道を走る。ポジェガの町に入り、車は速度を落とす。パン屋のあたりで、子供時代は苦しかったよ、とミランが話を始めた。第二次大戦を背景とした、父と母のそれぞれ複雑で過酷な子供時代。戦後、父と母は結婚。だが、ある日、父が密かに女性と付き合っていて、子供ができたことを知ると、母はすっかり人が変わった。家は荒れた。その闇と陰、混乱。そのあと母は娘を産んだが、すぐに自分の継母に預けてしまう。そう、手際よくキャベツを刻んだお祖母さんは、ミランと血の繋がりがない。モラバの岸辺で兄の絵のモデルになる妹は、「祖母」の家で育ったのだ。「両親は僕が画家になるのに反対だった。田舎は他者と違うことを許さないものさ。十七歳、初めて絵で小さな収入を得たとき、ミラが、そのお金、私にくれるかしら、と言った。いいとも、と言ってお金を渡したら、ミラは僕のために電気スタンドを買ってきてくれた。そのときから僕たち二人は一緒だ。家族だけは守りたい」とミランが言葉を結ぶ。数年におよぶ母の介護、そして葬儀。荒れ果てた家の整理は大変だった。働き者のミラが、家を隅々まで磨いた。夏は、ミランの大切な人生の区切りだったのだ。

　ゴロビリェの最後の一日は、ミラの母の故郷ビソカ村を訪ねた。小モラバ川に沿って坂道を三六キロ車で走るとルザブの清流、心と肌を癒すという鄙びた温泉がある。ビソカは温泉に近い山村、母の生家には住む人がなく、ひっそりとしている。二十世紀初頭に建てられた家の白壁には、赤い正方形の模様が描かれ、当時はモダンだったのに違いない。入り口には竈と椅子が放置され、庭にスモモや桃の木が実をつけ、水道から水が樽に流れ続けていた。隣家に老女がひとりベンチに座り、私たちを見つめている。羊の群れが草を食んでいる。コスタが車の外に出たがり、くんくん鼻を鳴らす。ドアを開け出してやると、思い切り、犬は車の後を駆ける。村の墓地を訪ねた。空き地には教会の跡が黒々と残り、墓標が並ぶ。一つ目は一九一三年、バルカン戦争で命を落とした若者、二つ目は一九一六年、第一次大戦の戦没者、三つ目は第二次大戦一九四二年の犠牲者。いずれも村の青年、ここは世界の弾薬庫、バルカン半島なのだ。夏草が生い茂る。墓を守る者はない。戦後、人々は山を下り、暮らしやすい町へと移り住み、村を棄てた。コスタが車にもどり、私たちはゴロビリェへと急いだ。

　最後の朝も空が高かった。ヨバナが、青いバケツから搾りたてのミルクをコップに掬ってくれた。この味を牛乳というのだ。子供のときのお隣さんの牛乳の味だ。私たちの多くが故郷を出た。だが棄てようとしたもの、求めてきたものは、何だったのだろう。蛇口をひねりコップになみなみと水をつぎ、一度に飲み干す。水道水はルザブの水、なんと甘いのだろう。

　庭先に、足を庇うようにオルガ叔母さんが現れた。あんたにすっかり慣れてしまったから寂しくなるねえ、と言って、袋にいっぱい、トマトと玉葱を下さる。ミランのお父さんは、産みたての卵を持たせてくれる。モラバから流れる夏風を、胸いっぱい吸い込んだ。

　ベオグラードにもどり、トマトのサラダを作る。ただ洗って、八つ切りにしただけ。太陽と土地、人の手に育まれた深い味だ。卵を割ると、白身までが黄身とともに、こんもりとして形が崩れない。都市へ都市へと私たちが向かううちに喪失したもの、消えていくもの、そして村について考えていた。オルガ叔母さんの竈の火について考えていた。

橋と子供

サバからドナウへ哀しみは流れ

サバ川は長さ約九四〇キロメートル、ドナウ水系最大の支流のひとつで、バルカン半島と西ヨーロッパを繋ぐ大切な水流である。スロベニアのサバ・ボヒンスカ川とサバ・ドリンスカ川がラドウリツァでひとつになりサバ川となって西から東へ流れ、ベオグラードでドナウ河に合流し、スロベニア、クロアチア、ボスニアとセルビアを結ぶ。いずれも、解体前のユーゴスラビアの一部だった国だ。

このサバの岸辺に、私の団地がある。冬には水位が下がるが、それでも川幅は三〇〇メートルほどあり、湖みたいと、母が驚きの声をあげたのを思い出す。深緑の水はドナウに流れ込み、黒海へと流れ、どこかで日本の海にも繋がっているはず。海辺の町で生まれた私は、海に会いたくなるとサバ川に向かい、長いこと水面を見つめて過ごす。

十二月初めのベオグラード。土曜の午后は、寒々としていた。日本への旅を三日後にひかえ、心が張りつめている。ざわめく想いを鎮めようと外に出る。山林檎の並木道をぬけ、岸辺へ向かった。夏に赤黒い実をつけた大きな桑の木の辺り、ゆるやかな坂道を上れば岸辺に出る。すると坂道から女の人が下りてきた。金髪のおかっぱ頭に白い毛糸の帽子、薄紫のジャンパーにコーデユロイの茶色のズボン。少女のままであり続ける人、ラドミラだ。
「お元気ですか」と私。「ええ、元気よ。あなたは」とはにかむような笑顔で、坂道の中ほどまで下りてくる。私は中ほどまで上る。それは奇跡のように、長いお話がはじまった。

ラドミラも、私と同じ集合住宅に住んでいる。旧ユーゴスラビアが輝かしかった一九七〇年代、サバ川の岸辺の団地は、当時としてはモダンで、学校や保育所、銀行、保健所、集会所や図書館もあり、「太陽の町」と呼ばれていた。繊維工場の女子工員や外務省の役人、銀行員、機械工、教師など様々な職業に携わる人達が、ともに暮らすのは社会主義の名残りだ。十五階建の建物には約九十世帯が生活しているから、それぞれ付き合う人は限られている。だが、顔を合わせるとほっとするお隣さんが、それぞれにある。

この団地に住んでラドミラは四十年、私は三十年になるが、初めて言葉を交わしたのは四年前の夏の朝だった。岸辺から帰ってきた私が、エレベーターに乗ると、顔見知りの女の人が入ってきた。「何階ですか」と私が訊くと、「三階、そうドイツ語ではドライね」とおっしゃる。「ドイツ語がおできになるのですね」と言うと、「私はね、ダッハウにいたの。まだ子供だったけど、働かなければならなかった。パンのためにね。子供はね、言葉を覚えるのは速いものよ」と静かに微笑んだ。ダッハウとは、ナチス・ドイツが最初に開設した強制収容所ではないか。言葉を失った。三階に着く。エレベーターの手動式ドアを開け、それではまたね、と彼女は言った。「私はカヨです。お名前は」と私。「ラドミラよ。よろしく」。こうして私たちは名前を、明かしあったのだった。

あの夏から、ラドミラと会うたびに、声を掛け合い、ありきたり以上の挨拶を交わすようになった。互いの健康を祈り、励ましあったりして、短い立ち話が楽しみとなった。七月の朝、麦藁帽子に花模様の木綿のワンピースを着て、建物を出ていく彼女を見かけた私が、「お散歩ですか」と言うと、「散歩だなんて。働かなくてはならないの」と寂しそうに笑って、バス停に向かっていった。その後ろ姿を思い出す。いつか、ゆっくりお話が伺えたらと思ってきたが、お話を聞かせてくださいとは言えず、日々が流れていった。

そのラドミラがこの坂道に、大切な書物を広げるように、私と向かいあって立っている。冬の日は短く、彼女の背後にはアカシアの樹々が細い枝を広げ、太陽は茜色に雲を染めながら沈もうとしていた……。

私が生まれたのは、グラディシテ（現在のクロアチア領、セルビア人の住む村）なの。コザラ地方って知っているでしょう。第二次世界大戦のときに、あの辺りの村人は虐殺されたり、強制収容所に送られたりした。家族は父母と兄弟七人。母は戦争が始まってじきに死んだ。父はナチスの収容所で死んだ。葬ることも許されなかった。姉と私も収容所に送られた。最初はシーサックの子供収容所だった。ご存知でしょ、世界でただひとつの子供の絶滅収容所（セルビア人、ユダヤ人、ロマ人の子供を収容）。そこからドイツのダッハウへ送られた。アウシュビッツと同じくらいに恐ろしい場所よ。

私は父のことがとっても好きだった。父を暗殺するという人がいるって聞いていたから、心配でたまらなかった。私は父を守ってあげたかった。だから、どこでも父についていった。父も自分の早い死を感じていたのか、私がついて行くのを嫌がったりしなかった。森へ狩りに行くときは、自分は大きなリュックサックを背負い、私には小さなリュックサックを背負わせて、連れていってくれた。なぜ娘に荷物を背負わせるのかねと近所の人が言うと、この子には厳しい人生が待っているから準備をしておくのさ、と父は答えた。その通りになったわ。父は嘘を許さぬ人だった。父母に心から感謝している。正直に生きることを教えてくれた。この教えがなかったら、あの戦争を生き延びられなかったでしょうね。

父はね、学校こそ出ていなかったけど、夜はいつも本を読んでいた。父が本について話しているのを、幼い私は眠ったふりして聴いているの。ある晩のこと、父の声がした。「学ぼうとせぬ者は、目を瞑った者と同じだ」と。本を読むとか勉強することが、とても大切だって感じた。六つのときに、私は学校に入れてほしいと頼んだの。子沢山の家はそうだったけど、上の子は下の子の子守をするのが決まりだった。あと少し我慢をしておくれと両親に言われて、すぐ入学できなかった。それから戦争が始まって、学校どころではなくなった。

学校で勉強できたのは戦争が終わってからのこと。商業高校を出たの。本当は違うことがしたかったけど、弟を学校にやらなくてはならなかったから。私が何をしたかったかですって。それはねえ、（ラドミラは夢みるように瞳を輝かせ）、私は人間が好きでしょ、先生になりたかったの。そうでなければ、小説家になりたかったわね。

ダッハウに送られるまえ、最初にシーサックの子供の収容所に入れられたのだけど、それはひどかった。六週間、水が無い生活だった。手も洗えないし、水も飲めない。収容所はサバ川の岸辺の沼地にあった。川の泥水を飲んだの。子供たちが次々に死んでいった。地面に赤ちゃんの死体がごろごろしている。そこを歩いた。

その夏は、馬に乗る人の姿がすっかり隠れてしまうほど、玉蜀黍がよく育った年だった。玉蜀黍畑に父はこっそり、負傷したパルチザンを匿っていた。すると私たちの村にウスタシャ（ナチス・ドイツ傀儡のクロアチア独立国の親衛隊）が四人やって来た。父と私は玉蜀黍畑に連れていかれた。父がパルチザンを匿っていた場所なの。仲間が父を裏切り、密告したのね。パルチザンは瀕死の傷を負って、玉蜀黍畑に横たわっていた。父はその頭のほうに立たされ、私は足のほうに立たされた。私たちの目の前で、ウスタシャはパルチザンを撃ち殺した。それから、私たちは歩かされた。「進め」、「止まれ」と、気まぐれな命令に従って歩かされた。「止まれ」の号令で、私は止まる。ウスタシャと向かいあって立つ。後ろから父が歩いてくる。父がウスタシャに撃ち殺される、と思った。でも、父も私も撃たれなかった。それから村の人々といっしょに、私たちは強制収容所へと送られた。

ダッハウ強制収容所は大変だった。一日中、重労働。夜中の十二時に、必ず点呼があり、意味もなく起こされるの。一日中、ろくに食べ物ももらえず、肉体労働で疲れ果てている。そこを叩き起こされる。私たちを苦しめるほかに、まったく意味のない点呼、辛かったわ。夜になると、別の棟に収容された姉に会いに行った。見つかったら危ない。でも、姉に会わずにはいられなかった。父は別の収容所に移されたらしく、とうとう会えなかった。

昼間はみんな、収容所から工場へ働きにやられる。ドイツの工員さんと働くの。最後の数か月は、ドイツの戦局が悪くなっていき、みんな敗戦を予感していた。きっと負けるぞ、と工員たちは囁きあっている。ダッハウは、連合軍による空爆がひっきりなしにあって怖かった。それでも、収容所や工場のラジオからヒットラーの演説が流れ続けた。「勝利の時が来る。他の民族たちが我らの奴隷となって働くのだ」と、ヒットラーの声が建物中に響いた。

私がどうやって生きて還れたかというと、ドイツ人の女の人が救い出してくれたからなの。まだ子供の私は大人にまじって、鋳物工場で働かされていた。隣で働くドイツ人の女子工員が、私のことを不憫に思ってね、最初は、ココアとパン一切れにハムを一切れのせたのをこっそり食べさせてくれた。厳しい人だったけど、私のことを「私の子」って呼んで、可愛がってくれた。私の身の上を知ると、私を救い出してくれた。

私、金髪でしょう。髪を三つ編みに編んでもらい、ドイツ人の少女みたいな服を着せられ、家に匿ってもらった。ある日、女の人は「私はドイツ人だから、あなたが家に居るのが知れたら、私は殺されてしまうわね」と言ったの。「いいえ、おばさんは殺されません。私におばさんの名前を教えないでちょうだい。私もおばさんに自分の名前を言わないから。おばさんはフラウ、私のフラウよ」って私は言った。捕まって拷問されたとき、女の人の名を口にして、迷惑をかけたりしないためよ。

　戦争が終わって、私は父を探した。でも父は見つからなかった。死んでしまったのなら、お別れをしたい、葬らせてほしいと頼んだけど、願いはかなわなかった。それからもうひとつ、残念なことがある。戦争が終わって、新しく生まれたユーゴスラビアから代表団が来て、私たちは国に戻ることになった。私はそのとき病院にいたの。体重はたった一四キログラムになっていた。本国までの旅行は無理だ、と言われたくらいに衰弱が激しかった。最後に、ドイツ人の女の人にお別れの挨拶をしたかったのだけど、それは許されなかった。今も心残りだわね。

　戦争が終わって、私と弟だけが生き残った。弟はザグレブで医学の勉強を始めた。私はベオグラードの繊維工場で一所懸命働いて、弟に仕送りを続けた。私の仕事ぶりは、ティトー元帥に勤労英雄として表彰されたこともあったほど。でも賞のために働いたのではないの。戦争ですべてが破壊されて国はまさに廃墟だった。力を合わせ、国を創り直さなくてはならなかった。働くのは辛くなかった。やっと、平和の国を築くことができるのだもの。弟は無事に大学を卒業し、外科医となった。「ホンジツ、ソツギョウ、アリガトウ」と電報をくれた。今でも大切にとってあるわ。嬉しかった。ボスニアで心臓外科の医師として働いていたけど、旧ユーゴスラビア内戦で同僚に裏切られ、苦労したわ。

あたりはゆっくり藍色に染まりはじめ、冬の空気は冷えていく。二人で坂道を下り、星が光りはじめた空の下を、腕を組んで山林檎の並木道をとおって家へ帰った。エレベーターが三階に着く。別れ際にラドミラは言った。「なぜ日本が好きか、あなたが好きかというとね、ヒロシマとナガサキのことがあるからよ。原子爆弾が落とされたと知ったとき、子供たちのことを思った。あの子たちはどうしたろうかってね」。それから、ラドミラは、エレベーターのドアを半開きにして、「戦争は終わって、時が流れた。人々には命があった。なんとか人生があった。でも私にはそれが無かった」と、ふっと言った。長いお話の序章を締めくくるように。「いいえ、それは違う。立派な人生だった。お会いできて、お話が聞けて、ほんとうにありがとう」と私。

家にもどって世界大地図を開いてみる。ダッハウ収容所は、ミュンヘンの北西約一五キロメートルに位置する。町をアンバー川が流れ、ドナウ河と繋がる。第二次大戦中、ラドミラさんが最初に送られた子供絶滅収容所は、ベオグラードから西へ約三〇〇キロメートル、サバ川の岸辺の町シーサックにある。セルビア人、ユダヤ人、ロマ人（ジプシー）、共産主義者などが大量虐殺されたヤセノバッツ強制収容所の一部だった。ヤセノバッツはサバ川の岸辺の広大な湿地だ。ここでサバ川はウナ川に合流し、南東から東へと流れの向きを変える。第二次大戦当時、ベオグラードでもサバの岸辺に虐殺死体が流れついたと聞く。ドナウの水は、なんと残酷な歴史を溶かして流れていくのだろう。

それから、私は日本に向かい、二十日ほどを過ごした。東北沖大震災、原発と、暗い時代の霧のなかで、仲間と様々なことを語り合い、旅の重さをずっしり感じ、ベオグラードに戻った。

年の瀬に、ラドミラを訪ねた。ベルを押す。そっとドアが開き、緑と白と黒の縞のセーターの彼女が姿を現す。「ボイラーが壊れて、職人さんを待っているの。ずいぶん前に連絡したのに、まだ来ないのよ」と言う。三階の彼女の住まいは、小さいながらも美しく整頓され、つつましく丁寧に人生を歩んできた人柄がしのばれる。この間のお話の記念にと、私は自分のセルビア語の詩集を届けた。「あなたの本ね。きっと読むわ。でも、眼が悪くなってねえ。失明しないかと心配なの」。取り出した診断書には「白内障」と書かれている。友人の眼科医のところへお連れするのを約束した。別れ際に、どうやってダッハウの収容所を脱出したのですか、と尋ねる。

あれは日曜日、強制収容所の外出日だったわ。そう、収容所の生活では、日曜日の午后二時、警察の護衛がついて、散歩する規則があった。私たちに外の空気を吸わせるためにね。河が流れ、橋がかかっている。右岸と左岸、橋の袂に警察の見張りがいる。私は小さかったから、すばやく岸辺へ走り橋の下に隠れた。そこに女の人が迎えにきてくれたのよ。金髪を三つ編みにして、ドイツの少女の洋服を着せられて、私はドイツ人の女の子みたいになったのよ。

父がエストニアとの国境に近い強制収容所にいると聞いた私は、父に会いたいと言った。移動強制収容所というのがあって、父はそこに入れられたと聞いたの。ひとつ仕事が終わると別の場所へ移動していく収容所だった。女の人は切符を買ってくれて、私と一緒に汽車に乗って、強制収容所へ父を探しに連れていってくれた。長い汽車の旅だった。でも、やっと着いたその町には、父たちはもういなかった。とうとう父には会えなかった。

収容所にも善い人がいた。チェコ人は親切でね。父に会おうと自分の棟を抜け出したのが見つかって、罰として食事が貰えなかったとき、チェコ人は食べ物を分けてくれたわ。

戦争が終わってからはね、戦争のことを忘れるために、夢中で働いてきたの。仕事をいっしょうけんめいにして戦争を忘れたかった。今は、眼が悪くなってしまったけど、細い糸でレース編みもやった。みんな誰かにあげてしまったけど。セーターも自分で編んだわ……。

またひとつ新しい年が巡ってきた。日曜日の午後二時、私はサバ川へ向かった。ラドミラに会えないかしら、と思った。桑の木のあたり、坂道を上る。きらきらと宝石をちりばめたようにサバ川が群青に光っていた。犬たちを遊ばせる人、ベンチで日光浴をする人、自転車に乗る子供たちの声が空に弾む。小さな弟とボールで遊ぶ女の子。あとから、祖父母がおしゃべりしながら歩

いていく。冬の陽光は水に砕け、白の鴎たちが波に泳いでいた。おだやかな情景を見とどけると、
私はひとりで坂道を下りた。

鳩たちの砦

ドナウをくだり古城ゴルバッツへ

土曜日の朝、ベオグラードからバスで東へ二時間半ほど走ると、ドナウは果てしのない灰緑の水を湛えて姿を現す。海としか思えない。要塞の町、ゴルバッツに着いた。地名は、鳩という意味のセルビア語の言葉、ゴルブに由来する。ビザンチン帝国のイェレナ皇妃が要塞に幽閉されていたとき、孤独を癒すために鳩を飼っていた、という言い伝えを聞いた。人口二千人ほどの小さな町である。源流から一〇四二キロメートル、この辺りでドナウは最も川幅を広くする。向こう岸はルーマニア領、中州はモルダウスコ島。薄く曇った空を映して、水は鈍く光っている。東セルビアは、ドラキュラ伝説の発祥の地、祈祷師の伝統もある。数か月前、長距離トラックの運転手が何人か、森から白い衣装の女が現れたと警察に通報した事件があったのもこの近くだ。

バスの停留所で、ドナウの研究家ドブリラが待っていてくれた。ベオグラード第八高校の地理の教師、彼女の故郷で復活祭を過ごすのだ。彼女の家は、岸辺の集合住宅の二階、お隣のミキツァおばさんから染め卵を入れた籠が届く。お昼は、ドブリラの手作りのチーズパイ。

午后は、ドナウの岸辺を歩いた。石に金属の網がかけられて水浴場になっている。この町はいつ来ても、眠たそうに静まりかえっている。若い人は少なく、雑貨屋の前で男たちがビールを片手に立ち話をしている。野良犬のほうが多いわね、と私。「教師だった両親は、高校はベオグラードへ行きなさいと言った。そのまま大学に進んだから、十四歳にこの町を離れたの。この町を出ていく人は、帰らないわ」と彼女が言う。「母は、一九九五年、国連経済制裁下の病院で亡くなった。薬も包帯も不足、腎臓結石の手術も受けられなかったの。退職後、美術の教師だった父も死んだわ。父は画家だった」。夜は、二人でワインを飲む。「今ね、恋をしている。歴史の教師なの。内戦で故郷を失って苦労した。何度も殺されそうになったのですって。ずっと年上だけど、純粋な人」と言う。瞳が輝いていた。

　日曜日は、朝から冷たい雨だった。ミキツァのご主人の車で、トゥマン修道院を訪ねる。ドナウの水の恵みを受け、肥沃な大地が広がる。だが、人影はまばらで土地は荒れていた。旧ユーゴスラビア時代の工場も倉庫も、屠殺場も錆び色に朽ちていく。「農業にも金が要る。それがない。社会主義時代の食品工場も製菓工場も閉鎖。内戦がはじまった一九九一年ころから、若者たちは外国に出ていき、故郷には帰らないよ」と、彼は寂しそうに言う。彼の子供たちもカナダへ出た。林檎や梨の花が雨に震えて、はらはらと散っていく。

　細い道を辿ると、口を噤むようにして修道院があった。朝の早課はなかったのか。蝋燭を立てて祈る人の姿が、五人ほどあるばかりだ。十四世紀に建立。名前の由来をめぐり、伝説がある。隠者ゾシムの話だ。セルビアの騎士、ミロシュ・オビリッチが、シナイのゾシムに深い傷を負わせた。獣だと思って矢を射たのだ。傷の手当てをしようとする騎士に、「ここで（トゥ）、ひとりにしてくれ（マニ）」と言い、昇天した。静寂のなかに、祈りの日々を送ったと聞く。私たちも、蜜蝋を灯して祈った。戦争のたび修道院は壊され、今の姿は一九二四年のもの。庭に色鮮やかな養蜂箱が並び、尼僧が働く。傍らをトゥマン川が流れていく。水はドナウへ流れ込む。森からは鳥の愛の歌が聞こえた。人が里を離れると、動物も植物も生き生きとする。

舟は一人よりも二人

昼はまたドブリラの手料理。大胆に豚肉の塊に切り込みを入れ、香味野菜で味をつけオーブンに入れる。いい匂い。サラダとワイン。三時にイバンがやって来た。母を亡くし、歯科技師の父と二人暮らし、三十四歳。「やあ、こんちは。ところで僕はね、旧い楽器を弾く。楽器の名前、わかるかい」と言って、両手を組み合わせ、指笛を吹きはじめた。「すごいだろ」と得意顔。調子外れ、音楽というより鳩の声みたいだ。「今、ノルウェーの女の子と付き合っている。真面目な関係ってわけじゃないけどさ。彼女は、セルビアが気に入った。ゴルバッツの町の女の子は、都会に出てしまったか、結婚したかのどちらかだもの。酒と煙草と煙（麻薬の隠語）をヤルしかないよな。これはね、僕の八回目の人生だ。一度は十七歳のとき父の車のキーを盗んでさ、隣町まで飲みにいった帰りに雪道で滑って転落した。何度か回転してドナウの岸辺に着地だ。仲間がおいおい泣き出した。うるせえ、助かったんだぜと怒鳴ってやった。四つのときも車にぶつかったしね。この土地は、昔から魔術の伝統がある。僕は善い魔法に守られているのかもな」と、最後は、真面目な顔で煙草を消す。

　小雨のなかを船着場まで行き、イバンの舟に乗り込む。錆だらけで手入れがいいとは言えない。大丈夫、女の子を六人も乗せたよとイバン。乗り込むと、ぐらりと舟が揺れた。沖に向かう。

「そんなに沖に出ないで。岸辺のあたりでいいわ」と彼女。イバンは、怖がりだなあと笑う。ドブリラは櫂をとると漕ぎはじめた。初めてにしては上手い。ゴルバッツ生まれだもの、とイバン。漕ぎ手が彼に替わると、舟は命を吹き込まれたように水をすべりはじめた。水の灰緑の静けさに、私たちは包まれていた。ときおり鴎が曇り空を飛び交う。波は穏やかで、墨絵のように霧がたちこめ、嘘のように島も丘も見えない。

「ドナウは、素晴らしいよ」とイバンがしみじみと言った。「舟は、一人よりも二人のほうがいいさ。とくに水揚げするときは、一人では危険なこともあるしね。でも一人のときが多い。この間ね、大きな船が来たとき、こっちには来ないだろうと思っていたら、もうちょっとで転覆するところだった。この辺りの魚は三十種類くらい。全部、名前がわかる。チョウザメ、川鱸、鯰……。魚はレストランに売る。この間は、ルーマニアの国境ぎりぎりのところで魚を獲った。危なかったぜ。ルーマニアの警察は厳しいからね。むこうの魚のほうが上等だ。中州のせいで水が違う。漁には網を使うよ。網には目の粗いのと細かいのがある。魚の種類で使い分ける。三キロメートルほど網を張る。三〇キロも魚が捕れると、舟の重心を取るのが難しい。天気が悪くても、魚は水揚げしなくてはならない。鮮度が落ちるからね。でも、波が高いドナウが好きだな」

　岸辺にペットボトルが大量に流れついている。「河も岸辺もごみだらけ、片付ければいいのに」とドブリラ。「上流から来るんだぜ」、と彼が笑う。上流はベオグラードだ。「昨日、自分の会社を登録した。漁をする会社さ」とイバンは誇らしげだ。彼は社長なのだ。

雨空から鳩たちが舞い降り

　舟遊びのあと、イバンのポンコツ車でゴルバッツ要塞へ向かった。ドナウは川幅を狭め、石灰岩の崖がそそり立ち、ジェルダップ渓谷が始まる。壮大な錆び色の城壁が岸辺まで続き、荒れ果てた城壁に草が揺れている。車を降りる。十の塔がそびえる要塞は、十四世紀のハンガリーの文書に現れるが、いつ出来たのか、どの民族が造ったのかは定かではない。歴史の変わり目には、要塞の主も変わった。ローマ帝国の時代、一世紀にゴルバッツの町は築かれ、ディオクレティアヌス帝が滞在したという記録も残る。この地にスラブ民族が移住するのは五世紀から七世紀のこと、セルビア王国、ハンガリー王国、オスマン帝国と支配者が変わる。十五世紀にオスマン帝国の要塞となると、大砲が設置され城壁は拡張された。「歴史を通じて軍事的な要所なのよ。オスマン帝国は、河を通る船に通行税を課していた。この塔のあたりよ」と、ドブリラが言う。城壁の下部から「第七ローマ師団」と記した煉瓦が発見されたと言う。ローマ帝国時代から、国境を守る要塞だったのだ。

向こう岸はルーマニアのコロニーニ村。丘には、のっぽの白い風力発電機が、いつのまにか十二基も据え付けられている。「渓谷は鳥の宝庫、野鳥が死ぬわね」と、ドブリラ。ドナウの水に、小さな岩が影を落としている。ババカイと呼ばれる岩だ。「ハンガリーの男が、トルコ人の人妻に恋をした。夫は男を殺し、妻を岩に括りつけ鷲の餌食とした」という伝説が伝わる。トルコ語では、「父の石」とも。歴史の荒波に消された男女を思った。

要塞を横断するように、川岸に自動車道が作られたのは一九六〇年あたりのこと、ダイナマイトで岩に穴を開けトンネルが作られた。トンネルの傍らには水際にそって細い道がついている。ドナウを大型船が通うようになったのは戦後のこと。一昔前までは、ドナウの急流を上るのは至難の業だった。ローマ時代は、この細い道にそって奴隷たちが船に括り付けられた綱を引かされ、船を上流へと引っ張ったと、ドブリラが説明する。細い道から深い水面を見下ろすと眩暈がした。崖から鳩たちが舞い降りる。巣があるのだ。夏は、一番高い塔に登ろう、とイバン。ポケットから喉飴を取り出し、私たちに一粒ずつくれた。

　月曜の朝の空はくっきり晴れた。ドナウが青く光り、島も丘も隅々まで見渡せる。一人で岸辺へ出た。ポプラ並木を風が渡る。梢の葉が豊かで、強い河風を防ぐのだと言う。その一本はドブリラが小学生のときに植樹したものだが、どれだったかなと言っていた。ベンチに座り、目を閉じてドナウの波を聞いた。「カヨさあん、おはよう」と声がする。木の陰から、ひょろひょろ自転車に乗りタバコをくわえ、喜劇役者みたいな黒眼鏡の男が現れる。イバンだ。「自分の領地の見回りに来たんだ。カヨさんみたいな元気な人と知り合いになれてよかった。またね」と言って、去っていく。ドブリラが岸辺にやって来た。しばらくすると二台の自転車が現れる。イバンと女の子だ。ノルウェーの留学生、フェイスブックで知り合いになって一か月、はにかみがちの彼の横で、彼女ははきはきしている。私たちは、ドナウを背に彼女の大型カメラに収まった。カメラは恋人よ、と彼女。農場で働いていた逞しい人だ。ところで、イバンはカメラではない。

　旅支度をおえ、ドブリラと二人で停留所に行くと、バスが待っていた。休暇を故郷で過ごした若い家族や学生たちが乗り込む。都会生活に戻るのだ。窓の向こうで手を振るお婆さん、座席から投げキスをする孫娘。ドナウの正午の光を見つめた。ポプラの木の下で、グルルと雄鳩が胸を膨らませ尾を扇のように広げて、雌鳩に愛を告白している。

　昨夜の夢で、ドナウは窓から忍び込み、私の魂をひたひたと水で満たしていった。青い心地よさを持ち帰ろう。十五分ほど遅れでバスは発車した。道はゆっくりと岸辺を離れ、窓からドナウが消え、緑の眩しい麦畑がはじまる。「君と一緒にいたい。願いはそれだけ」。ドブリラに恋人が告げた言葉を思い出した。「君が遠くにいるときも……」と言葉をつなげてみる。恋歌みたい。遠くの丘で李が白い花を咲かせている。春は、たしかに来たのだ。

廃屋のある情景

ミロブシティツァ川をたどりルタニ山へ

カルパチア山脈が波打つように連なる東南セルビア、ベオグラードから二〇〇キロメートルほど車で走ると、ルタニ山が現れる。美しいピラミッドの形をしており、山頂のシリャックは標高一五六五メートル。カルスト地形、石灰岩が荒々しく剥きだして赤みを帯びた黄色、樹木に覆われた青緑が不思議な模様を描く。民俗学者ツビイッチも、セルビアには、この山ほど深い印象を与えるものはないと述べ、ルタニには偉大なる人物のような個性があり、見るものを感動させると記した。精悍な山の姿は空想をかきたて、土地には様々な伝説が伝わる。山頂の精確な円錐形は、噴火によるものという説、五千年も昔に古代の王を葬った古墳だという説、宇宙人が山頂に下りる場所という説のほか、山腹には魔法使いの館があり、黄金とダイヤモンドが隠されているという説……。麓から山頂にむかって樹海がはじまり、鹿、猪、鳥や無数の虫たちが生息し、高山植物の花畑が続く。なかでも、ルタニ茶（ラテン名 Satureae montana）と呼ばれる薬草は木立薄荷の一種だが、同じものはルタニ山のほかには、ギリシャのオリンポス山に見られるだけともいわれ、気管支炎や喘息に効くほか、男の茶（精力剤）としても名高い。八月の中旬に摘んだものが良い。

魂の力が失せてくると、ルタニ山に会いたくなる。六月の終わり、ルタニの麓へ出かけようと決めた朝は、悲しい事件で始まった。「おやおや」と、我が家のテラスに出たＨ氏が、声を上げた。「燕の巣が落ちたよ」。五十年前、かつて沼地だったここに団地が作られて以来、軒下にあった巣だ。急いでテラスに出ると、巣は砕け散り、四羽の雛鳥が落ちている。生きている。Ｈ氏は四羽を籠に入れ、ベンジャミンの木の枝に吊るした。激しい陽光が雛たちを焼き尽くそうとしている。数週間も続く猛暑に、農作物も枯れるほどの旱魃《かんばつ》、巣は乾ききって落ちたのだろうか。晴れた空から戻ってきた親燕は、今までにない鋭い声をたてて旋回し、雛たちと声を交わしていたが、去っていった。「人の臭いの付いたものには、親鳥は近寄らないよ」、と言った野菜売りのズラータの言葉を思い出した。彼女の一家は、一九九九年のＮＡＴＯによるコソボの空爆で生まれ故郷も家も失っている。

集合住宅の十一階の我が家、テラスの軒の巣は、春に燕の家族を迎え、夏の終わりに見送ってきた。夜の闇に、雛鳥の頑是無い囁きが聞こえると安心する。朝の光に、親鳥が餌を雛たちの口に運ぶのを見ると楽しくなる。燕は我が家の大切な仲間だったのに……。Ｈ氏は家に残り、私はトランクを抱えて旅に出た。

工場、廃墟、森

夕方の長距離バスに乗り込む。かつての工業都市パラチンを過ぎるころには、緑深い山や畑がはじまり、三時間半ほどして、ルタニの麓に着く。バスを降りると、薄紫の夕空にルタニ山が厳かに聳えている。澄みきった空気を、燕が気持ちよさそうに飛び交っていた。トランクを下ろし、深呼吸をして山と向かい合うと、荒れた心が静まっていく。

自動車道を外れると、百五十種類以上もの落葉樹や針葉樹の深い森が広がり、様々な野鳥たちが囀っている。モーテル・バラシェビッチは、そこにぽつんと建っている。受付のサーニャが笑顔で迎えてくれた。週末を楽しむ家族、ドライブの途中で一息つく客、仲間とおしゃべりする土地の若者。それぞれがテラスでゆったり夕食をとっている。テラスから彼方を見やると、ズロート山、ボゴビナ山、ポドゴラツ山、カルパチア山脈がなだらかに連なる。山並みの向こうはルーマニアだ。軒下に、燕の巣が四つあった。鳥の羽は灰色をおび、頬が紅くて、我が家の燕と少し違う。藁と泥でできた籠のような巣から、四羽の雛鳥が口を大きくあけて顔を出し、親鳥の運ぶ虫のご馳走を待っている。「今朝、我が家の燕の巣が落ちてしまって」と言うと、ボーイのブラーダは言った。「この巣も何度か落ちたことがあったけど、三日もあれば、親鳥は作り直してしまいますよ。いい鳥たちだ。悪さをしないし」と。

翌朝は、ルタニ村からソコ・バニャ町に続く舗装道路を歩いた。空は抜けるように高く、人の姿はない。たまに車がゆき過ぎるだけで、人家は見当たらない。右手には山頂へと森が広がり、左手には樹林の奥から川のせせらぎが聞こえる。狩猟地の標識が立っていた。ときおり、アスファルトに鮮やかな黄緑のトカゲ、コガネムシ、バッタ、様々な蝶、蜻蛉などが姿を現す。白樺の枝を栗鼠がするすると登り、姿を消した。二十分ほど歩くと、左手に畑が続き、それが途切れるとUNIMERという看板が見え、工場が現れる。十五階建ての我が家の集合住宅と同じくらいの高さの煤けた建物が立ち並ぶが、ガラス窓が破れたままだ。道路を挟んで、右手にも工場の敷地が続くが、建物はすっかり朽ち果て、レンガの壁が崩れ落ちて、階段も、各階の床も抜け落ち、錆びた鉄骨がむき出して曲がり、大きな窓にはガラスなどはない。そこに生き生きと植物が茂っていた。天井がすっかり消えた最上階には、わずかな土から白樺が生え、真っ青な空に柔らかな葉が揺れている。建物の上部には、金槌を二つ交差させたマークが記され、ルタニ炭鉱と記されている。なかなか立派な建造物だったはずだ。管理人が住んだらしい平屋の白い家も荒れ果て、人影はない。最初に見たときには、一九九九年春のＮＡＴＯによる空爆で破壊されたかと思ったが、かなり昔に閉鎖された炭鉱だ、とモーテルの人から聞いた。

　裏手には舗装されない山道が森へ続き、ルタニ山の頂に行けるらしいが、一人では危ない。十分ほど歩くと、乾いた泥にトラックの車輪の轍が刻まれていた。黒々と光るボタ山が現れ、唐突に白樺が枝を伸ばしている。来た道を見下ろせば、敷地は球場がすっぽり入るほどに広い。近くに石切り場があるらしく、大きな石を積んだオンボロのダンプカーが、砂埃を上げて工場にやってくる。廃墟を思わせる工場は、建物の一部を使って操業しているのだ。広大な作業所に労働者は十人ほどしか見えない。青い金属の塔に取り付けられた筒に、運び込まれた石が投げ入れられる。静けさを引き裂き、ガラガラと凄まじい音をたてて機械は石を砕く。遠くに技師がいるらしく、労働者たちと叫びあっている。

清流は森を潜り

ふたたび山道を下りた。黒豆を二十粒ほど集めたような糞が数か所に落ちている。タルトに似ていた。山苺でも食べた鹿か山羊だろう。再びアスファルトに出て、道を進む。少し先の左手の敷地には砕かれた石が、大、中、小、砂利、砂と分類されて並ぶ。林のむこうから川の流れが聞こえるが、まだ水は見えない。

さらに十五分ほど歩くと、右手にルタニ炭鉱と記された水飲み場があり、鉄の管からこんこんと水が湧き出ていた。かつて、炭鉱夫たちの喉を潤した水に違いない。トラックが止められ、土地の男が大きなビンに水を汲んでいる。飲めますか、と私。勿論さ、と男。手ですくって水を飲む。なんと冷たく甘いこと。落葉樹の山から湧き出す水は、身体にいい。雪解け水も雨水も、落ち葉や樹木の根に濾過されていくからだ、と聞いたことがあった。

やがて左手に川が現れた。道が右へゆるやかに曲がるあたりが水源地になっていた。朝の陽光を浴びて、野原に給水施設がある。水は一度池に集められ、そこから森を潜るようにして、四つ、五つと、いくつもの流れに枝分かれして、麓へと流れていく。川岸の樹木の木漏れ日のなかで、給水所の職員らしい青のツナギの制服の若い男の人が二人、草地で屠られたばかりの子羊に塩をふり、大きな棒に手際よく刺していた。草地で火を焚き、これから丸焼きにするらしい。祝いごとか祭りか、長閑な情景。川の名を尋ねると、ミロブシティツァ川だと教えてくれた。ミロボ村が水源地だからということ。この水が宿にも、ボリェバッツ町にも供給される。この清流は、ツルニ・ティモック川へ流れ込み、ザエチャルあたりで全長二〇三キロのティモック川に合流、さらにドナウへ流れ込む。ティモック川は、カルパチア山系とバルカン山系を分ける川である。ルタニ山の岩の奥から染み出した小さな流れは、大河へ注ぎ込んでいるのだった。

　澄んだ水の流れのきめ細かさ、泳ぐ魚たち、葉篭りを透かして差し込む陽光に、心を奪われる。腐りかけた橋が渡されていた。小さな池のように水が堰きとめられ、水が下へ流れ落ち、そこに廃屋がある。扉も破れ屋根も傷み、住む人はとうに無い。昔ながらの造りで、しっかり捏ねた泥と木で組まれた壁だ。水車小屋だったとわかるまでに、時間がかかった。石臼が麦を挽いていたはずだ。今は、このあたりに集落は無く、ときおり初老の農夫が古びたトラクターに弁当と水を入れた籠をのせ、隣村から畑仕事に通ってくる。動物や鳥、虫や魚たちが棲むほか、人間は給水所の職員と先ほどの工場の労働者だけなのだ。

　モーテルにもどって、テラスでひとりの昼食をとる。軒下の巣では、雛鳥はぴいぴいと絶えず口を開き、親鳥が口移しで餌を食べさせていた。くるっと尾を突き出して糞を落とす雛もいる。両端の雛はなかなか餌にありつけない。強い子と弱い子がいるのだ。サーニャはきびきびとレストランの窓を拭いていた。UNIMERは何の工場かと聞くと、手を休め、装飾用の石板だったわと教えてくれた。そして巨大な廃墟には、歴史があった……。

炭鉱の物語

お話は一八七〇年に遡る。チェコのモラビアからユダヤ系のサムイロ・ミュンヒがセルビアに移住し、パラチン市に近代的な繊維工場を築いた。バルカンで最大の工場となり、町は栄える。その資本をもとに、一九〇二年、息子のユリウスは看護婦だったオーストリアのユダヤ人の妻グレタとともに、ルタニに炭鉱を開いた。五百年に及ぶトルコの支配からようやく独立したセルビアが、チェコなどの技師たちを招き、国を興していた時代だ。技術を持ったユダヤ人は歓迎されていた。

夫妻はルタニ村に、全長五キロのリフトを築き、山道には鉄道を敷いて、トロッコを走らせた。発電所や各種の作業所、労働者の家族のための住宅、当地初の私立学校、セルビアではまだ珍しかった映画館や診療所、食品店なども整えて、山奥に新しい町を作ったのだ。百五十種類にも及ぶ植物を集めた四〇ヘクタールの公園を造ったほか、線路の脇には、三千二百本の薔薇が植えられ、花たちに遮られてトロッコが見えないほどだったと言われる。

一九一二年にバルカン戦争が勃発すると石炭の採掘は中止され、続いて第一次世界大戦がはじまり、炭鉱がドイツ軍の手に渡ると、夫妻はセルビアを離れた。三年間にわたり、ドイツ軍は、炭鉱夫たちに強制労働をさせた。一九一八年にセルビアが解放されると夫妻は村に戻り、炭鉱の経営を続けた。一九二二年には五百五十人の炭鉱夫、測量士や地質学者や技師など専門家を含めた十五人の職員が炭鉱に勤務し、セルビアの石炭の一割あたりを生産したと言う。村の学校には、炭鉱夫や職員の子弟、六十人ほどが通った。スロベニア人、オーストリア、チェコなどを母語とする子供たちもいた。炭鉱は繁栄し、一九二九年には、ルタニ村の人口は二千人を数えた。だが世界恐慌の暗雲がたちこめ、一九三二年、ユリウスは自殺。残された二人の弟と妻グレタが鉱山を受け継ぐ。亡き夫の霊をなぐさめようと、グレタはルタニ山頂に石の礼拝堂を築いた。

一九四一年に第二次大戦が勃発、セルビアがナチス・ドイツの占領下に置かれると、一族の何人もが犠牲となった。グレタは隣村のイリノに逃れ、友人の家に匿われて終戦を迎え、一九四七年に永眠。戦後、パルチザンがナチスから祖国を解放、ユーゴスラビア社会主義連邦共和国が生まれると、鉱山は国営化され、ミュンヒ家の多くが国外へ逃れた。鉱山は一九六〇年代に閉山、四十年に及ぶ歴史に終止符が打たれた。今日、山の中腹にあるルタニ村はかつての炭鉱夫と年老いた家族が二十人ほどひっそりと暮らす。夏には子供たちが家族と訪ねてきて賑わうが、普段は静まりかえっている……。

この旅の最後の朝、テラスで、味の深いルタニ茶をゆっくりと飲みながら、麓の情景を心のなかでつなげてみた。廃墟となった炭鉱の建物の窓が切り取る青空。そしてチェコからはるばる東セルビアの山奥にやってきたユダヤ人の家族、炭鉱とそこに集まった人々と家族、戦争、革命。戦が反復されるバルカン半島。ルタニ山は揺るぐことなく、人間の歴史を見守りつづけ、その岩の奥深くから湧き出るミロブシティツァ川の水も絶えることなく、山の裾野を潤してきたのだ。

人間も渡り鳥のように、土地から土地へと移り住む。何かを求め、何かに追われ、何かを逃れ、何かを望み、燕が巣を作るように、自然のなかに棲家を作り、集落や町を築き、国を産む。だが人々が去ると、人の手で造られた物は滅び、自然は深い呼吸を始める。

五日の旅を終えて、我が家に帰ると、四羽の雛が籠の中で生きていた。ときどき体を動かし、呼吸を続けている。苦行僧のように何も口にしない。「アフリカまで飛ぶ。すごい生命力だ」とＨ氏は言った。親鳥たちは二度と現れず、巣を作り直すこともなかった。ルタニ村のように巣を作る泥や藁が、都会のベオグラードにはもう無い。春が来るたび、海を渡りアフリカから帰ってくる燕の家が消えた。落ちた巣の欠片を手にのせてみる。唾液と泥と藁。手のひらのなかで、黒々と石炭のような塊だった。

移動の詩人ベンツロビッチ

ラーチャ川からドナウへ

ラーチャ川は、ドリナ川の小さな支流である。ドリナ川はサバ川に流れこみ、サバ川はドナウへ注ぐ。ベオグラードから車で四時間ほど西南へ走ると、ドリナ川の左岸にバイナ・バシタ市が現れ、そこから六キロ、ラーチャ川にそって山道を上るとラーチャ修道院が姿を現す。ラーチャ川の源流は、修道院から山道を一時間半ほど歩いて登ったラージェバッツと呼ばれる泉で、そこからスカカバッツ（バッタの意）と名付けられた約二〇メートルの滝が流れている。

昨年、ラーチャ村を訪ねたのは夏。八月十九日、ハリストス顕栄祭（変容祭）、遠方からも人々が集まり、厳かな祈りのあとで、浄められた葡萄の実が一粒、一粒、ゲルマン修道院長の手から一人一人に与えられた。葡萄の瑞々しい味を思い出す。

ラーチャ修道院には、十三世紀、ネマニッチ王朝ドラグティン王によって建立されたと伝えられるが、史実はわからない。十四世紀にセルビア王国が、コソボの原でトルコ軍に敗れ、オスマン帝国の支配下に入って以来、セルビア正教会は何度もトルコ軍の襲撃にあい、多くの教会や修道院が廃墟となった。だが、ラーチャ修道院は、灰の中から幾度も甦った。

ラーチャ修道院は、十五世紀から十七世紀にかけて、聖書や祈祷書を手で書き写す「写本学校」が置かれ、文化の担い手として栄えた。セルビアには、一五二九年、ルイノ修道院（ズラティボル高原のブルトゥツィ村）に初の印刷所が置かれ、一五三七年には四福音書が印刷されたが、オスマン帝国に破壊されてしまう。印刷所が、支配者の怒りに触れたのだ。ラーチャ修道院に、印刷所ではなく写本学校が設立されたのには、こうした歴史的背景があった。一六三〇年、トルコの旅行家チェレビヤの紀行文には、写本などに携わる修道士が約三百人、護衛の者が約二百人、ラーチャ修道院で生活していたと記されている。修道僧の手によって、美しい飾り文字や、鳥や葡萄の蔦、花などが施され、神の言葉が書き写されていった。

　だが修道院は、十七世紀末、トルコ軍に破壊され、修道僧たちは難民となり、この地を去る。清楚な聖堂、澄んだ鐘の音の響く鐘楼を見上げると、そんな悲劇は嘘に思われる。僧院には深紅の薔薇の花が咲き誇り、穏やかな時間が流れているのだから。

詩人ベンツロビッチの旅

　年が明けて、私は冬のラーチャ村を訪ねた。今度は、詩人ガブリル・ステファノビッチ＝ベンツロビッチ（一六八〇―一七四九？）に魅せられての旅である。ベンツロビッチは、少年時代にラーチャで修行僧として写本学校に学び、その後、修道僧とともにハンガリーのセンテンドレに移動した。ブダペストから二〇キロ離れたドナウの岸辺の町である。「ベンツロビッチを読んでごらん、無常を詠った詩人だ」と、友達にすすめられ、古本屋で詩集を求めてその作品に触れ、すっかり心を奪われた。

修道僧ベンツロビッチは、説教、散文、戯曲なども手がけた。セルビア語文法の父ブーク・カラジッチに百年も先駆け、近代的な文章語を築き、諺を収集し記している。ベンツロビッチの作品には、聖書に関わりのあるものが多いが、そこには難民となった日々の旅が織り込まれている。マトフェイ（マタイ）の福音書八章二十節をふまえた作品にも、センテンドレに移り住んだ人生が透かして見える。

心の中の祈りの城

キツネは己の穴に
暮らすところあり
鳥には己の巣あり
だが我、人の子となりてより
悪しき時から身をまもり
首《こうべ》を枕とするべき
ところ無し

彼を憐れめよ
ああ、よき館をもつ宮廷の人よ
汝の心の中に
棲家を与えよ

ベンツロビッチはドリナ川の岸辺のマチバ村の生まれと言われ、ラーチャ修道院で写本や挿絵の才能をみせた。が、穏やかな少年時代は、戦争に断ち切られた。一六九〇年、セルビア正教会はトルコ軍の激しい攻撃を受け、南部のコソボ・メトヒヤに置かれていた総主教座が大きな危険にさらされる。総主教アルセニエ・チャルノエビッチ三世は、僧侶や村人を率いて北へと「大移動（セオバ）」を開始した。歴史書によれば、三万七千から四万のセルビア人の家族と約千人の聖職者が、一度に難民となった。オーストリア帝国は、聖職者をはじめ難民となった者を領内に受け入れる許可を下した。人々はドリナ川、サバ川をたどり、ドナウ河流域のオーストリア領へと旅を続けた。牛や馬や羊など家畜をともない、古文書や写本、儀式に必要な金や銀の宝物を携えて、「大移動」は二、三年も続いたという。

ラーチャの修道僧たちが、センテンドレに移動したのは、この「大移動」のときである。五年ほどの漂泊のあとに、センテンドレに居を定めた修道僧らは、聖ルカ教会で、写本を続ける……。

冬のラーチャ修道院

冬のターラ山のミトロバッツ村に宿をとる。朝の七時、まだ暗い。村の運転手、ラドエの車で、うねうねと雪道を下って行く。やがて薄闇に、青く視界が開け、遥か下にドリナ川が現れ、プレチャッツ湖のまわりに無数の蜜柑色の灯が浮かび上がった。光に飾られた水力発電所は、清らかな聖所にも似て、息をのむ。向こう岸は、ボスニア・ヘルツェゴビナ共和国、ユーゴスラビア解体の内戦の後、今は外国である。冬のドリナ川を泳いで渡り、戦場の村から逃れて難民となった若者のことを思い出した。バイナ・バシタを通り抜け、細い山道に入る。森の道はラーチャ川にそって続く。やがて空は明るみ、ラーチャ村に着いた。

セルビア正教会の降誕祭（一月七日）が終わってまもない修道院は、雪の中に黙している。家族や友人の健康を祈るため、死者の霊を弔うための小聖堂があり、そこで人々が佇み、蝋燭に火を灯す。黒衣の小柄な女性が祈っていた。ほっそりとして清らかな、後ろ姿に見入る。

鐘楼から雪空に鐘が鳴りわたった。聖体礼儀の始まりを知らせている。寒さの厳しい冬は、暖をとるため小さな聖堂で行われる。人々が集まっている。幼い子供、家族にまじって、国境警備の若い警察官たちの姿もある。正教会の礼拝は、祈りの言葉も聖書の拝読もふくめ、すべてが詠われる。楽器はない。儀式がひとつの長い歌なのだ。ゲルマン修道院長の張りのある声が響き、信徒たちの静かな声が重なる。長老のマカリエ修道士の軽やかな読経が明るい。開かれた窓から、ラーチャ川のせせらぎが聞こえる。聖堂に、十歳ほどの少年がいた。幼い修行僧ベンツロビッチもこんな男の子だった……。

センテンドレの修道僧たち

ラーチャの修道僧たちは、センテンドレの聖ルカ教会に、文学の学校を開いた。ベンツロビッチは、恩師の修道士キプリヤンらと写本を続けるかたわら、画家、詩人として作品を生む。南からはオスマン帝国の攻撃、北のオーストリア帝国からはカトリック化の脅威にさらされつつも、セルビアの民はセンテンドレに文学の中心を移し、ベンツロビッチの無常の文学は、異郷にて開花する。商業で栄えたセンテンドレには、印刷所や本屋なども生まれ、賑わいがあったと言う。

ベンツロビッチの詩作品には、「死」、「死の神」、「最期の日」など、死をテーマとした詩が目立つ。民族の「大移動」のなかで、死と隣り合わせの日々を送った詩人は、この世の無常を見つめつづけていたのだろう。

汝は大地

ああ、汝は大地、

水ではなく、強き葡萄酒でもない
長い時間も経たぬうち
汝は帰還する
　ふたたび大地へと

水は、詩人の大切なテーマである。連作「水の賜物」では、次の詩が美しい。水のイメージには、ラーチャ川からドナウ河へと旅する、修道僧たちの旅が重なる。

　　船、鷲と蛇

船の過ぎゆく海に
　航跡はみえぬ
天空の下の鷲の飛翔の道も
石の上を這う
　蛇の道もみえぬ

ふと、鴨長明の「ゆく河の流れは絶えずして……」を思い起こした。汽車などもなく、センテンドレまでは、長い道を歩いたはずだ。たよりは、馬や船だけだったろう。彼が記した諺に、「人生の道は数多い」とあるが、水路も彼らがたどった道の一つであった……。

アガペ、愛の食卓

聖体礼儀のあとで、女の人が私に声をかけた。あの黒衣の女性だ。遠くからいらっしゃったのでしょう、集会所でコーヒーをどうぞ、私の名はビオレッタ、よろしく、と。聖堂を出ると宿坊があり、その傍らに水車小屋がある。水車はラーチャ川の清流を取り込んで勢いよく回っている。セルビアでは、日曜日の聖体礼儀のあとには、集会場のテーブルを囲み、聖職者とともに人々が歓談する習わしがあり、アガペ、愛の食卓と呼ばれる。そこに招いていただいたのだった。集会所のテーブルには、人々が修道院長とマカリエ修道僧を囲み、ラキアと呼ばれる火酒で健康を祈り、コーヒーが運ばれてくる。プラムから作るラキアは、修道院のお手製だ。初めて会うのに、旧い親類に会ったような気持ちになるのは、集う人々の善良さのためだろう。セルビアが誇る「もてなしの心」である。自然で素朴な優しさ。テーブルに置かれたラキアの瓶には、植物が入っていた。薬草かしら、と瓶を手にとると、蕾の薔薇だった。僧院の庭に咲いた花……。

みんなに、よく来ましたね、と言われ、詩人ベンツロビッチが少年時代を過ごした修道院だから、ゆっくりと訪ねたかったのです、と答える。なごやかな話が続き、修道院長と長老の修道僧に挨拶をしてお別れとなった。

帰り際に、ビオレッタが、私の家にいらっしゃい、と昼食に誘ってくださる。ドラガナが車で送ってくれ、バイナ・バシタのビオレッタのお宅にお邪魔する。ドラガナは別れ際に、二人で召し上がれ、と手作りの黒パンをくださった。

旧ユーゴスラビア時代に建てられた典型的な集合住宅の四階に、ビオレッタは暮らしていた。簡素で美しい食堂の壁には一面、無数のイコンと数珠と十字架が飾られている。「夫のスロボダンはね、昨年の夏に亡くなったの。彼は病院の医者でしたけど、癌が見つかった時、手術や化学治療は受けず、自然療法に専念し、祈りの生活を続けて昇天したの。修道僧みたいだったわ……。お昼は、虹鱒を焼きましょう。ラーチャ川で採れた魚よ。スープは温めるだけ。サラダは、アイバル、夏野菜のペーストよ」と、小さな冷蔵庫から魚を取り出してオーブンに入れ、テーブルにお皿を並べて、お話が続く。

「夜になるとね、この椅子に座って、このランプをつけて聖書を朗読していた……。私はマケドニア人、夫はセルビア人。夫とはスコピエ大学で知り合ったの。私は工学部の学生だったけど、医学部の授業をひとつ受講することになって。演習のあと、雨だった。私の傘に彼は入って、そのあと互いのことが気になって。次は、いつ会えるかなと彼。来週の金曜日に映画を見ましょうと答えると、一週間も僕は待てないって言ったの。こうしてお付き合いが始まった。しばらくして、恋で学業をおろそかにしないでという母に、彼を引き合わせたの。私のところにいたとき、娘はちゃんと勉強していたわと、母が彼に言うと、それでは、これから彼女は僕のところにいるから、お母さんは心配しないでいい、と彼が母に言った。まあ図々しい、笑っちゃったわ。学生時代からずっと一緒、卒業して結婚して、ウジツェ市で二人とも就職できた。ここから一時間ほどの工業都市よ。私は繊維工場のエンジニアだったけど、国連制裁で工場も倒産。私の退職を機に、夫の故郷のバイナ・バシタ市に引っ越したの……。お魚、焼けたわ。さあ召し上がれ……」。「お魚はね、三度、泳ぐと言うでしょ。水の中、ワインの中、そしてお腹の中。ワインを開けましょう」と、ビオレッタはグラスに赤ワインを注ぎ、二人だけの昼食が始まる。笑顔と尽きせぬ話。「あなたが来てくれて、ほんとに嬉しいわ。今年は、きっと良い一年となるわ」と彼女は心から喜び、私も出会いの幸せをかみしめる。そして私も、小さな自叙伝の一部を話す。ベオグラードで暮らしはじめて長い歳月が流れたが、ビオレッタのように無防備で温かい人たちとの出会いに、支えられてきたのだと、しみじみ思った。再会を祈って、お別れする。

　帰りは、ラドエの車でタ－ラ山を登り、帰途につく。ラドエが言った。「ゲルマン修道院長は、賢く優れた人でね、わざわざバイナ・バシタからラーチャ村へ通う信徒さんも多い。昔はラーチャ村にも小学校があったがね、過疎化で閉鎖した。ラーチャ村の人口は五百人くらいかな。残念だね。バイナ・バシタ市だって、人口は二万六千人ほどだし高等学校もあるけど、若者たちはベオグラードかノビサドの大学に入って、故郷の町に帰る者は、まずない。ベオグラードの人ときたら、今度は外国へ出ていってしまう。この国、どうなるのかね……」。ミトロバッツ村に着くと、世界は雪のなかに埋もれていた。

その夜も、静かにやって来た。雪あかりに樹氷がきらめく。ミトロバッツ村の宿で、『ラーチャ修道院』という書物を開いてみる。十七世紀末に廃墟となった修道院は、十八世紀末に、ハジ・ミレンティエ修道院長の手によって再建される。だが、ふたたびトルコ軍が破壊。一八〇四年、各地でセルビア蜂起が始まると、ミレンティエ自身も部隊を率いてトルコ軍を破り、修道院を再建する。だが第二次世界大戦中は、一九四一年にナチス・ドイツによって爆破され、四三年にナチスに協力したブルガリア軍によって修道院は荒らされた。戦後、修道院は、文化遺産として修復され、宿坊も作られ、今日の姿となった。不死鳥という言葉を思い出した。

二月の初め、私はふたたびターラ山のミトロバッツ村に籠った。ベンツロビッチの詩集を携えて……。土曜の午后、ビオレッタに電話で連絡する。その晩、雪が降り続けた。日曜日の朝、ラドエの車で、雪深い道を下りる。わずか一か月の間に、日の出も早くなり、プレチャッツ湖を見下ろすころには夜が明けて、湖の水面の周りの灯火は消えていた。車は小道に入り、ラーチャ村に向かった。

聖体礼儀のあと、集会所でコーヒーをいただく。老僧マカリエが、ラキアの杯を手に、よくいらっしゃったなと、歓びの笑顔で迎えてくださり乾杯する。今度、私がラーチャに来られるのは夏だ。「裏山の道を行くと、ラーチャ川の源流で、体にいい水が湧き出る泉がある。今度、案内するわ」とドラガナ。「夏なら、中世の修道士たちが写本をしていた聖ゲオルギイ小庵まで、歩いて行けるね」とゲルマン修道院長。

帰りには、ビオレッタの家で、またお昼を御馳走になる。お土産に、干したアプリコットと私の詩集を届けた。「甥っ子が、肺癌で苦しんでいるの。四十二歳、二人の子供の父親。まだ若いのにね……」。まわりに、若くして癌と戦う人が増えた。一九九九年、NATOの爆撃で使われた劣化ウラン弾の影響か。しばらくすると、ドアのベルが鳴る。ドラガナだ。お土産にと、お手製のアイバルを届けてくださった。この土地の名物、夏野菜のペーストだ。夏の再会を誓う。

ふたたび、ラドエの車で雪道を宿に戻った。午后のターラの森を歩く。白樺の芽が、ほんの少し、紅色に膨らんでいる。真冬とはいえ、日の長さを感じた鳥たちが、密かに声を掛けあっている。一七四一年、ベンツロビッチが記した諺を思い出した。鳥は片方の翼では、高みへ飛べない、という諺を。

ノビサドは、ドナウ河の水源より一二五二キロメートルから一二六二キロメートルの地点に位置し、人口は三十八万人ほど。ボイボディナ自治州の州都で、セルビアでは第二の都市である。ベオグラードからパンノニア平原を北へ約七〇キロ、ノビサド行のバスは、一時間に数本あり、列車の便も悪くない。左岸はバチカ平野、右岸はスレム平野でフルシカ・ゴーラの丘が連なり、そこをドナウがゆったりと流れていく。

ノビサドのあたりは、一五二六年から一六八七年まではオスマン帝国の支配下にあったが、十七世紀末からはオーストリア・ハンガリー帝国の支配下に入り、街並みには西欧文化の影響が感じられる。カトリック教会、セルビア正教会、ユダヤ教のシナゴーグが町の中心に置かれ、異なる民族が混ざり合い、重厚な文化を生み出してきた。

ノビサドの名前が歴史に登場するのは十八世紀のこと。十七世紀のオーストリア・ハンガリー帝国の支配のもとで、ドナウの右岸の要塞の町、ペトロバラディンには、カトリック教徒以外の者が住むことが禁じられ、一六九四年、正教徒であるセルビア人は、左岸にラッコ・バロシュ（セルビア人の町の意）を形成した。やがて裕福なセルビア人たちはウィーンに行き、マリア・テレジア女帝に八万フォリントを納めて、ラツコ・バロシュに「王の自由都市」の称号が与えられた。勅令によって、都市の名前はラテン語でネオプランタ、セルビア語ではノビサド（新しい果樹園の意）と定められ、商業、手工業が発達し、セルビアのアテネとも呼ばれる都市として栄えた。

町の中心には、セルビアの近代詩人の名前を冠した、ヨバン・ヨバノビッチ＝ズマイ通りがあり、ここには研究機関、図書館、博物館などの役割を担うマティツァ・スルプスカという文化団体が置かれ、書店などが威厳のある店を構えている。通りにはケーキ屋やカフェ、居酒屋、ブティックなどが並び、人々の歩みはゆったりしている。鳩が広場で遊び、花壇が美しい。七月は、EXITと呼ばれる野外ロック・フェスティバルが行われ、外国からも多くの人々が訪れる。

ドナウ河の夏は眩しい。シュトランドと呼ばれる水浴場に、パラソルが並び、水着姿の人々が小石をしきつめた岸辺に寝そべる。鴎が空を舞い、水を船が過ぎて行く。子供たちの歓声、家族が太陽を楽しんでいる。ドナウの流れは、強く速く冷たい。ここで泳ぎを覚えれば、素晴らしい泳ぎ手になれる。

悲しい冬の記憶

だが水浴場は、悲しい冬を記憶する。第二次大戦中、ノビサドは、ハンガリーのホルティ政権の支配下にあり、ナチズムの嵐が吹き荒れた。とりわけ残酷だったのは、一九四二年一月下旬の

「寒い日々」と呼ばれる大量虐殺事件で、ユダヤ人、ロマ人（ジプシー）、セルビア人が、ドナウで命を失った。セルビア現代文学を代表する作家ダニロ・キシュも、七歳のとき、「寒い日々」をノビサドで体験している。七歳の少年ダニロは、姉と二人で長椅子に座っている……。

「二つの現実が混じりあっている。家に憲兵と兵士が入ってくる。銃剣が光っている。一人の兵士がベッドの下を覗き、それから戸棚を開ける間、もう一人は銃を突きつけている。父は警察官に書類を見せる。警官は父にそれを返す。憲兵たちは立ち去る（第一ヴァージョン）。別のヴァージョンでは、一時間後、同じシーンが繰り返されるが、最後だけが違う。父は憲兵に書類を見せる。彼はそれを父に返す。父は帽子掛けから外套と帽子をとる。一瞬、杖を持っていこうか迷う…。杖は残され、帽子掛けで揺れている」（『人生、文学』）

キシュの父も、一斉検挙で連行された人々の一人だったが、「ある奇跡」のおかげで助かる。殺された人の数がおびただしく、ドナウ河の氷の穴に入りきれなかった、と言われるほど、残忍な蛮行は国際社会の知れるところとなり、虐殺が「少なくとも」一時的に中止されたからだ、という。九死に一生を得た父が家に戻るのは、翌日の午后であった。

同年の春、父は子供たちにハンガリー語を教えようと決心する。庭の木製のベンチに幼いダニロは姉と二人で腰掛け、籐椅子に腰をおろした父と向かい合って、ハンガリー語を習う。突然、父は空を見上げる。本のページに、雪が舞い落ちたのか。「『フル・ア・ホー、繰り返してごらん、フル・ア・ホー、いいかい、雪が降る、という意味だ』と、父は言った…」（『倉庫』）。父は、後にアウシュビッツに連行され、還らぬ人となった……。

冬の水浴場

今年は暖冬で、セルビアは雪が少ない年となった。それが二月の終わりから三月の初めに、思いがけぬ寒波に襲われ、季節外れの大雪が降った。雪を見つめていると、キシュの言葉、そして「寒い日々」が想いに浮かんだ。思えば、真冬の水浴場を訪ねたことは一度もない。ノビサドへ行かなくては……。何かに駆りたてられるような思いで、小さな旅に出た。この旅には、列車がいい。

三月二日の早朝、家を出て、ノビベオグラード駅に向かう。高架線の下のうらぶれたキオスクが、切符売り場だ。ガラス窓が割れている部分には、べたべたとガムテープが貼ってある。若い男が二人、切符を買っているが、支払いに時間がかかっている。かなりの金額だ。国際列車でウィーンに行くらしい。私の番が来る。ペンの手書きで金額が記された切符を受け取る。往復五四〇ディナールだ。

階段を上ると、吹きさらしのホームに、列車が入ってくる。アナウンスは不親切だが、ノビサド行きらしい。八時四分。四人掛けのコンパートメント。私のほかに、女学生らしい女性と、年配の女性が一緒だった。車掌がやって来る。切符を見せると、不足分として一四〇ディナールを請求された。切符売りの女性の間違いだという。車窓に雪に覆われた草原が広がり、黒い鳥が飛び交う。パンノニア平原は、空が高い。太古の時代は海だったから、空が海を記憶していると、友達が言ったのを思い出す。セルビアは地中海の文化圏だ、という言葉を。

間もなく、列車は徐行しはじめるが、アナウンスも無く、理由は分からない。ふと車内に取り付けられた赤いハンドルに眼をやると、ポーランド語、ドイツ語、フランス語、イタリア語、英語、セルビア語の六か国語で注意書きが記されている。これは国際列車なのだ。

インジア駅で太った男の人が乗り込んできた。ビニールの大きな袋からバニラの匂いがする。手作りのお菓子を誰かに届けるのだろうか……。甘い香りに、ふと眠ってしまう。目が覚めると九時半、ノビサド駅に着いていた。がらんとした駅の構内を出ると、大雪で道は混雑しており、二十分もかかってやっとタクシーが見つかった。

車は雪道を走り、シュトランド水浴場の傍に着いた。ここから先は、歩いていらっしゃいと運転手さんが言う。木の下で待っているからね、と。

水浴場の切符売り場には誰もいない。戸惑っていると、遠くから女の声がする。冬の間は、切符なしでいいのよ、と。鉄の柵を押すと、鍵などかかっておらず、あっけなく開いた。水浴場は雪に埋もれ、押し黙っている。大きなパラソルが、夏の名残をとどめていた。ドナウには橋が架かっており、対岸に煉瓦色の古い町が現れる。

あの日、ここで多くの人が殺された。誰もいない岸辺。長靴の底で、雪がきしみ、足に冷たさが伝わってくる。あの日、連行された人々は、靴もなく裸足だった。子供もいた……。冬鳥の声がして空を見上げると、白樺の枯れ枝が細い線を描いている。ドナウの灰緑の水を見つめた。

車に戻ると、岸辺で子供たちが、そり遊びをしている。母親らしい人たちがおしゃべりしていた。そこから「寒い日々」の記念碑のあたりに向かう。「一九四二年一月二十一日、二十二日、二十三日」と刻まれ、多くの花環が雪のなかに埋もれ、凍っている。黒々とした記念碑は、彫刻家ソルダトビッチ氏の手によるブロンズの作品。子供を真ん中にして、男女が肩に手をかけて立つ。裸体は極限までやせ細り、身体がありながら、影になっている。雪道を歩かされた人々は、コートもマフラーも手袋もなく、三日で千三百人あまりが犠牲となった。対岸のペトロバラディン要塞を、彼らも見たのだろうか……。

シナゴーグにて

そこから町の中心に向かい、シナゴーグのあたりで車を降りた。シナゴーグは、ペシタの建築家、リポット・バンホール（一八六〇―一九三二）の手によるもので、荘厳な建造物である。ユダヤ人協会で、お話を伺うことになっている。約束の時間まで、あと一時間ほどある。手がかじかんでいた。すぐ近くのグレーデというカフェに入り、熱いお茶を飲みながら、カップを両手でつつみ暖をとる。

十二時、ユダヤ人協会の事務所に向かった。仲良しの詩人、ブラディミール・コピツルが笑顔で迎えてくれた。事務所は中庭のある立派な建物の一室で、じきにコピツルの知人、ミルコ・シュタルクが現れた。芸術大学の教授、赤い毛糸の帽子が似合う。シュタルクは語りはじめた。

ボイボディナ地方にユダヤ人が移り住むのは、十七世紀のこと。ノビサドにも、弁護士や医師など名士たちが中心となってユダヤ人の共同体が生まれた。だが一九三三年、ヒットラーが登場する。私の父の兄は、「ヨーロッパは私たちにとって狭い」と言って、イスラエルに移住して行った。一九四一年、セルビアの北部、ボイボディナは、三分割される。バチカ地方はハンガリー、スレム地方はクロアチア独立国、バナット地方はドイツの支配下に置かれた……。

ノビサドでは、ユダヤ系の家族の不動産の没収が始まる。突然、当局の者がやってきて、家屋を押収する。私の父の家は、中庭のある建物にあったのだが、祖母の妹夫妻のおかげで、没収を免れたのでした。祖母の妹は、クロアチア人と結婚していました。夫はイボ・コバチェビッチ、彼が家族を救ったのですよ。彼は郵政省勤務のエンジニアで、シーメンス社の電話システムの導入に携わっていた人です。彼は、当局に「この家族にはパルチザンなどいない」と、証言してくれたのです。僕たちの家族は、パルチザンの協力者だと密告されていたのでした。

だが一九四二年、虐殺が始まります。ホルティ政権は、ノビサドでは、一月二十一日から二十三日にかけて、「寒い日々」と呼ばれる虐殺を行いました。ドナウ河だけではなく、支流のベチヤイ川、ティサ川の岸辺でも、虐殺は二十日間ほども続けられたのですよ。
その日は厳冬、マイナス二十度。ハンガリー軍は、シュトランド水浴場に人々を連行します。ドナウ河は凍っていた。人々に氷を割らせて、その穴に沈めていったのです。あまりの残虐ぶりに、ブダペストから中断するようにと命令が下ったほどでした。ユダヤ人、セルビア人、ロマ人、反ファシストたちが犠牲となったのです。シュタルク家の者たちも、シュトランド水浴場に送られました。

四四年の春、ふたたびユダヤ人は一斉検挙されました。老人から子どもまで、旧郵便局の建物に集められ、そこからシナゴーグに収容されます。食物も水もなく、トイレもない。さらに鉄道駅に送られ、家畜を輸送する貨車で、ブダペストに送られました。ボイボディナ全土から集められた人々の多くは、アウシュビッツに送られたのです。生還したのは三百名ほどでした。

父の名は、エゴン・シュタルク。少年だった父は、当時、地下組織だったユーゴスラビア青年共産同盟のメンバーとして、反ファシズム活動に加わっていた。一九四一年秋、アジトのあった魚市場で父は当局に捕まり、ハンガリーの町、セゲディンの刑務所に送られ、ソ連軍が刑務所を解放するまでの三年間をそこで過ごします。その後、父は二年間、ハンガリー語とドイツ語の通訳として働き、やっとノビサドに戻りました。父が家に戻ったとき、祖母は気を失ったそうです。

祖母は、ダッハウのナチスの収容所に送られましたが、生還します。手には収容所でつけられた刺青が残っていました。祖父はアウシュビッツで殺されました。父の姉、マルタはダッハウに送られ、チフスにかかりますが、命をとりとめて生還します。戦後、イスラエルに独りで移住しましたが、運の悪いことに、一九五三年、交通事故で亡くなってしまいましたよ。

　祖母の名はボリシカと言います。祖母は、家族の悲劇について、一度も語ったことがありませんでしたが、日記をつけていました。ボイボディナのハンガリー人の多い町、センタ市で生まれた祖母は、耳が聞こえず、ハンガリー語しかできません。僕の父はハンガリー語がわかります。日記は二十頁ほどありました。ずっと後になって、父は三年かけて祖母の日記を翻訳し、三年間、涙を流しました。それは、一九四五年の日記です……。

　アウシュビッツを、僕は訪ねたことがありますよ。五十年の歳月をかけて、心の準備をしました。髪の毛、歯……。カメラに収めようと思っていたのですが、展示品を前にすると、カメラを片付けてしまいました。カメラを回すことなどできなかった。理解できなかった。すべては「健全な理性」とは、およそ結びつけることができない……。

　僕の父は、戦後、鉱山学部を卒業して、大学で知り合った母と結婚、最初はサラエボのカカリ鉱山に勤務し、一九五九年にノビサドに移りました。サラエボ時代は、祖母が僕の面倒をみてくれ、小さな僕はハンガリー語ができた。

　祖母の日記の翻訳を父に頼んだのはね、僕なのです。父が祖母の日記の翻訳をはじめたのは二〇〇五年、翻訳が終わった二〇〇七年に、父は亡くなりました。

　ユーゴスラビアの内戦ですか。父は、この内戦について、一言も語ることはなく亡くなりました。今日は、お会いできて嬉しかった。また会いましょう……。

シュタルクとお別れし、コピツルと通りに出る。「寒いね、お茶でも飲もう」と、コピツル。表通りから中庭に入り、狭い階段を上ると、カフェだった。古風な家具が並ぶ。ひとつひとつ違う椅子とテーブルがそれぞれの昔話を囁く。窓から外光がぼんやりと差し込む。ルビー色のホットワインに、身体が芯から温まった。

午后の雪道を、コピツルがノビサド駅まで送ってくれた。定刻になってもベオグラード行きの列車は来ない。無愛想なアナウンスで、人の群れが動き始める。別のホームに行き、列車が入ってきた。ベオグラード行きだ。

列車が動き出す。窓から手を振る。今度は、僕たちの家においでよ、とコピツルが言う。列車は次第にスピードを上げ、夕映えがドナウ河を淡く染めていく。車掌がやってきた。例の往復切符を見せると、また不足分を請求された。今度は、一七〇ディナールの追加。よく解らない説明だ。だが、貨車でブダペストに送られた人々の運命を想うと、切符のことなど、どうでもよくなった。車掌は同僚と空いた席にすわり、楽しげにおしゃべりをしている。

次は、夏にノビサドを訪ねよう。ドナウの岸の並木道には、アカシアの木に、寄生木が緑の毬をふくらませて揺れるだろう。夜の闇に沈んでいく車窓を見つめながら、シュタルクのお祖母さんの日記には、何が書かれていたのだろう、と想った。

円卓会議の故郷

ドナウをのぼりスレムスキー・カルロウツィへ

七月の朝、八時三十分。小さな旅に出た。車がノビサドに向かう自動車道に入る。パンノニア平原が広がっていく。道を右に折れる。スレム地方はドナウ河流域の肥沃な大地、イリグ村に入ると、向日葵畑、林檎畑、玉蜀黍畑が続き、彼方に丘が波打っている。ブランコ・ラディチェビッチをはじめ、セルビアの詩人たちが詠ったフルシカ・ゴーラである。地名「フルシカ」の由来は、スラブ語で「フランク王国」を意味する言葉フルグ（Frug）、ゴーラとは山、または森のことだ。一番高い地点は五三九メートル。二〇〇メートルから四〇〇メートルほどの落葉樹の森が花環のように連なる。広大な丘陵は、国立公園に指定されている。

葡萄畑は広がり

葡萄畑に、緑の葉が揺れていた。スレムは葡萄酒の産地、コバチェビッチなど個性あるワイナリーがある。手元のガイドブックを開く……。この地域のワイン作りの歴史は長く、三世紀まで遡ることができる。ドナウ流域は、かつてローマ帝国の領土だった。十七人ものローマ皇帝が、現在のセルビア共和国の町や村に生まれている。しかも、三世紀から四世紀に活躍した皇帝の多くがスレム地方の出身だ。三世紀に第四十代皇帝となったマルクス・アウレリウス・プロブス帝も、当時のパンノニア州都シルミウム（現スレムスカ・ミトロビツァ市）で生まれた。ライン川、ドナウ河の蛮族撃退で活躍、優れた武功があったが、ワイン作りにも深い関わりがある人物だ。

紀元一世紀、第十一代ドミニティアヌス帝は、イタリア以外の土地でのワイン作りを禁ずる。各地で質の悪い葡萄酒が作られるようになったのが理由らしい。その約二百年後、プロブス帝がこの勅令を無効としてから、フランスやスペインをはじめ、各地でワインが作られるようになった。プロブス帝は、軍隊に命じ、フルシカ・ゴーラを開拓させて葡萄の栽培を奨励したが、軍隊内部の反発をかい、暗殺された……。

ノーボ・ホポボ修道院にて

緑の深い森を辿る。やがて空が明るんで、聖堂が現れた。ノーボ・ホポボ修道院だ。フルシカ・ゴーラには、セルビア正教会の修道院が群れをなす。十四世紀、コソボの戦いでセルビアがトルコに敗れると、セルビア正教会はトルコ軍の迫害を逃れて北上、十六世紀から十七世紀には、この地に三十五もの修道院が作られた。今は、十六の修道院が残る。

門をくぐると僧坊に囲まれるようにして中庭があり、ゼラニウムが深紅の花を咲かせ、聖ニコライ教会があった。マクシム・ブランコビッチが一四九六年から一五〇二年にかけて建立した。日曜日には聖体礼儀が執り行われる。読経が流れ、神父の手が振り鳴らす「振り香炉」が鈴のように鳴り、蝋燭の光のなかに乳香がただよう。正教会ではオルガンなど楽器はなく、唯一の楽器は人間の声である。無伴奏の聖歌が清らかだ。

　いちめんに描かれた壁画に、息をのむ。ラピスラズリという宝石から採った青い色は、ビザンチン・ブルーと呼ばれ、中世の教会美術を彩る。フレスコはギリシャのアトス山から来た画僧の手によるもので、十七世紀に描かれた。ここにも写経の学校が置かれ、ロシアやアトス山との繋がりは強い。二十世紀初頭、一九一七年、ロシアで十月革命が起こると、ソビエト連邦から逃れた白系ロシア人が、セルビアに安住の地を求めて亡命したが、この修道院にも、ロシア人の修道尼たちが祈りの日々を送っていた時期があったと聞いた。

　だが今は、歴史の荒波が嘘に思われるほどに静かだ。修道院長が銀の器から、赤葡萄酒で煮たパンを匙ですくい、信者に与えている。最後に、大きな器に聖別された小さなパンが、人々に配られた。かすかに甘い。

　聖堂をめぐると、深紅のビロードに包まれた不朽体がある。ローマ帝国時代の大殉教者、聖テオドール・ティロンだった。東方でも西方でも、キリスト教では大切な聖人だ。四世紀の初頭に殉教し、様々な道をたどって、十六世紀からノーボ・ホポボ修道院に祀られていると記されている。キリスト者として迫害にあい、昇天後も不朽体は長い旅を続けたのだった……。厳かな気持ちに満たされて、聖堂を出た。

売店で小冊子を求め開くと、またひとつ意外な事実に驚いた。十九世紀を代表するセルビアの啓蒙家、ドシテイ・オブラドビッチが、この修道院で出家していた。ドシテイは、イソップの翻訳をはじめ、セルビアの近代化に大切な書物の数々をドイツ語から翻訳した人だ。若き日に修道士となったものの、祈祷書や神学書では飽き足らず、様々な書物を耽読するうち、修道院を離れて世俗社会に戻り、学問を続ける決心をしたと記されている。彼がここで祈り続けていたら、セルビアの歴史は別の軌跡を描いただろう。ベオグラード大学の礎となったセルビア初のリセー（高等学校）を創立したのも彼である。顔を上げると、聖堂の壁を蔦の緑がおおっていた。

自由を求めて

ふたたび車で森の道を走った。窓を開くと、樹木の香が入り込む。曲がりくねる坂道を下っていくと、サイクリングの自転車の列にすれ違った。道路は狭く手入れが悪くて、穴だらけ。夜は怖いだろう。やがて分かれ道に出た。左に折れてイリリシキー・ベナッツへ向かった。

野原に車を停めて、歩いていくと、男女がブラックベリーを摘んでいる。女の人が手のひらに分けてくれた。黒く光る実が甘酸っぱい。春は雨ばかりだったからな、今年は不作だ、と男の人。

そこから五分も歩いたろうか。あっ、思わず声を上げた。道の傍らに、爆撃を受けたテレビ塔が立っている。生々しい傷跡は、一九九九年の春、NATOの空爆によるものだ、と分かった。

この辺は、第二次世界大戦の激戦地であり、多くの犠牲者が出た……。野原に、巨大な記念碑が現れる。「自由」と題するパルチザンの群像、彫刻家スレテン・ストヤノビッチの作品で、一九五一年の制作と記されている。ドナウの岸まで約八キロ、サバ川の岸までは約四キロ。ナチス・ドイツの衛星国だったクロアチアとの国境もすぐそこ。壮絶な戦いだったろう。

未来を見据えるように娘が立ち、その下を勇ましいパルチザンたちが歩む。土台にはレリーフが刻まれていた。右側は難民となった民衆がドナウ河を渡る姿、左側はナチス・ドイツに抵抗する人々……。セルビアでは、社会主義リアリズムは主流とはならなかった。シュールで抽象的な記念碑が多いから、この作風は珍しい。写真を撮っていると、老人が現れた。「数年前に修復したから、きれいだろう。あれは大変な戦争だったよ……。今日は天気もいいし、散歩日和だね……」

スレムスキー・カルロウツィへ

車で、フルシカ・ゴーラをさらに下る。でこぼこ道の先は、広い玉蜀黍畑だった。文字通り、泥んこの道に入った。速度を落とす。やがて、いっぺんに視界が開けた。ドナウの青い光が、ゆったりと流れていく。車から降りて、しみじみと眺めた。坂をさらに下ると、煉瓦の屋根の家並みが始まる。スレムスキー・カルロウツィに着いたのだ。

ノビサドから約六キロ、人口数千人足らずの古都は、世界の喧騒から隔離されて、別の時が流れている。石畳の通りを急ぐ者はない。この町が古文書に最初に登場するのは一三〇八年、最初はカロンという名前だったと聞く。幾つもの民族がせめぎ合うバルカン半島の過酷な歴史が、ここに刻まれている。一五二一年、北へと版図を拡大するトルコに町は征服されたが、一七一三年には、トルコに圧迫され北上してきたセルビア人の町となり、セルビア正教会主教座が置かれ、印刷所も作られて、セルビア文化の中心を担った。町の中央には四頭の獅子の頭をあしらった古風な噴水、それを囲むように、一七九二年創立のギムナジウム（高等学校）、セルビア正教会、カトリックの聖堂が並んでいる。

急な坂道を上り、「平和の聖堂（Kapela mira）」に向かった。丘の上に、聖堂はあった。気温は上がり続け、町の人の気配はない。東洋の女たちが日傘をさし、ベンチで休んでいた。観光客らしい。サングラスの女は、タオルを首に巻き、ヨーグルトを飲んでいる。

聖堂の庭の門には鍵がかかっていた。壁の掲示板には、手書きで携帯電話の番号が記され、見学希望者は連絡されたし、とある。電話をすると、すぐ参ります、と女性の声がした。坂道のむこうから右足をかばうようにして、女の人が歩いてくる。きれいだとは言えぬプードルがついてくる。ようこそ、と、エプロンのポケットから大きな鍵を取り出して門を開き、石段を上る。聖堂の中は、ひんやりとしていた。入場料は一〇〇ディナール。後から、ヨーロッパ人のカップル、例の東洋の女たちも入ったが、お金を払う者はなく、女の人も請求しない。なんと呑気な……。でも、説明をしてもらえるのは私だけだ。

　この丘は、ラウンド・テーブルの発祥の地。十七世紀末、オスマン帝国とヨーロッパ諸国が、長い戦争のあとでこの丘に集まり、国境を決定する協定を結んだ。歴史の教科書にはドイツ語風に「カルロビッツの条約」とあるが、それがセルビアのスレムスキー・カルロウツィのことだと知ったのは、つい数年前のことだ。

　女の人が説明を始める。プードル君もいっしょだ……。中世にオスマン帝国は、北へと版図を広げて中欧に進出、大宰相カラ・ムスタファの率いるトルコ軍は一六八三年にウィーンを攻撃するも大敗、ベオグラードに撤退した。だが政敵がメフメト四世に讒言《ざんげん》、処刑された。指揮官を失ったトルコ軍は苦戦を強いられる。ローマ教皇イノケンティウス十一世の呼びかけで、オーストリア、ポーランド、ベネチアがカトリックの神聖同盟を結成して抵抗、大トルコ戦争に突入し、戦争は十六年も続く。その終結のため、ここで国際会議が開催されたのだ。イギリスとオランダの仲介で、神聖同盟側からオーストリア、ポーランド、ベネチアが参加、オスマン帝国の代表、他にオブザーバーとして東方教会のロシア帝国の代表が集い、一六九八年十月二十四日から七十二日間、三十六回も会議を重ねた。

　スレムスキー・カルロウツィの町が選ばれたのは、「誰にも属さない」町であったから。トルコの代表は駱駝に跨って現れ、丘にテントが張られ、仮の宿となった。駱駝は異郷でどんな餌をもらっただろう。長旅のあと駱駝もここで休んだ。ドナウの対岸にそびえる城塞ペトロバラディンの下町には、約百五十人、代表団の関係者や付き人たちが投宿した。下町には、英語、伊語、独語、露語、ポーランド語、トルコ語が不思議な音楽となって響いたことだろう。

参加者が対等な立場で話しあうために、会議では円卓が用いられた。今日の国際会議のラウンド・テーブルの原型である。この丘は平和の象徴なのです、と女の人は言葉を続けた。記録によれば、全体会議の前に、二国間の会談が重ねられた。この結果、ドナウ河の大きな支流サバ川とティサ川が、オスマン帝国と神聖同盟諸国との境界に定められた。当時の戦況を反映した境界線である。条約締結の日には、にわか作りのバラックの四方に作られた扉から同時に代表が入場、条約に署名。オスマン帝国は星の運行を占い、縁起をかついで深夜十二時十五分前に条約は締結された。一六九九年一月二十六日の深夜である。

「聖堂が建てられたのは一七一〇年です。条約が結ばれた木造バラックに模して楕円形、四方に扉を作りましたが、トルコの代表が入場した扉を、聖母マリア像で塞いでいます。二度とトルコが攻めて来ぬよう祈願して……。一階の窓枠は仲介した英国を記念してユニオンジャック、二階の窓枠はオランダの旗のイメージです……」。

開け放した入口の扉から、熱い外気が入ってきた。「会議の模様を伝える記録は、ベネチアに残る一枚の銅版画だけです」と、円卓会議の図版を見せ、女の人は、円卓をあしらったマグネットを下さった。庭に出ると、夏草のなかに墓標がひとつある。墓碑銘が読み取れない。ベネチア代表のお墓だ。「冬は厳しく、連日続いた会議で病に倒れ、客死したのです……」。異郷で昇天したイタリア人は、ドナウを見下ろすように眠る。

門を出ると、プードルが私を見上げている。頭をなぜる。瞳が愛くるしかったが、お風呂に入れてあげたくなった。きれいとはいえない、そこが自然でいい。

「すぐ近くに、『雪の聖母教会』があります。一七一六年、トルコ軍は条約を破り、ドナウ河を渡ってペトロバラディン要塞を攻撃しますが、思いがけぬ冷夏、八月五日に雪が降り、トルコ軍は大敗しました。その日が『雪の聖母』の祝日だったので、教会の尖塔のひとつに、トルコを象徴する三日月を突き刺す形で十字架が掲げられています。この戦を最後に、トルコ軍は二度とドナウ河を渡ることはありませんでした……」と、別れ際に女の人が言った。

魚と葡萄酒

旧道を行くと、「雪の聖母教会」があった。三日月を串刺しにした十字架も見える。正午をとうに過ぎ、お腹がすいた。車を停めず、レストランに急いだ……。

ドナウの岸辺、ここの川幅は広く、向こう岸に中州が横たわり、空を鴎が飛びかう。店の名は「パセント」。土地の方言で、ちょうどぴったり、という意味らしい。洋服がぴったりとか、味加減が絶妙、という意味の表現で、ドイツ語起源の言葉だ。ノビサドの若夫婦が数年前に開いた店は白が基調で明るい。今日は町の人の披露宴らしく、お手製のケーキを抱えた老夫婦、ハイヒールにドレスの娘、慣れないスーツを着た青年が集まって来る。水辺の席は満席で、葡萄棚の下の席に案内された。

　フィッシュ・スープを注文する。ドイツ語の名が付けられた鍋料理は、鯰や鯉など川魚をパプリカの粉で味付けした赤いスープ。ハンガリー風の料理だが、リーブリャ・チョルバとも呼ばれる。リーバはセルビア語で魚、チョルバはトルコ語で実だくさんのスープのこと。ハプスブルグ帝国とオスマン帝国が境界線を争った土地ならではの名前の二重性。料理に二言語が溶けている。だがどの言葉で呼ぼうと、味わい深い。サラダはキャベツ、ワインは白。ハウス・ワインがガラス瓶に注がれ、運ばれてきた。ワイン・リストに、赤ワイン「アウレリウス」がある。プロブス帝の名を冠した高級ワインだ。

　ウエイトレスが、水玉模様のホウロウ鍋を運んできた。いい匂い。一人前とは、信じられない。最初の一口を味わう。魚が舌の先で溶けていく。よく冷えたワインは果物の香り、プロブス帝に乾杯……。

　魚のスープを味わいながら想った。スレムスキー・カルロウツィは、セルビア人が多く住んでいた町だ。十四世紀末、オスマン帝国に征服され、セルビアは国家を失っていた。オスマン帝国とヨーロッパ神聖同盟の代表は、会議で境界線を定めた。だが国を持たぬセルビア人たちの利益は、同じ正教国であるロシア帝国がちょっと代弁しただけだ。サバ川、ティサ川を二つの勢力の境として、スレムの平野はオスマン帝国の領土、川の向こうはオーストリア、ハプスブルグ帝国の領土となった。土地のセルビア人の居住地は、川で分断された。円卓会議は平和の象徴だというが、国を持たぬセルビア人は、二つの帝国に挟まれ、戦で村や町が焼かれても、黙々と生き続けた。セルビア人の独立運動が始まるのは十九世紀初頭、ドシテイ・オブラドビッチが活躍した時代だ……。

　青緑の水を見ていた。店の前の岸辺から、舟が中州に向かっていく。麦わら帽子、浮き輪、水着の子、水浴客たちの歓声……。十八世紀初頭、トルコ軍から逃れ、ラーチャの修道院を後にした修道士ベンツロビッチの船も、この水を辿ってハンガリーを目指した……。次に来るときは、小舟で中州へ渡ろう。そう思った。

『ドリナの橋』へ船の旅

ドリナ川をのぼりビシェグラードへ

夏のターラ山。バーンスカ・ステナへ、宿から七キロ半ほど歩く。森の坂道をゆくと、一時間半ほどで分かれ道に出る。細い道を進むと、苔むした白い石がマダラ模様を描き、最後の傾斜を上ると、一度に視界が開ける。絶壁の頂に作られた木製の柵の下は、目眩がするほど深い谷。眼下に、ドリナ川を堰き止めて造られたペルチャッツ湖が、緑の瞳をひらく。ドリナ川は、湖に流れ込むとダムを下り、北西へ流れていく。鳥が翼を広げ、空を横切る。渓谷にはわずかな水で生きる針葉樹が、灰緑を添える。

バーンスカ・ステナから

昔は、バーンスカ・ステナに泉があった。トルコ語でバーニャは温水、ステナはセルビア語で岩を意味する。真冬も水は摂氏四度を保ち、村人が水を汲みに来たという。村まで水を運ぶのは辛かったろう。ドリナの対岸には、匠が集落を成していた。かつては、森から伐採した木を岸辺に下ろし、筏に組みドリナ川で運んだという。急な斜面から、どうやって材木を下ろしたのだろうか。今は、山道をたどりトラックが材木を運ぶ。

展望台からの眺めは、セルビア屈指の絶景に違いない。山道を歩いた疲れは、一度に報われる。ドイツ人の家族が歓声を上げ、写真を撮っている。川を境に、対岸はボスニア・ヘルツェゴビナで、ユーゴスラビア内戦以後、異国となった。対岸の丘にイスラム教の寺院の尖塔が点在し、セルビア人の村とムスリム人の村が混在、複雑な民族地図を描く。

ペルチャッツ湖は西南にのびて狭まり渓谷がはじまり、ドリナ川は蛇行して見えなくなる。湖を船がゆく。ビシェグラードへ向かう観光船だ。ノーベル賞作家アンドリッチの小説『ドリナの橋』の町。あの橋に会いたい……。

ドリナの船旅

五日後の八月二十三日、水の旅に出た。早朝、ターラ山を車で下り、ペルチャッツ湖の波止場に向かう。八月十九日の「主の顕栄祭」が過ぎ、太陽の輝きが褪せてゆく。水は冷たい……。ゆく夏を惜しむように、岸辺では女たちが水着に着替え、湖に飛び込んでいく。山影を映す深緑の水面が震える……。船は、春から秋の週末だけ運航、天候が少しでも崩れると欠航する。本日は、よく晴れた。

九時に乗船開始、パスポートを提示する。ビシェグラードは外国なのだ。デッキに並ぶテーブルに、少し水を入れたジュースの空き瓶がある。何かしら……。灰皿よ、と隣の席の女の人が微笑む。見た目を飾らぬ、セルビア的な廃物利用。外国に移住し、夏を故郷で過ごす家族、子供連れ、質素な旅を楽しむ北欧の若者など、旅人たちが集まった。

五二キロの船旅、ガイドは陽気なゾラン氏、自称独身。愉快な言葉にのせられ、クレカ（西洋ネズ、Juniperus communis）の火酒を頼む。「胃腸の炎症、膀胱炎を鎮め、喉の痛み、気管支炎に効く。そして愛の妙薬……」。クレカは、灰色をおびた紺色の実をつけ爽やかに香る。同席の夫妻と乾杯、火酒の琥珀色に魂がほぐれる。汽笛を鳴らして船は岸を離れ、白い波しぶきに陽光が躍る。

辺りは国立公園だ。「文明から切り離された森は、野鳥、動物、植物、そして自分自身を守り続けてきました」と、ゾラン氏。石灰岩の灰色の肌に、時折、洞窟が黒い眼を見開いている。そこに至る道はなく、人は踏み込めない。釣り人が小舟を操り、近づくだけだという。絶壁を見上げると、ああ、見えた。五日前に私がドリナ川を見下ろしたバーンスカ・ステナの展望台だ。なんという高さ……。

ターラの森には、オモリカ・トウヒ（Picea omorica）がある。氷河期に群生していた針葉樹で、ドイツで化石が発見されたが、今もターラ山の限られた地域に育つ。未踏の地であったこと、潤沢な地下水があるなど条件が整い、朽ち果てた草木が腐植土の厚い層を形成したためである。セルビアの植物学の父、ヨシップ・パンチッチがターラ山のドリナ川流域で一八七五年に発見。この地の木材は良質、ヨーロッパに輸出されてきた。セルビアの詩人、ラーザ・コスティッチが悲歌「サンタ・マリア・デ・ラ・サルーテ」に歌うように、イタリアのサンタ・マリア・デ・ラ・サルーテ大聖堂にも、この森の樹木が使われていた、とゾラン氏。旧ユーゴスラビアの鉄道の枕木もここから伐りだされた材木が使われたという。

　六キロほど川を上ると、大学のキャンプ場がある。水路以外に交通手段はなく、生物学や教育学専攻の学生が、文明から隔絶された生活を体験する。手を振る若者たち、私たちも手を振る。対岸の丘に、中世の城壁が現れる。ドリナはここの川幅が最も広い、とゾラン氏。だが、一一九七メートルに過ぎない。渓谷は深く暗く険しい。キツネ、羊、タヌキ、カモシカ、鹿、熊など、絶滅危惧種が棲息する。セルビアで登録された熊七十頭のうち、四十頭がターラ山に棲むという。植物相も豊かで、野草が麗しい。キノコだけで二百五十種。「毒キノコもある。食べれば即わかりますよ」と、ゾラン氏。ぎょ。

　七キロあたりの地点、右岸の丘はグルラッツ。セルビア語でグルロは喉のこと、川幅がぐっと狭まる。崩れかけた城壁が中世の面影を残す。オスマン帝国の侵攻の前に栄えたパブロビッチ候の検問所で、隊商をコントロールしていたという。はるばるイスタンブールから馬にまたがり、バルカン半島を抜けてアドリア海に向かう商人たち……。バルカン半島にスラブ系の民族が移住するのは六世紀、遥か昔のローマ帝国の時代から、ドリナ川は東方と西方を結んでいた。香料や織物、銀細工、楽器や歌、踊りや食物がドリナを渡って異国へと伝わったのだ、と想いを馳せる。

「最も危険なのは、材木の運搬。伐採した丸太を組んで筏で川を下る男たち……」と、ゾラン氏。バイナ・バシタの夏の風物詩、ドリナのレガッタと呼ばれる船祭りは、参加者が各々の船で繰りだして列を組み、数日をかけて川を下る。岸辺で休み、釣れた魚を焼いて酒を酌み交わし、夜は焚火を囲んで歌う。祭りは、昔の筏下りたちの勇気を讃えるものだ、と初めて知った。

八キロの地点で、渓谷の表情はさらに険しくなる。高みから、大きな鳥が空へ舞い出た。鷹の一種か。ダムが造られ、鳥も高い場所へ巣を移したのだろう……。「川の名のドリナは、ケルト語起源と言われています。様々な民族がバルカンに住んできたのです。さて煙草に『ドリナ』がありましたね……」スラブ系の民族がバルカンに移住する前には、ケルト人が住んでいた。ローマ帝国誕生以前の話だ。ドリナは、長い歴史を流れる川なのだ……。「ドリナ」は、よく憶えている。サラエボ留学時代、ユーゴスラビア文学の演習は、まさに「ドリナ」の煙に包まれていた。助手のペーロも「ドリナ」をくゆらせ、詩について語った。フィルターのないものは、赤箱にドリナとキリル文字で書かれていた……。

思い出に耽っていると、二四キロの地点でドリナの流れに引き戻される。「右手をご覧ください。アンドリッチの短編『ジェパの橋』に登場する橋が見えます。ペルチャッツ湖が造られ、ジェパ村は水没。オスマン帝国時代に架けられた橋は、あの場所へ移されました」とゾラン氏。一瞬、旧い石橋が遠くに現れ、水泡のごとく視界から消えた。ジェパ川はドリナ川の小さな支流、源流はジェパ山の頂にある。橋は、建築様式からしてオスマン帝国時代のものだが、名も年月も記されず、いくつかの伝説が伝わるだけだ。

橋は、アンドリッチ文学の核を成す。世界の無秩序、死、無意味を克服し、希望の「彼岸」へ橋を架けようという悲願……。彼は多くの歴史資料にあたり、一九二七年、『ジェパの橋』を発表した。ユスフ宰相の伝説をもとにしている。

ユスフ宰相は、ジェパ村の生まれ。当時、オスマン帝国は、ボスニアのセルビア人の家族から人頭税として五年ごとに十歳ほどの優れた少年を徴集し、イスタンブールに連れ去り、特別な軍事教育を施し、世界最強の軍隊を編成する。セルビア人の少年たちは、家族も名も民族のアイデンティティも奪われ、異郷で育つ。ユスフ宰相もその一人だ。

宰相となった彼は、故郷に善きものを贈ろうと願う。ジェパ川に架けられた丸木橋は厳冬には凍てつき、人も家畜も難儀すると知ると、イタリアの高名な匠を招き、橋を造らせた。急流に橋を架ける仕事は難航する。イタリアの匠は、橋造りに身も心も捧げ、粗末な小屋で、修道士のごとく清貧に暮らし、橋が完成すると報酬も受け取らず客死する。

ユスフ宰相に、若い詩人から手紙が届いた。碑文に橋に刻むべき言葉が記してある。ユスフ宰相は、自分の栄誉を讃えた部分を削り、さらに自分の名も消す。ジェパの橋は、地上の富と名誉を拒んだ二人によって架けられた……。第二次大戦中、アンドリッチは、ナチス・ドイツの占領下のベオグラードに蟄居して、壮大な小説『ドリナの橋』を完成した。その詩学は、この短編がすでに示している……。

やがて左岸に、白い石の群れが現れる。ステチャックと呼ばれるボゴミールの墓地だ、とゾラン氏。十一世紀から十二世紀にかけて、バルカン半島のスラブ系民族のキリスト教化が進むが、ボスニアでボゴミールと呼ばれる宗教が生まれた。キリスト教から発した異端者たちと言われ、共同体を成して生活していたらしい。石群は、ターラ山やペルチャッツ湖の畔にも残るが、ボスニア全域に分布し、アドリア海の岸辺の町にも見られる。太陽や花など単純な模様をあしらった石の下に、誰が眠るのか。墓標に名前はない。船が右に大きく蛇行する。ズベズダ山、ストラッツ山などが青く山並みを連ね、人里寂しい風景が続く。

右岸はミロシェビッチ村。第二次大戦中、一九四二年三月二十二日（セルビア正教では新婚夫婦を祝う祭日）、ウスタシャ（クロアチア独立国のファシスト部隊）による虐殺が始まり、人々はビシェグラードの橋を渡ってセルビアへ逃げようとしましたが、イタリア軍が封鎖、ミロシェビッチ村まで逃れてきたものの、六千人が犠牲となりました、とゾラン氏。民族問題やイデオロギーの論議を避けようと、記憶は封印されていたが、二〇〇八年に慰霊碑が建てられ、歴史書も刊行されたそうだ。村には、別荘らしい木の家が並び、水辺に男の人が現れる。子孫なのだろう。「あの山の頂を見てください。飲み水が湧き出る泉があります。泉は見張りの場所でした……」。ドリナの水には、数多くの悲劇が溶けている。

ビシェグラードにて

二時間半ほどすると、情景が光に潤み、柔らかさを増す。渓谷や山並みが消え、なだらかな丘に村々が現れた。川岸の道を、初老の村人が自転車をこいでいく。船はビシェグラードに入ったのだ。アンドリッチはこの町で少年期を過ごしている。象牙色の橋が、荘厳な姿をあきらかにする。この辺りで、セルビアのモラバ水系のひとつ、ルザブ川がドリナに流れ込む。

正午の陽ざしは強い。帽子をかぶりサングラスをかけて、船を降りる。船着き場で、またパスポートを提示した。同じ言葉が通じるのに、外国だ。ゾラン氏の案内で、アンドリッチ・グラードまで十分ほど歩いた。現代映画の鬼才、クストリツァ監督が社会活動のプロジェクトとして人口的に造った大理石の「町」は、総合的な文化センターとしての機能をもつ。新しいセルビア正教会があり、ソコロビッチ兄弟の銅像が立っている。

ボスニアがオスマン帝国の支配下に入ると、セルビア人のソコロビッチ家の息子の一人は、人頭税としてイスタンブールに連れ去られ、イェニチェリ、つまりオスマン帝国の常備歩兵となる。彼は優れた若者に成長し、後に宰相となった。メフメド・パシャ・ソコロビッチ（一五〇五―一五七九）、ビシェグラードに橋を架けた人物である。実弟のマカリエは、セルビア正教会の総主教となり、兄弟は民のために力を合わせ、心を尽くしたと言われる。

岸辺の「町」は、どこか映画のセットを思わせ、テーマパークといった風情だ。アンドリッチ関係の書物を収めた図書館、書店、映画館のほか、銀細工屋、菓子屋や喫茶店もあり、観光客でにぎわう。建物の壁のモザイクは、第一次世界大戦の発端となった「サラエボ事件」を描いている。郷土料理店のテラスで、ボスニア名物、チェバプチッチ（肉団子）とキャベツのサラダ、生ビールを注文して一息ついた。サラエボ留学時代の味だ。そこからビシェグラードの中心街に出て、橋へ向かった。

岸辺には朽ち果てた家、派手な色合いの家などが無造作に並び、それぞれの家族の運命が水辺に影を落とす。浅瀬は澄み、魚の群れが遊ぶ。舟遊びの人たち、釣り人たち。水鳥が泳いでいた。この橋は、ドリナ川の流れのほぼ中間地点に位置する。大理石は、近くのビシェグラツカ・バーニャ山の石を切り出したもの、材木も土地のものが使われた。石と木を運ぶ過酷な作業は、アンドリッチが小説に記している。

橋の中央にはカピア（トルコ語で門の意）と呼ばれる場所があり、昔の人はここに設えられた石のベンチに集まり、コーヒーや火酒を楽しんだという。ゾラン氏の説明に耳を傾ける。橋は全長一八〇メートル、幅六メートル、壁の厚さ六〇センチ。十一のアーチと九本の柱が壮麗だ。カピアの正面に立つ記念碑は、トルコ語で書かれている。いつのまにか、小麦色の肌の少年が、空き箱を手にして立っていた。「この子がセルビア語に訳しますよ」とゾラン氏。少年はよどみなく長い文を暗唱、拍手喝采。空き箱に、お金が投げ入れられる。黒い瞳を輝かせ、少年は仲間とともに右岸へカモシカのごとく走り去った。

『ドリナの橋』は、メフメド・パシャ・ソコロビッチ宰相の哀しい回想で始まる。一五一六年、十歳の少年は果物などを運ぶ籠に乗せられ、この町からイスタンブールへ連れ去られる……。夕闇にひびきわたる母たちの嗚咽が、水を幽かに震わせるように、川は憂愁を湛えていた。

この長編小説は、この橋を主人公に、十六世紀から二十世紀までの町の歴史を物語る。帝国最高の宮殿建築家ミージャ・ミマル・シナンが指揮、六年の歳月を要したという。オスマン帝国の支配下でイスラム教に改宗しムスリムとなる人々、セルビア正教を守り続けた人々……。宗教は民族アイデンティティを変え、人の運命を操る。オスマン帝国崩壊後は、一九〇八年にボスニアを併合したオーストリア・ハンガリー帝国支配下に置かれ、対岸ではセルビア人の独立運動が広がる……。小説は、橋がオーストリア軍によって爆破される一九一四年で幕を閉じる。第一次世界大戦勃発の年、サラエボでフェルディナンド皇太子夫妻が暗殺された直後のことだ。

小説『ドリナの橋』との出会いは一九七八年、夏の札幌である。大学の掲示板に貼られていたユーゴスラビア政府給費留学生募集の貼り紙を見て、スラブ語圏で生きた言葉を学びたいという思いに駆られた私が、図書館で見つけた一冊だった。オスマン帝国とオーストリア・ハンガリー帝国、東西の文明に引き裂かれ、翻弄されても、ドリナの両岸の人々は共に生きるほかない……。

アンドリッチの「橋の哲学」は学生だった私の航路を、大きく変えた。書物は、人の身体を移動させ、新しい土地を与える。翌秋、私はサラエボで留学生活を始めて、バルカン半島に棲みついてしまったのだから。船の汽笛が鳴り、我に返る。

午后四時、船は帰路につく。風が冷たい。デッキを下りて船室の丸窓から流れを眺めた。渓谷は夕映えをまとい、船は夕霧のペルチャッツ湖に入った。水浴の女たちの姿はとうに無い。

書物は、人の魂を移動させる。棲む土地さえも、新たに与える……。宿にもどり灯をともすと、身体にドリナの波動が残っている。秋を告げる生神女就寝祭（聖母マリア昇天祭）が近づいていた。

茜色の大聖堂

イバル川をたどりジチャ修道院へ

クラリェボ市の中心から五キロほど東へ向かい、イバル川にかかる橋をわたり、街道をゆくと、右手に茜色の大聖堂が厳かに現れる。ジチャ修道院である。傍らをイバル川の支流、さらに細いリブニツァ川が流れていく。イバル川の水源は東モンテネグロのハイル山、ビトコビッチ村でセルビアに入り、コソボ・メトヒヤをたどりセルビアを南西に流れる。流域は民族紛争地域である。全長二七二キロ、クラリェボ市で西モラバ川に注ぎ込む。リブニツァ川の水源はゴッチ山とストロビ山の間で全長わずか二六キロ、鱒が棲息する清流だ。

セルビアの修道院の多くは山奥にひっそりと建っているが、ジチャ修道院は街道に面して、平野に在る。この街道は、東はイスタンブールに続き、西はアドリア海のドブロブニクに至り、北は中央ヨーロッパに繋がる重要な道である。セルビア王国黎明期の十三世紀初頭には、理想的な位置だった。東方教会から自治独立を認められたセルビア正教会は、ビザンチン帝国の首都コンスタンチノポリスからも、西方教会のローマからも、ほどよい距離をとる必要があったから……。最初に訪ねたときは、はっとした。あまりにも無防備で傷つきやすい場所ではないか、と。たしかに、歴史の荒波を航海する船のごとく、ジチャ修道院は十七回も破壊され荒廃し、そのたびに復興され甦ってきた。

ジチャ修道院

ジチャ修道院は、一二〇六年から一二一七年にステファン・ネマニッチ戴冠王により創設された。父ステファン・ネマニャはネマニッチ王朝の創始者、大族長としてセルビア王国を築き、次男ステファンに王位を譲り、長男ブカンにはゼタ地方の統治を委ねる。だが三男ラストコは世俗を捨て、十七歳で王宮を抜け出して東方教会の聖地ギリシャのアトス山で出家して、修道僧サバとなり、セルビア正教会の礎を築くことになる。

十三世紀はビザンチン帝国の衰退期にあたり、バルカン半島の覇権をめぐり諸国間の争いが絶えぬ戦国時代だ。一二一九年、サバはビザンチン帝国のニケーアでセルビア正教会独立の承認を得て帰国、セルビア正教会大主教となり、ジチャ修道院にて兄ステファン王の戴冠式を執り行う。以来、ジチャ修道院でセルビア王国の戴冠式を行うことに定められ、聖堂の壁は王家の象徴である赤とされた。赤は犠牲を表す色、王は神により地上の権限を託され、民のために国を正しく治めねばならぬという当時の思想が反映されている。ジチャ修道院では、十三世紀末までにネマニッチ家の五人の王が戴冠している。

ネマニャも晩年、アトス山に向かい、出家する。修道僧シメオンとしてサバとともにセルビア正教会の発展のために力を尽くした。オスマン帝国によってセルビア王国が征服されるまでの約二百年、ネマニッチ王朝は繁栄し、数多くの修道院や聖堂を創設した。

晩年、サバは巡礼の旅に出て、ブルガリアのベリコ・トルノボで客死。遺体はミレシェボ修道院に移され、聖人として列聖される。だが一五九四年、その不朽体はオスマン帝国の命により、ベオグラードのブラチャルで焼かれた。聖サバは教育の守護聖人としても民に愛され、民間伝承も多い。

救世主ハリストス大聖堂にて

最初にジチャを訪ねたのは、いつだったろう。親しい人を次々と失くした年だった。それ以来、四季折々、時あるごとに訪ねてきた。三月六日、久しぶりに修道院の僧門をくぐる。五日間を過ごす許しをいただいた。入り口で名を告げると、修道女シモーナが迎えてくださる。清楚で聡明な少女のような人。最初に、修道院を案内していただく。

まず、救世主ハリストス大聖堂の入り口に立つ。十三世紀の建造。石と煉瓦を交互に重ねて赤の漆喰が塗られている。大理石は使われない。柱や扉、窓には、葡萄の蔦や鳥などの彫刻も刻まれず、簡素な美しさだ。セルビア中世教会建築、ラシカ様式の典型である。

正面の入り口の外側上部に描かれるのは、子供を従えたハリストス（キリスト）。マルコ伝九章三六節、「子供一人を受け入れる者は、私を受け入れる」の記述だ。正面の入り口の内側上部に、ハリストス降誕賛歌が記され、生神女マリア、つまり聖母マリアが赤子ハリストスを抱き、背後に東方の三博士、天使と羊飼いが見える。扉の右に描かれているのはステファン初代戴冠王、左に息子ラドスラブ。右側の壁の上部は、キリル文字で婚姻法、軍事法が記され、左側には教会の領地（メトフ）の四十二の町村の名前が記されている。紛争地のコソボ・メトヒヤの町や村の名もあります、とシモーナ姉。プリズレン、プリシティナなどが読み取れる。その下の左右の壁面は、ローマ帝国時代に迫害されて殉教した四十名の致命者の群像、気を失った仲間を抱き起こす者、それを見つめる者……。

　聖堂に入る。ひんやりとした空気が静寂を守る。壁を見上げ、シモーナ姉の声に聞き入る。聖サバは、アトスから優れたビザンチン美術の画家や建築家をともない帰国する。十三世紀初頭、壁いちめんにフレスコが描かれて、セルビアは中世ビザンチン美術の頂点を示した。だが度重なる戦いと掠奪により、現在も残るのは当時の壁画の五分の一に過ぎない。十二使徒も六人だけが残る。左の壁のフレスコは、第二次大戦時、ナチス・ドイツの爆撃で、ほぼ消失した……。ナチスとの協力を拒んだジチャ修道院長ニコライ・ベリミロビッチ（一八八〇―一九五六）は捕らえられる……。

　後方の壁のフレスコは、生神女マリアの就寝図だ。何度も見ているはずなのに、初めて出会う気がする。マリアの昇天は聖書に記述がなく伝承による。地上の命を終えたマリアは、悲しむ弟子たちを慰めるように安らかに眠り、釈迦の涅槃図を思わせる。壁画の中央にハリストスが白い布にくるまれたマリアの霊を抱き、空に二人の天使が舞う。マリアが赤子の姿なのは、童貞女、つまり処女の象徴です……。シモーナ姉の声で、我に返る。ハリストスの右半身は破損しており、霧から現れたようだ。慈悲の瞳で、この世を見つめている。

聖堂の左右は副聖堂、左はイェルサレムの聖サバを祭り、右はネマニッチ王朝の守護聖人である聖ステファン（初致命者首輔祭ステファン）を祭り、柔らかな光を浴びていた。

聖サバ聖堂へ

庭を横切り、聖サバ聖堂に入る。両大戦間にニコライ・ベリミロビッチ修道院長が創設した小さな聖堂だ。一九一七年のロシア十月革命でセルビア王国に逃れたロシア人画僧二人が、壁画を描いた。シモーナ姉が、左側の壁を指さす。暗がりに青く滲むのは、ロシア帝国最後の皇帝ニコライ・ロマノフ二世の肖像、大きくはない。

はっ、とする。ニコライ・ロマノフ……。若き日に極東見聞のため長崎などを旅行し、大津事件で危害を加えられたロシア皇太子、彼こそがニコライ二世だ。歴史はさまざまな国を細い糸で繋いでいた。第一次世界大戦勃発、ニコライ二世はセルビア王国側に援軍を送り、そのためフランスも同盟国となり、セルビア王国は勝利する。だがロシア帝国内の混乱は深まり十月革命を速め、王家は凄惨な最期を遂げた。ソ連時代、ロマノフ家はタブーテーマ、これが最初のニコライ二世の壁画でロシア人の観光客が訪れるという。一九四五年、社会主義時代のユーゴスラビア、クラリェボ市当局の命令で、ジチャ修道院の修道女はニコライ二世のフレスコを粗末な包装紙で覆い、長いこと秘密だったそうだ。

聖テオドール・ティロン聖堂へ

　庭に、小さな聖堂がもうひとつある。四世紀のローマ帝国時代の大殉教者聖テオドール・ティロンを記念する聖パウエル・聖ペトル教会だ。聖テオドール・ティロンはローマ帝国時代の殉教者、ノーボ・ホポボ修道院の深紅のビロードに包まれたあの不朽体の聖人だ……。壁画は十四世紀のもの、現在の建物は十八世紀から十九世紀に再建され、素朴な石と煉瓦の壁が優しい。

　庭の向こうに、広大な果物畑が続く。あれが聖パイシアと聖アバクム納骨堂です、とシモーナ姉が遠くを指さす。一八一四年、ハジ・プロダノビッチが西セルビアでオスマン帝国に対する蜂起を率いるも失敗、パイシア修道院長と輔祭アバクムはイスラム教への改宗を拒み、ベオグラードのカレメグダンにて処刑された。この二人の名を記念している。二十世紀に入り、ジチャ修道院の墓地の傍らを掘ると、おびただしい数の人骨が出てきた。女子供のものも多く、セルビア蜂起の犠牲者であることがわかり、納骨堂が建てられ葬られたのだった。

修道院では葡萄、林檎、梨、桃、アローニア、アプリコットなどが育てられ、ジュースやジャム、林檎酢、ワインなどが製造されるほか、野菜も作られている。二月十四日は正教会の聖トリフン祭だ。西方教会では、聖バレンタイン・デーとして知られる。神父が果樹一本一本に聖トリフンを讃えて祈り、畑を巡る。祈りのおかげで害虫がつきませんよ、とシモーナ姉。聖歌や祈りの善き震動が、樹にも虫にも土にも伝わるのかしら。

祈りのとき

石段を下りると僧坊だ。ここがあなたのお部屋です、とシモーナ姉。個室の扉に鍵はない。部屋の窓から、ストロビ山とゴッチ山が見える。小さな木製の机と椅子、帽子掛け、作り付けの戸棚、ベッド。サイド・テーブルに目覚まし時計と書物が一冊。静謐な空間。椅子にテントウムシが一匹。指先にのせ、窓辺に移す……。

荷解きをおえ、小食堂に通されて、シモーナ姉の祈りのあと、一人の昼食。サワークリームは、ギリシャの女子修道院から届いた。鯉の唐揚げ、芽キャベツのスープ、チーズ、ビーツのサラダ、人参サラダ、パンなどが大理石のテーブルに並ぶ。赤ワインが、味わい深い。愛と魂と祈りをこめて料理するからですよ、ギリシャのアトス山の修道院では、料理の失敗は三回の伏拝、祈りを忘れて料理すると三十回の伏拝です、とシモーナ姉が微笑んだ。正面の壁に「機密の晩餐」が描かれている。最後の晩餐と呼ばれるあの光景だ。午后二時から四時まで部屋にて休息、修道院の歴史を記した小冊子を開いた……。

聖サバの死後、ジチャ修道院はすっかり荒廃し、総主教座はジチャからコソボ・メトヒヤのペーチへ移される。ペーチ修道院の壁も赤く塗られ、王の戴冠式が行われたが、一三八九年のコソボの戦いでセルビア王国はオスマン帝国に敗れ、独立を失う。十五世紀には、修道僧たちはジチャ修道院からフルシカ・ゴーラのシシャトバッツへ逃れた。十六世紀、オーストリア・ハンガリー帝国とオスマン帝国がバルカン半島の覇権を争って戦うと、ジチャも戦場となり、聖堂の屋根が無い時期も百年ほど続き、壁画は風雪にさらされる。

十九世紀初頭、セルビア第一次蜂起が起こると、ジチャ修道院の修道僧も戦に加わった。だがオスマン帝国に鎮圧され、ジチャはふたたび荒地となる。独立運動は続き、一八六五年に修道院は復興、学校や宿坊が創設される。一八七八年、セルビアの独立がベルリン会議で認められると、一八八二年、蜂起の指導者のミロシュ・オブレノビッチ公の息子、ミランの戴冠式が行われ、セルビア王国が甦る。その年、ミラン王が在仏セルビア王国公館を通じ、明治天皇にセルビア王国の独立が承認されたことを知らせると、明治天皇からは祝福の手紙が届いた……。日本とセルビアの最初の出会いも、この聖堂と縁があった。

午后四時、晩祷。午后五時、小食堂で一人の夕食。目玉焼きとグリンピースのスープとパン。その後、イェレナ修道院長とお話をした。「小鳥に近づくように、そっと人の心に近づくことが大切ですね」とおっしゃる。穏やかな瞳から、愛が溢れていた。午后八時半、就眠。

三月七日、朝三時半起床。朝四時の夜半課と早課。空が寒い。修道女が木の板を小槌で叩き、祈りの時を告げる。群青の闇に鐘が響きわたり、黒衣の修道女が次々に聖堂に集まり、円蓋の窓が暁の空を切り取る。神父の読経に、修道女の聖歌が重なりあい聖堂に響く。ビザンチン唱法には激しい感情表現はなく、神秘にみちて力強い。正教会の祈りはすべて歌われ、楽器は使われず、透き通っている。聖体礼儀が始まる。パンを赤ワインで煮たものを、神父から一つの銀の匙でいただく。ハリストスの身体と血。儀式が終わるころ、天蓋の窓は明るんで、朝が訪れていた。

一人で果樹園に向かう。墓地に出ると、その先は大きな池、畔に葦が生えている。鱒の養殖場だ。遠くの山脈には、まだ雪が残る。寒い。果樹はまだ葉も広げない。身体が冷え切っていた。部屋にもどり熱いシャワーを浴びる。

九時半、大食堂に向かう。二匹の犬が駆けてくる。茶色はライカ、黒はミルカ、雌の雑種で人なつこく、犬らしい犬たち。これから昼食、つまり朝食はない。一日二食だが、空腹は感じない。広間に白い大理石のテーブルが並び、木のベンチに修道女が席をとり、祈りのあと食事が始まる。一人の修道女がニコライ・ベリミロビッチの書物を朗読し、みんなで聞きながら食する。金属の食器やフォークの音が静かに響き、私語はない。魚、ヨーグルト、長ネギ、二十日大根、豆シチュー、野菜スープ、ピザパン、パプリカのクリームチーズあえ……。いずれも絶妙な味。デザートはチョコレート・アイスクリーム。ゆっくり食し、満ちたりる。最後に小さな鈴が鳴り、感謝の祈りのあと、イェレナ修道院長が食堂を去り、修道女たちも厳かに次々と退室する。

午前十時、シモーナ姉の案内でイコン工房と刺繍工房を訪れた。工房は、窓から陽光が差し込む。棚に数多くの絵具が並び、三人がイーゼルに向かって黙々と筆を動かす。ポルフィリア姉は看護婦だった人、修道生活は二十年。アントニア姉は歯科技師の学校を終えて二十歳で修道女となった。ベスナさんは修道女ではなく、近郊の村から通うイコン画家。アントニア姉がトルコ・コーヒーを入れる。工房は一九七〇年の創設。イェレナ修道院長自身が優れたイコン画家だ。アントニア姉は修行中に、イェレナ修道院長にイコンを描くようにすすめられ、この道に入った。ポルフィリア姉も、絵画の勉強は修道院で始めた。ビザンチン様式の見事な作品が壁に並ぶ。

工程は七つ以上もあり複雑だ。まず板を作る。一枚の板ではなく、縦に三枚を合わせる。菩提樹の板だ。左右の板は、中央の板と年輪の方向を逆にして木片を打ち込んでつなぎ、イコンの板が反るのを防ぐ。板に膠《にかわ》を塗る。虫が集めた樹液が使われる。極細かいサンドペーパーで表面を磨き、さらに綿で磨く。次にスケッチにもとづき、必要な場所に金箔を貼って磨く。板を作る職人、板を磨く修道女が、画僧のために下準備をする。「高校時代、先生から絵の才能がないと言われたの。イェレナ修道院長のもとで二年間、下絵を学びました。イコンの制作は、共同作業です。顔を描く人、衣装を描く人というように、一つの作品に何人もが関わるチームワークなの。

私たちは個人の名前から解放されて、自由なのです」と、アントニア姉の顔が輝いた。

　ドアが開き、三人の子と母が現れる。二歳のボジダル君、四歳のニコラ君、五歳のマリアちゃん。修道女たちは、歓んで子供を囲み、アントニア姉がキャンデーの入ったガラスの器を棚からおろす。小さな手が、キャンデーを取り出す。マリアはアントニア姉の膝にだかれ、絵筆を動かしている。ベスナさんはニコラ君を膝にのせ、前駆者イオアン（洗礼者ヨハネ）の衣の部分を描く。長い棒の先についた卵大のスポンジに手を乗せ、細かい作業を続ける。絵具の乾かない部分に手が触れないための道具だ。母子は修道院付属の歯科治療室に来た。お母さんは臨月、じきに四人目の子供が生まれる。そろそろお家に帰るよ、とお母さん。母子が去ると、工房はふたたび静かになった。

　アントニア姉が語る。初期の教会美術は単純な描写が多く、花、鳥、葡萄などが描かれた。十世紀のキリスト教会の分裂のあと、東西の違いは著しくなり、描写も複雑になる。東方教会、つまりビザンチン美術では、感傷をおさえた表現がとられた。生神女マリアは心を取り乱さず、静かにすべてを受けとめる女性として描かれていく。

　イコンは、カノンに従って描かれる。ハリストスを抱く生神女マリアのイコンには、いくつかバリエーションがある。「こちらを見てください。生神女マリアの頭上の右の天使は十字架を掲げ、左の天使は槍を持っている。天使は、十字架に磔となる運命を暗示する。少し怯えたような幼子ハリストスは母に抱かれ、小さな両手を母の手がつつむ。左のサンダルの紐がほどけ、足から落ちそうでしょう」とアントニア姉。紐は、目に見えないほど細い。もう一枚のイコンは、左手で生神女マリアが幼子ハリストスを指さし、救い主であることを示す……。壁に、手本とするイコンの写真が貼られていた。小鳥と遊ぶ幼子ハリストス、これは珍しいイコンよ、とベスナさん。

工房の机に、不思議な記号が描かれた本があった。波線、点など、アラブ文字みたい。ビザンチン聖歌の楽譜よ、とアントニア姉。絶対音階ではなく、前の音と後の音との相関関係を示す。難しそう。慣れてしまえば簡単です、とシモーナ姉。五線譜では表しきれぬ微妙な音の変化が記されている。

隣は刺繍工房。シモーナ姉たちの仕事場だ。イェレナ修道院長に才能を見出され、刺繍は彼女の生業となった。僧衣や房なども作る。刺繍の多くは、ミシンを使う。花や蔦、木の葉や幾何学模様をビロードにミシンで刺すのは、気の遠くなるような緻密な作業だ。日本の機械が味方なの、とシモーナ姉が大きなミシンを見せてくださる。TAJIMAと書かれている。コンピュータで刺繍をプログラミングする。壁にかけられた「生神女」は、エカテリンブルグの修道女の刺繍の作品。糸はレーヨン、イコンそのものに見える。プログラミングに三か月の時間を要したという細かい作業だ。正教会と刺繍は深い繋がりがある。セルビア初の女流詩人エフィミヤ（一三五〇—一四〇五）の詩「イイスス・ハリストスに祈る」なども、刺繍で書かれていた。

部屋にもどる。このお部屋には、イェロティッチ先生がいつも泊まっていた、とシモーナ姉。まあ、と驚く。高名な宗教学者、心理学者で、昨年、逝去。時折、修道院に滞在し、この部屋で執筆していた……。「なぜ人は喧嘩すると大きな声で叫ぶのか。それは心が遠く離れているから、大声で叫ぶのですよ」と、おっしゃったそうだ……。

午后四時、晩祷。午后五時、小食堂にて、一人の夕食。人参サラダ、ビーツサラダ、野菜スープ、パン。まろやかな味。その後、夕暮れの果樹園に向かう。帰り路は闇に沈み、果樹が影を大地に伸ばす。あぜ道をライカとミルカが駆けていく。午后七時半、就眠。

三月八日、三時半起床。木の板が鳴り、祈りの時を告げる。闇の石段が輝いている。昼間は見えない石の光、雲母なのか。早課のあと、シモーナ姉が、どうぞ台所をお使いください、案内します、と言う。電気コンロの使い方を説明しながら、コーヒーを沸かす。窓から朝日が差し込む。どうやって修道生活に入ったのですか、と思わず私は尋ねていた。

「私は一九八五年、コソボ・メトヒヤのプリズレン市生まれ。一九九九年六月、ＮＡＴＯの空爆が終わると、コソボは無法地帯となりました。私たちの家にＯＢＫと呼ばれるアルバニア人民兵が侵入し、母は連行され、私たち五人の子供が残されました。父は、病気ですでに亡くなっていました。奇跡的に母は戻り、叔父をたよってクラリェボ市に難民として逃れてきたのです。

叔父は、第二次大戦をイタリアのファシストの強制収容所で過ごした人です。内戦には、心を傷めましたね。アルバニア人を中心にしたコソボの体制は、セルビア人とともに生きてきた心あるアルバニア人にとっても苦しいものです。迫害されたセルビア人の少女をこっそり匿っているアルバニア人のおじいさんもいました。

私は農業高校に入りました。獣医になりたかったから。ジチャ修道院の近くの畜産研究所で、実習がありました。友達のすすめで、ジチャ修道院で受洗しました。私たち兄弟は、一人も洗礼を受けていませんでした。社会主義の時代でしたから、家族は宗教が大切とは思ってなかったのですね。じきに修道女になる決心をしました。十九歳でした。修道名はネマニッチ王朝のステファン王が死後に与えられた修道名シモンにあやかり、シモーナです。ジチャ修道院を訪ねて、修道生活が自分にふさわしいと直感したのです。ときどき、家族が訪問に来ますよ……」

コーヒーの香りに目が覚める……。ひとりで、聖堂に向かう。ハリストスの磔刑図を見たかった。誰もいない。東の壁に、窓から入る光を浴びて、ハリストスは安らかな顔で両手を広げている。背景はかすかに青の混じった霧のような灰色、右に首をかたむけ瞑想するように眼を閉じて……。二人の天使が空に舞うが、壁の損傷は激しく、幽かに飛翔がわかる……。

見つめていると、美しさに涙が流れた。春の雨のように……。ステファンに捧げられた副聖堂に入ると、もう一枚の磔刑図が壁に描かれている。穏やかな顔で眼を瞑り、広げられた右手の先が見えない。「東方教会の磔刑図では、ハリストスの犠牲の苦痛は強調されず、血や傷口はわずかに記されるだけ。赦しが主題です。ハリストスの魂が肉体から解放された瞬間を描き、かろやかに両手を広げ人々を救う愛を表している……」。数年前、ストゥデニツァ修道院で出会った若い修行僧の言葉を思い出した。

果樹園に向かうと、道端で野生のヒヤシンスやサフランが咲きはじめていた。樫の梢から木管楽器のような柔らかな音がする。見上げると、キツツキだ。虫を食んでいる。澄んだ声が重なる。ヒバリかしら。九時半の食事のあと部屋にもどる。その後、別棟でささやかな仕事。お土産用のマグネットを作る。白い板に赤い大聖堂の写真を貼り、裏にマグネットを貼り、セロファンの袋に入れて閉じる。単純だが神経を使う。修学旅行の子供たちが記念に買うのだろう。

午后四時、晩祷。一人の夕食。庭に出ると、春風に吹かれ修道女が立っている。イコン画家のマクリーナ姉。瞳が青い。「あなたは日本人でしょう。よくいらっしゃったね。私、ここに来て四十年。イコンをずっと描いている。工房のすべては私の背後にあり、すべては主の助けによる」と歌うように言った。庭には七面鳥が群れをなし、草を食む。腐りかけた林檎も餌になっている。私に気づくと、いっせいに鳴き声をたてた。こっけいな声……。

西門を見上げると、「恐れるな、ただ信ぜよ」と記されている。ニコライ・ベリミロビッチ修道院長の一九四〇年の説教の言葉である。優れた神学者だった彼の言葉は、平易だが力強い。修道院の復興とは、建物の修復であると同時に、内なる我を新たなものとすることだ、とニコライは民に語りかけた。だが翌一九四一年、第二次大戦が勃発し、セルビアはナチス・ドイツの占領下に入ると、ヒットラー自身の命令により、七月十二日にニコライは捕らえられ、リュボステニェ修道院に軟禁され、さらにパンチェボ市のボイロビツァ修道院に幽閉される。同年十月、ジチャ修道院はナチスにより空爆、地上から火を放たれ大聖堂は炎上した。一九四四年、ニコライはドイツのダッハウ強制収容所に送られる……。深い祈りに支えられて生き延びて戦後を迎え、ユーゴスラビアが社会主義国となるとアメリカに亡命、各地の神学校で教え、一九五六年五月十八日の朝、奉神礼で祈りを捧げるうちに、安らかに息を引き取った。聖骸は一九九一年五月、セルビアに帰り、故郷のレリッチ村に葬られた……。ユーゴスラビアの内戦の始まる年だ。彼は、『善と悪をめぐる思索』のなかで、「真の祈りは死との戦いであり、死の否定である。そして真の祈りは生のための戦いで、生の肯定である」と記している。今日では、聖人に列聖されている。

午后六時、空が寒い。茜色の夕映えが鎮まり、大聖堂は闇に溶けていく。畑で犬のミルカとライカが遊んでいる。庭先で、尼僧のパトリキア姉がココア色の詩集を貸してくださる。「ステファン戴冠王の詩集があります。差し上げられないけど、お貸ししましょう」とおっしゃる。

部屋で明かりを灯し、本を開く。声を出して読む。刺繍糸のように言葉が縫いとられている。ラテン人、ブルガリア人など敵国に包囲され、出陣を余儀なくされ、戦の前の祈りの詩、昇天した父シメオンを偲ぶ詩など、東方教会の祈祷や聖書の言葉が引用され、中世セルビア文学の特徴を示す。「光の木を見る」は、父シメオンの昇天を歌う詩だった。楽園でアダムとエバが食した林檎の木によって罪に堕ちたこと、さらにハリストスが磔にされた木によって罪が許されて新しい命を得たことが歌われている。

見よ、東から昇る太陽のごとく、とつぜん木が現れたり。西のあたりを照らしつつ、万有にみずからの光を送りつつ、そこに磔にされた者の光で、この世すべてを照らしつつ。

なぜなら我ら、木ゆえに楽園の糧から堕ち、木により新たな命をふたたび与えられたり。

書物は、セルビアの第二次大戦後のポストモダンの詩人、巨匠バスコ・ポパの編集とある。刊行者はクラリェボ市立図書館出版部、デヤン・アレクシッチだ。アレクシッチは仲良しの詩人、私のセルビア語の詩集の編集者でもある。久しぶりに電話で声を聞く。「へえっ、修道院にいるのか。その本なら、明日、君に届けよう」と、彼。午后八時、美酒に酩酊したように眠る。

三月八日、三時半起床、木の板が鳴り早課と聖体礼儀。祈祷の歌が途切れ、一瞬、すべての声が消える。胸を打つ、あたたかな沈黙が、この世にはあるのだ。天蓋からつるされた大きな輪は多燭灯、長い棒の先の蝋燭の灯火を使って、修道女が七本の蝋燭をともし、長い棒で燭台をそっと揺らすと、聖堂が光の波にたゆたう。船が光の海を漂うように。揺らめく光は天国の美を地上に表すという意味がある、と聞いたことがある。

午前九時半、大食堂にて修道女とともに食事。イラクサのスープ、ビーツ、人参サラダ、ヨーグルト、チーズパイ……。十時から十二時半まで、仕事の続き。空が澄んで、暖かな日。庭に出ると、詩人アレクシッチが家族とやってきた。再会を喜ぶ。妻サシカは高校のセルビア文学の教師、娘のテオドラは五歳になった。初代戴冠王ステファンの詩集を届けてくれる。残部はわずか数冊だけとのこと。

家族と聖堂に入る。見てご覧、と彼は壁画を指さす。奉仕医の聖コズマと聖ダミヤンだ。「手にメスを持っているね。十四世紀、ミルティン王の時代の壁画だが、当時、すでに手術が行われていた」。テオドラが、庭の白い花を摘んでくれた。一家が、帰っていく。笑顔で手を振る。

午后四時、晩祷。夕食、散歩、入浴、荷造り、午后八時就眠。

三月九日、滞在最後の日曜日。村や町から多くの人々が集まり、聖体礼儀に長い列が続く。小さな子供も多く、一度に聖堂は明るくなる。三つほどの女の子が、難しい聖歌を小さな口を動かして歌っている。祈祷文をそらんじていて、みんな驚く。愛くるしい。

林檎の白い花

部屋へトランクを取りに行く。鍵も財布も持たぬ日々は、安らかだった。階段を下りて、シモーナ姉とお別れの挨拶を交わす。お土産にアプリコット酒と李のジャム、手作りの石鹸、聖サバのイコンをいただく。イェレナ修道院長ご自身が、宿坊の入口まで出て、見送ってくださる。

僧門をくぐり、ジチャ修道院を出ると、リブニツァ川の水がゆるゆると光りながら流れていく。復活大祭にそなえ、明日からは六週間の大斎（ものいみ）、肉、乳製品や卵を断つ祈りの日々が始まる。茜色の聖堂をもう一度、私は見つめる。イバル川をわたり、ベオグラードへ向かった。林檎の白い花が咲き乱れて、春が訪れていた。

ゆるし

母は眠りについた
泳ぎにつかれた
童女のように

魂はあらわれて
嬰児の姿となって
白の襁褓につつまれ

春の朝に甦った

息子の腕に抱かれ
苦しみから放たれて
過ぎゆく夏が雨をとどける
すべてを赦すようにして

ジチャ修道院壁画、生神女マリア就寝図に添えて

水の妖精

ドナウをくだりレペンスキー・ビルへ

秋が深まり、九月二十一日の生神女誕生祭も過ぎた。だが、今日の陽光は激しい。涼を求めて、ベオグラードの旧市街からブランコ橋を渡り、ゼムンに出た。ドナウの岸辺の町には、煉瓦の屋根の建物が並び、水辺で漁師が網を繕う。捕れたのは、鯰、鯉、それともチョウザメだろうか。水辺に白鳥が遊び、夕映えが翼を薔薇色に染める。若い女性が、写真を撮っていた。ノースリーブのブラウスから華奢な腕がのぞき、素足にサンダル。日本の旅人らしい。空気が冷えてきた。闇が水にきらめき、灯をともして船が出ていく。夜の水を楽しむ人たちだ。私は明日、この流れを下り、ジェルダップ渓谷に行く。石器時代の遺跡レペンスキー・ビルを訪ね、石の彫像「水の妖精」に会いに行く……。

翌朝、八時。一気に気温が下がり、外は雨。セーターにコート。バルカンの空は激変する。だが、雨のドナウは初めてだ。混雑するベオグラードを抜け、高速道路に入ると、車は速度を上げた。ポジャレバッツに出ると穀倉地帯が広がる。黄金色の麦畑は雨に震え、空が鉛色に低い……。

ジェルダップ渓谷をたどり

　車の中で、仲良しのドブリラから借りたジェルダップの研究書を開く……。ジェルダップ渓谷は全長一三〇キロ、ヨーロッパ最長、岸辺に石器時代の遺跡が十か所以上もある。ジェルダップ水力発電所の建設が計画されると、一九六〇年から渓谷で発掘調査が始まった。ジェルダップ渓谷に、人が住みはじめたのは紀元前八三〇〇年頃、数ある遺跡のなかでレペンスキー・ビルが最も重要だ。紀元前六三〇〇年に生まれた集落が、中石器時代後期から新石器時代初期の文明の推移を伝える。背後に神秘的なトレスカビツァ山をひかえ、ドナウの岸辺に張り出す土地は、狩猟、漁業にも適して栄え、聖所の役割も担ったと言う。中石器時代の石の彫像が出土したのは、世界でもジェルダップ渓谷だけだ……。

　フロントグラスに、大粒の雨が容赦なく当たり、ワイパーの機械音が虚ろに響く。ドナウ河の岸辺を走る。道には、険しい山々が迫る。海のようなドナウの対岸はルーマニア、両岸とも岩肌が鋭い。風が強まり、灰緑の流れに高波が白い牙をむく。道路の傍らに、大きな貨物トラックが転倒し、警官の姿が見える。交通事故らしい。道は悪く、石灰の絶壁から落石もある。長距離トラックは、夜を徹して国から国へ移動する。過激な仕事だ。居眠り運転か……。道路は、所々、穴があいている。

　寂しい自動車道を二時間半ほど走ると、狭い道へ折れ、深い緑を縫うようにドナウの岸辺へ下った。樫やブナの樹木がおもたく香る。スピードは出せない。じきにレペンスキー・ビルに出た。居酒屋が一軒、ぽつんとあった。トルコ・コーヒーを頼み、暖を取る。簡素な台所で、主人が肉を焼く準備をはじめ、竈に炭火が赤々と燃える。外に出て傘をさし、野原を行くと、遺跡の標識がない。朽ちかけた田舎屋の軒下で、若い男が携帯電話を操作している。カードを首にかけて、遺跡の警備員だろう。足元で子猫が二匹、遊んでいた。遺跡はあちらですか、と訊くと、そうだ、と答え、また携帯の操作を続ける。風に傘がとられそうになり、雨は止まない。

石器時代の集落、レペンスキー・ビルにて

ドナウ河にそって森の道を行くと、白い鉄パイプを組み建てた巨大な建造物が現れた。数年前に改装され、スタジアムといった様子。これが遺跡……。留学生時代に一度だけ、セルビア語のセミナーの旅で来た。すべては遠い記憶の霧だ。当時、遺跡は風雨にさらされ、集落が陽光を浴びていた……。

受付で切符を買う。若い女性の係員が、「まず記録映画を観てください。五分でご案内します」と言う。ガラスの高い天井に覆われ、遺跡の土の香がこもる。ガラスのむこうにドナウはうねり、横殴りに雨が吹きつける。何かを呪うように……。

遺跡は、白い手すりに囲まれていた。中石器時代晩期から新石器時代に形成された集落が、発掘当時のまま呼吸する。なだらかな斜面に、石が並び、家屋の跡を示す。どの家にも、長方形の囲炉裏があり、火を使っていたことがわかる。囲炉裏はこの遺跡の特徴を表し、様式は長いこと守られた、と言う。

パネル写真には、三メートル半の断層に、五つの異なる時代の遺跡が重なりあっている。消滅しては誕生した集落が層を成す。ジェルダップ水力発電所建設で水位が上がり、一九七一年に遺跡は北西へ移され、本来より二九メートル半高い現在の場所に位置する。

会場から、映画を観終わったイタリア人たちが出てきた。次の上映は、私を含め観客は三人だけ。明かりが消え、映画が始まる。一九六五年の発掘作業の記録だ。フイルムは傷があり、音声も強風などの雑音が入るが、夏のドナウの岸辺、炎天下のレペンスキー・ビルで発掘を続ける研究者の姿が眩しい。ベオグラード大学哲学部のスレヨビッチ教授が率いる考古学者たちだ。二五〇〇平方メートル、深さ三・五メートルが克明に調査され、集落が九つ出現した……。テントの前の小さな机に向かい、煙草をくゆらせ、女性研究家がタイプライターを打つ。誰もが自由で、歓びに溢れていた。作業を続けながら、男は女に林檎をかじらせ、笑顔がはじける。恋人みたい……。土地は、農家の畑だった。地主の同意を得て、発掘は始まった。民族衣装の羊の革のチョッキ、黒い口髭のおじさんが、玉蜀黍畑から発掘作業を不思議そうに見守る……。掘り進むうち、黒い木片が現れた。家屋の梁らしい。そして、人骨が現れる。土を落として頭蓋骨を両手で取り上げ、見つめるスレヨビッチ教授。紀元前六二〇〇年の人間と現代人が対面、シェイクスピアの悲劇より劇的な瞬間……。渓谷に夕陽が沈み、ドナウの水が薔薇色に輝きはじめる……。映画が終わった。展示場からイタリア人は去り、学芸員もどこかに消えた。季節外れで、がらんとしている……。ゆっくり展示を巡った。

眠る死者たち

集落はドナウの岸辺の斜面に作られた。五十四軒の家は、五・五平米から二十八平米まで、広さは異なるが、構造は同じだ。貧富の差は小さかったのだろう。木の柱と梁に毛皮などを張り、テントのような家だったらしい。最大の家屋は三十六平米で「男の家」。政治や信仰を司る聖所だったと思われる。家には石の板が敷かれ、この遺跡を特徴づける赤い石灰石を砕いた漆喰が塗られている。奥は子供、中央は男、入口に近い部分は女の場所、長方形の囲炉裏が家屋の中ほどに位置する。

人骨は、発掘された状態で、番号を附されていた。ジェルダップ渓谷の発掘調査で三百の墓地、五百体の遺骨が収集され、そのうちレペンスキー・ビルでは、百三十六の墓地と百八十六体の遺骨が見つかった。炭素分析によると、紀元前一万年から紀元前五五〇〇年までの人骨だという。すべての者が葬られたのではなく、選ばれた者だけが埋葬されたらしい。現代人と同じ、ホモ・

サピエンス。頭蓋骨は、現代人にそっくりの構造で、下あごが発達していたことが違うくらい、言葉も持っていたそうだ。骸骨をもとに再現された若者の顔が、展示されている。光のなかで、エジプトの貴族のように凛々しい……。

　男の寿命は約五十歳、七十歳まで生きた者もある。女の死亡年齢が低いのは、産褥による死亡が多いためか。出産は古今東西、命がけだ。遺体に、頭蓋骨のないものがある。頭蓋骨崇拝のためか、戦いで殺した敵の遺体か、謎である。槍などの傷のある骸骨もあり、戦いはあったらしいが、大量虐殺を示す人骨の山はない。

　死者たちは、私に恐怖も悲哀も与えず、太古の歴史をささやく。屈葬された死者、横たわる形で眠る死者……。男が一人、胡坐をかき、坐ったまま埋葬されている。天と地を繋ぐ者、呪術を担う族長らしい。女の遺骨には、埋葬の儀式の名残か、陰部に黄土が塗られものが多く、出産に関する信仰を暗示する。一歳以下の新生児の遺体は、家屋の床下に埋葬する習慣があったらしく、数多く発見された……。

　仰向けで眠る死者は、いずれもドナウの流れに平行して横たわる。頭はどれも、下流に向けられていた。それは、中石器時代に発達した漁業と深い繋がりがあると言う。今日のドナウにも大魚は棲息するが、中石器時代晩期の大魚、大チョウザメ（モルーナ）は体重一五〇〇キログラム、体長七メートルにまで達したと言われ、イクラも大量に採れた。春にドナウの上流へのぼり水底の砂地で産卵、秋は海へ向かう魚だ。十月から十一月が捕獲の時期で、男たちが力を合わせ捕獲したらしい。人々は、季節による魚の移動を知っていた。ドナウの上流は祖先と生命の再生を意味し、下流は死者、死を意味するという信仰が生まれた、と考古学者は推測する。大魚の捕獲は共同作業、岸で魚は捌かれて干された。鯰もチョウザメも獲れたらしく、家の床下から骨や鰭が見つかっている。のちに農耕や牧畜が始まり、漁業の意味が薄れてからも、「魚が死と生、命の甦りを象徴する」という思想は深められた。太古の人は、ドナウ河から自然の法則を読み解き、死と生を結び合わせ、命の復活を信じていた……。

石の「水の妖精」は、ガラスケースの中で私を待っていた。私にとって四十年ぶりの再会だが、太古を語るとき、それは誤差にすぎぬ時間だ。大きな瞳、厚い唇、平たい鼻、ずんぐりした身体に鱗が刻まれている。縦三八センチメートル、横二六センチメートル。ドナウ河の砂地から採った石にレリーフを刻んだもので、赤い石灰の漆喰で囲炉裏の右側に固定されていた。

中石器時代晩期には、墓穴の中の頭蓋骨の横に埋められていた。生贄として祭儀に使われていたらしい。石の彫像「水の妖精」も、女の「母祖神」も、男の「先祖」も、同じ様式で性差はなく、眼球と口が強調されて耳が無く、魚を模している。男も女も、同じひとつの命で魚と結ばれていた。死者は「水の妖精」に導かれてドナウを下って黒海へ向かい、春には魂となって河を上り、故郷に還ってきたのだろうか。

紀元前六三〇〇年は中石器時代晩期、レペンスキー・ビルの集落が新石器の種族と接触し、特殊な文明を生み出した時代である。新石器文明は中近東に生まれ、人々は湖や川など水辺に集落を作り、穀物の栽培を始めた。人口が爆発的に増加するとヨーロッパへの移動が始まり、ドナウ河は人の移動の重要なルートとなった。バルカン半島に新石器の種族が移住するのは紀元六五〇〇年頃から紀元前六二〇〇年頃である。レペンスキー・ビルの種族は彼らとの交流のなかで、新しい文明を受け入れていく。

この時期に、狩猟や草や実の最終など季節労働による半定住型から、囲炉裏のある家屋が示すような定住型の集落が生まれた。漁業が発達する一方、牧畜と農耕が始まる。最初に犬が飼われ、牛、山羊、羊が飼われ、穀物の栽培も行われた。猪の肉や魚を乾した形跡もあり、食物保存の技術が定住を可能にした。交易に便利な地形だったレペンスキー・ビルは、食糧の貯蔵の集落だったようだ。道具も発達した。

ガラスのケースに並ぶ道具の均整美に、ため息をつく。野獣の骨で作った釣り針やナイフに彫られた幾何学模様は、今も斬新だ。人の手は、機能ばかりでなく美を求めた。材料に鹿の角、骨、乳歯や顎などが使われた。雄の角は、春に落ち、秋に新しく生えかわる。鹿は四季の変化を鮮やかに示し、生と死を象徴したらしい。後には、猪の歯も使われた。斧、鍬、釣り針、錐などのほか、槍などの武器もある。

石の道具の多くは、付近の砂地の石で作られたが、ハンガリーで出土された道具と同様のものも出土しており、今日のブルガリアの石が使われている、と言う。ドナウ河を辿り、物も人も旅をしたのだ。石を研磨してナイフの刃にしたものは、皮や毛皮の細工のほか、肉を切るために使われたと言う。木や骨で柄をつけたものもある。三角や四角、円など幾何学的な形が使われ、デザインはモダンだ。生贄の彫像、御守り、食物を得るための道具、大工仕事の道具などが、照明を浴びて休んでいる。大魚を捕獲するために舟につけた重り、魚の頭を殴る石鎚もあった。

　ガラスケースの装飾品に、心が安らぐ。そして首飾りに、眼を奪われた。六十二個のカタツムリの殻、四個の緑の石、四個の海の貝、骨のペンダント。呪術に使われたのだろうか。大理石の水色の玉は直径一・五センチメートル、近郊の鉱山で採れた石だ。海の貝は、今日のブルガリア北部のもの。地中海の貝もある。レペンスキー・ビルの集落には、新石器文明の者たちが、珍しい物をたずさえてきたのだ。新石器文明の外来者は、富める人だったと言う。首飾りは、どんな人が身に着けていたのだろう。

　レペンスキー・ビルは中石器時代のあと新石器時代へと移行し、六〇〇〇年ほど続いた集落は消滅する。スレヨビッチ教授は、セルビアの他の地域の新石器時代の集落とは異なる特徴があると指摘する。集落は、比較的狭い地域に発達し、人口密度が高く、文化が多層的に発展する。農業や牧畜が始まっても、漁業が生活の中心であり、定住型の文化を保ち続けた。他の地域の新石器の種族は、遊牧を生業とし移動型の集落を作ったが……。

　新石器時代の器が、ガラスケースに置かれていた。ひとつは均整がとれた丸い器で、褪せた薔薇色だ。もうひとつは四角く、魚料理に使われたらしい。器は粘土で作られ、指や爪、手のひらで単純な模様がつけられている。手の温もりがある。

最後に、「水の妖精」とお別れした。わずか一時間半ほどが、永劫に思われた。レペンスキー・ビルを訪ね、太古を上流へ八千年も遡ったのだから……。

雨は降り続く。田舎屋の軒下の猫は三匹になって、じゃれている。お兄さんは、また携帯電話を操作し、画面を凝視していた。

「金の魚」で

車でゴルバッツへ向かう。寒い。岸辺のレストラン「金の魚」は、平日なのに混んでいた。趣味のいいインテリア、味もよく人気がある店は、ゴルバッツ生まれのドブリラのお奨めだ。豪華な昼食を前に八人、金髪のロングヘアーの若い女性とスーツの男性たち。訛の強い英語が聞こえる。セルビア語では「霧を売る者」と呼ばれる者たち、政治家かビジネスマン、公用族だろう。鯰とチョウザメの炭焼きを注文する。東セルビアのワインは、素朴で自然だ。ワインは白、サラダは焼いたパプリカにする。鯰は、ハンマーで頭を殴って獲る。石器時代の漁師を思い出した。ゴルバッツの魚は新鮮で、ほんのり甘かった。レペンスキー・ビルの人々も、獲れた魚を長方形の囲炉裏で焼き、赤々とした炎が彼らの顔を照らしたろうか……。石器時代からドナウに棲息する魚、それを現代の私たちが食べる……。

雨が上がった。帰りの車で、本を開く。原始信仰について、書かれている。集落の経済活動が発達し、貧富の差が生じると、集団が個人の欲望を抑制するために、信仰が生まれる。信仰はまた、死者を葬り記憶する大切な役割を果たした……。ドナウの下流に頭を向けて眠る死者は、何を夢みていたのか……。そういえば、集落には貨幣がなかった。物は人の手で作られ、人の手から手をめぐる旅をした。視界からドナウが消え、物があふれる世界へ車は帰りを急ぎ、私は右の手のひらを見つめていた。

はるかな薔薇色の国

サバ川の岸辺から

コロナ禍が地球を包む。昨春から旅もせず、ノビベオグラード区の第四十五団地、サバ川の岸辺の我が家で時を過ごしている。朝の岸辺が好きだ。夕暮れもよい。ゆく川は、一度たりとも同じ表情を見せない。

思いがけず暖かな冬の日。猫の暮らす「猫通り」を抜けて川岸を西に、ガロビツァ村へ歩く。右手に向日葵畑と麦畑が一面に広がっていたが、今は荒れている。何かが建つのだろうか。岸辺の土手は全長一八キロメートル、鬱蒼たる原生林が広がっていた岸辺は、樹木が倒され安易な別荘が並ぶ。わずかな沼地に陽光が反射し、白鷺が舞いおりた。土手をくだり水際に出て、川の流れを見つめる。岸辺の泥に空き瓶が流れついている。かつて水は澄んで、泳ぐと水底の石が見えたと聞いたが、水は灰緑に濁っている。

サバ川は、旧ユーゴスラビアを東から西へ流れるドナウ河の支流。スロベニアの山から流れ出し、クロアチア、ボスニアとセルビアを結び、歴史を溶かして流れていく。曇り空の日には、悲しいことを思い出す。第二次大戦中、サバ川の上流には、親政ナチス・ドイツのクロアチア独立国が建てたヤセノバッツ強制収容所、シーサック子供絶滅収容所があり、ベオグラードの岸辺にも、水死体が流れ着いた……。白鳥が三羽、鋭い羽音をさせて、水面から飛び立った……。「猫通り」にもどると、草地から嬌声が聞こえ、鋭い体臭がする。黒猫と虎猫が見つめあう。恋の季節だ。

「旧見本市会場」

　サバ川はノビベオグラードとベオグラードの境界である。ベオグラードの旧市街からブランコ橋を渡ると、ノビベオグラードに入る。橋の下をサバ川は流れ、五〇〇メートル先のあたりでドナウ河に合流する。橋は、セルビア近代詩を代表する薄幸の詩人、ブランコ・ラディチェビッチを記念して命名された。鈍い冬の光を貨物船がすべっていく……。

　ユーゴスラビア王国時代、一九三四年に国王の名を冠したアレクサンダル橋が架けられていたが、一九四一年、第二次世界大戦が勃発、ナチス・ドイツ軍の侵攻を防ぐべく、四月十二日に王国軍が自らの手で橋を爆破した。今日のブランコ橋は一九五六年に完成、サバ川は重要な水路で大型船が通るから、アーチは一つで二六一メートル、高さ一二メートル、全長四七四メートル、幅一〇・五メートル。近代的な橋である。

　橋を渡ると、右手に青緑のガラスの高層ビルが見える。旧共産党本部の建物だが、今はビジネスセンターだ。一九九九年春、二度のＮＡＴＯ空爆にも耐えた堅固な建物だ。その先はドナウ河の岸辺のゼムン区、かつてオーストリア・ハンガリーの領土、第一次大戦後、ユーゴスラビア王国に入るが、第二次大戦中はナチス・ドイツの傀儡、クロアチア独立国の版図にあり、国境の町だった。

橋の左手には、古びた建物の群があり、灰色の塔が立つ。「旧見本市会場」だ。今もモダンな建物は放置され、静かに朽ちていく。画家のアトリエもあるというが、人の気配のある部屋のガラス窓は、破れて侘しい。庭の洗濯ロープに、古びたシーツが干されていた……。第一次大戦の戦勝国となったセルビアは、多民族国家ユーゴスラビア王国を形成、セルビアは歴史ではじめてサバ川の向こう岸へ進出し、一九三七年に国際見本市の会場を建設、ハンガリー、イタリア、トルコなどが参加して賑わった。だが第二次大戦時、ナチス・ドイツがセルビアを占領、見本市は強制収容所となり、ユダヤ人、セルビア人、ロマ人、抵抗運動の参加者らが、三万人以上も殺戮された。アウシュビッツなどに移送され、異郷で亡くなった者たちも数多い。この情景は、いつも私の心をとらえる。

若い都市

哀しい記憶を消去するように、ノビベオグラード区は、サバ川とドナウ河に縁どられた土地に建設された。ユーゴスラビア社会主義連邦共和国が、栄えた時代だ。蛙と蛇の棲む沼地に、連邦政府の建物やホテルが造られ、未来の町が誕生した。都市の建設を支えたのは、共産党が組織した「青年労働活動」だ。旧ユーゴスラビア全域で展開され、高速道路、水力発電所、工場、鉄道、街の建設、文化・芸術・スポーツ施設などが築かれた。今は、夢物語である。早朝に起床、リーダーの指揮のもとに建設工事は進められ、夕刻からは、スポーツ、文学の夕べやコンサート、ダンスなど若者のプログラムが始まる。社会主義の勉強会のほか、技術取得コースもあり、写真、映画撮影、トラクターや自動車の運転の訓練もあって、修了証書や免許書も発行された。友情が生まれ、恋が芽生えた。ノビベオグラード建設の第一期は一九四八年から一九五一年、第二期は一九六八年から六九年、総勢十四万人もの若者が参加したと聞く。

　私たちが第四十五団地に住みはじめたのは一九八三年のこと。三人の息子の故郷だ。住所はユーリー・ガガーリン通り、ソ連の宇宙飛行士の名である。ガガーリン通りは全長四六〇〇メートル、左右には巨大な団地群が広がる。第四十五団地は旧市街から約八キロメートル、ニコラ・テスラ空港までは約九キロメートル、飛行機の爆音に空を見上げると機体が分かるし、高度を落とした飛行機の窓からは、建物が見える。

　団地は若い。一九六五年に都市計画の公募があり、翌年、第四十五団地の建設計画が採用となり、一九六九年に建設が開始される。沼沢地を干拓し、ドナウ河から採取した砂で埋め立て作業が行われた。この地が埃っぽいのは、ドナウの砂のせいで、貝殻も見つかる。一九七二年に建物は完成し、一九七四年にサバ川の護岸工事も終了、一九七五年にはブランコ・ラディチェビッチ小学校が開校された。息子たちの母校である。

ユーゴスラビア時代の団地は、生活環境を視野に入れて設計された。緑地とリクレーションの空間をとること。教育や医療、文化など、地域の住民の生活に必要な施設を作ること。舗道と駐車場を確保すること。この方針に従って、第四十五団地には大きな保健所、つまり総合病院と青物市場が隣接し、団地の中心に郵便局、図書館、警察署、スーパーマーケットと商店、小学校、四つの保育所がある。保育所は二階建ての瀟洒な建物で、広い庭があり、息子たちもここに通った。サッカー場もある。団地の中央から、楡の並木道がサバ川の岸辺まで延びていく。建物と建物の間隔は充分にとられ、二十もの小さな公園に住人たちが楽しそうに集い、ブランコやジャングルジムで子供が遊び、ゆったりとした生活空間だ。

建物は、十五階建て、十二階建て、八階建て、四階建ての四種で、ブランコ・チャナックをはじめ精鋭の建築家による設計の高層住宅が二十三棟、低い建物が二十三棟、一キロメートル四方にリズミカルに並ぶ。四階建ての建物はサバ川の岸辺に沿って造られて庭もあり、別荘を思わせる。かつて、第四十五団地は「太陽の町」とも呼ばれたと聞く。建物は煉瓦、コンクリートと鉄骨、室内の壁は石膏で、自然の素材が中心で、新建材が少なくて棲み心地がよい。

団地の暮らし

だが社会主義体制が崩れるにつれ、にわか仕立ての建物が増えた。一九九一年内戦が始まると、クロアチアやボスニアから難民となって来た人々が屋台を出して、ささやかな商店街が生まれた。闇市みたいな風情があり、夜はトタン屋根の下に裸電球が灯る。石鹸やハミガキなどを売る雑貨屋のミーラ、衣料品屋のスネジャナ、八百屋のモムチロ……。私の大切な仲間たちだ。冗談が好きで心優しい彼らと言葉を交わすと、元気になる。

ベジャニア村

ユーリー・ガガーリン通りの向かいの団地は、第六十一団地と第六十三団地。階段状のユニークな建物の群は、建築家マルシッチ夫妻の設計による。いずれもベジャニア村、ドナウ河の流域のスレム平原に位置する。団地の建設のために、多くの農家が取り壊された。

ベジャニア村は、ノビベオグラード区で唯一、長い歴史のある村で、聖ギオルギエ正教会の尖塔がそびえ、鐘の音はサバ川の岸辺までとどく。村の名は「逃げる」というセルビア語の動詞に由来する。一五一二年、オスマン帝国の支配を逃れてコソボからサバ川を渡ったセルビア人の難民家族が三十二世帯、ここに集落を作った。当時はハンガリー王国領、後にオーストリア帝国に入り、オスマン帝国の攻撃を防ぐ軍政国境地帯となった。第二次世界大戦では、ゼムン区と同じくクロアチア独立国の版図に入り、一九四四年十月二十日にベオグラードが解放されると、スレム前線とよばれる激戦で村人の多くが犠牲となった。

我が家から教会まで歩いて二十分ほど。秋には、草地でハリネズミを見かけた。教会のある通りには、オーストリア・ハンガリー時代の中庭のある旧い田舎屋が残り、どこか懐かしい。セルビア正教会の降誕祭は旧暦で祝う。一月六日がクリスマス・イブだ。今年も聖堂の前で焚火が天まで炎を上げ、人々は樫の小枝をくべてキリストの降誕を待ちわびた。冬空に踊る火の粉を見つめながら、誰もがコロナ禍が収まることを祈っていた……。

ふたたびラドミラ物語

我家は十五階建ての十一階にある。建物は赤い煉瓦とコンクリートの灰色が組み合わされ、素朴でどこか温かい。百世帯が暮らす。社会主義時代は、各企業に住宅委員会があり、職員の住宅の必要度を測り、必要と認められた者には住宅の使用権が割り当てられた。社会主義の終焉とともに、今は住人に私有権が与えられたが。政府関係の職員、繊維工場の女子工員、国立銀行の幹部、建設会社の経理課勤務、警察官……。様々な職種の人が、今もここに住む。内戦以来、コーヒーを飲むような近所付き合いは減った。ここ数年は住人の入れ替わりも激しく、知らない人が増えたし、コロナ禍のマスクの下で、挨拶の声も小さくなった。だが、私の胸に大切な言葉を刻んだお隣さんがいる。「橋と子供」で語った、あのラドミラだ。クロアチア生まれのセルビア人で、少女時代、父と姉とともにヤセノバッツ強制収容所の一部であったシーサック子供絶滅収容所に入れられ、そこからドイツのダッハウ強制収容所に移送されて、奇跡的に生還した人……。

一月十日は冬晴れで、午后はサバ川の岸辺へ出た。野鴨の群が賑やかだ。子鴨は嘴が黄色で身体は黒い。餌を探し、長いこと水に潜る。波音をたてて、雄鳥が雌鳥を誘う。筏を組んだ水上カフェ「アンドレア・ミア」で、ホットワインを頼み、サバ川を見つめた。傍らを黒い流木がいくつも流れていく。数日前にクロアチアで起こった大きな地震のせいだろうか。震源地はシーサックだ。ラドミラの言葉を思い出した。「シーサック子供絶滅収容所はサバ川の岸辺の沼地にあった。水の無い生活。川の泥水を飲んだ。地面に赤ちゃんの死体がごろごろしている。そこを歩いた……」。そういえば、最近、彼女の姿を見ない。一羽のカラスが空を渡り、岸辺の楡の木の梢へ消えた……。

暖かな贈り物

最後に会ったのは二〇一九年の秋だった。市場からの帰り道で彼女に会った。レンジが故障して、お茶も沸かせない、と嘆く。すぐに電気屋のサーシャに電話を入れ、翌日、彼女を訪ねた。お金の心配をさせないため、サーシャは私の親戚ということにしてベルを押す。用心深く、彼女がドアを開く。１ＤＫの部屋は、簡素だった。サーシャは早速、レンジを調べる。もう生きていても仕方ないわ、と彼女が嘆いている。話題を変えようと、青春時代について尋ねると、彼女は語りはじめた。「ドイツのダッハウ強制収容所ではね、仕事はきつくて食べ物は酷い。終戦を迎えて解放され、ユーゴスラビアに戻ると、私はすっかり衰弱していた。でも、新しい人生が始まった。私ね、お付き合いしていた人がいたの。愛し合っていた。彼は結婚しようと言ったけど、彼のお母さんに申し訳なくって。だって、こんな体では赤ちゃん産めないもの。誰でも孫が楽しみでしょ。それで、彼につれなくした。わざとよ。私の態度が変わったので、彼はどうしてか、と何度も訊いたわ。私は答えなかった。そして別れた。それからずいぶん後に、彼に謝ろうと思って、仲良しの友達と二人で彼の村を訪ねた。彼はね、他の女の人と結婚していた……」。彼の名前は、と訊くと、彼女の顔が薔薇色に輝いた。「ニコラ、ニコラよ……」

　直ったよ、とサーシャが言う。スイッチを入れると、パチンと大きな音がしてヒューズがとぶ。ちぇっ、やり直しだ。彼は粘り強かった。もう一度、もう一度……。三度目の正直で、やっと直る。長い年月に付着した油脂でショートする、と彼は言った。ラドミラは喜び、なんとお礼をしたらいいか、と何度も繰り返す。当たり前のことをしただけだから、と私たちは答える。彼女の笑顔が何よりのご褒美だ。

その後、一度、彼女を訪ねた。おあがりなさいよ、と言う。居間のソファで、おしゃべりが始まった。彼女は言った。「なぜ私が生き延びられたかというとね、それはハリストス（キリスト）のおかげなの。強制収容所で、毎晩祈っていた。主よ、私をお救いください、と。戦後になって、私が神に祈っていると知った共産党の仲間が、神を信じるなんてと批判した。私ははっきり言った。昼間の私は共産党員で、一生懸命に働く。でも夜、神様にお祈りするのは私の自由よ、あなたたちに関係ない、と……」

無神論が建前の社会だった当時、党員としては勇気のある発言だ。旧ユーゴスラビアは信仰の自由はあったが、社会主義の国家で宗教は好ましくないとされていた。しかし、神と反ファシズム運動は相いれないものなのだろうか。長いこと疑問に思っていた。反ナチス運動、国家解放運動に加わった人たちは、無神論者だけではなかったからだ。信仰を守る人も多く、聖職者もいた。彼女の言葉は、私の疑問を解いてくれた。

それから数日後、我が家のベルが鳴った。冬が近かった。扉を開くと、ラドミラだ。「あなたの部屋番号を聞いていなかったから、探すのに苦労した。これ、私の編んだ毛糸の靴下。これをはいたら、暖かくて風邪なんかひかないわ。それから、マルメロの実。あなたとご主人とひとつずつね。お部屋に置いたら、いい香りがする」。なんという思いがけない贈り物だろう。お茶でもいかが、とお誘いしたらよかったのに、愚かにも思いつかなかった。冬の我が家の食堂に、果実は甘酸っぱい香りを放った。象牙色の靴下は暖かく、編み目が美しかった。

一か月ほどして、家の前の公園で偶然、彼女に会った。再会を喜ぶ私に、青空を指で示して、じきに神様が私を御呼びになるから、と微笑む。神様はまだ来てはいけないと言っているわ、と私が言葉を返すと、来年は九十四歳になるの、と笑った。

あれ以来、姿を見ない。九階のゴルダナに尋ねた。彼女も旧い住人だ。ラドミラを見かけないけど、どうしているかな、と。思いがけず、彼女は言った。その人、知らないわ、と。ラドミラはひっそり生きていた。私は、彼女が少女時代を語った数少ない聴き手だったのだ。


水上カフェには、私のほか誰もいない。空気は冷えていき、ホットワインを飲みほす。穏やかな波に夕映えがにじみ、西の楡の木立のシルエットは黒々と濃くなった。夕陽が、飛びかう鴎の白い胸を薔薇色に染めていく。私は家に向かう。「猫通り」の猫も影をひそめた。

ラドミラは、遠い国へと旅立ったのだろうか。靴も履かずに、軽やかな足取りで、薔薇色の国へ向かったのだろうか。そして思った。人はみな旅人だ、と。棲家とは仮の宿だ、と。冬の碧い闇が、第四十五団地に降りてきて、窓の明かりが灯されていった。

丘に眠る人々　ドリナ川をたどりバリェボへ

六月の初め、ターラ山へ旅に出る。コロナ禍の感染者の数が減少し、規制が緩和され、移動が楽になった。まずバリェボを訪ねた。ベオグラードから九二キロ、車で約一時間半走る。町に入ると、白い壁の教会の前を、ひたひた緑の水を湛えてコルバラ川が流れていく。サバの支流だ。

地図を見る。バリェボの近くのメドベドニック山（標高一二四七メートル）の麓から流れ出す全長二一キロメートルのオブニツァ川と、ヤブラニック山の麓に源流のある全長二〇キロメートルのヤブラニツァ川が、バリェボの丘、ビドラックで合流し、全長八六・五キロメートルのコルバラ川となり、ベオグラードの近郊オブレノバッツでサバ川へ注ぎ込む。オブニツァの語源は、ケルト語で川を意味するアボナ（Abona）に由来するという。かつて、バルカン半島にケルト人が住んでいたという証しなのだろう。ヤブラニツァはセルビア語のヤブラン（ポプラ）に由来する。さらに、ポブレン山（標高一三四七メートル）の麓から全長二八キロメートルのグラダッツ川が、コルバラ川へ流れ込む。グラダッツは城壁を意味するグラドが語源だろう。バリェボは水の出会う町だ。

川の流れは、道を生みだし、人々を結ぶ。バリェボは、アドリア海の都市国家だったドブロブニク共和国の中世の古文書にも登場し、十四世紀からセルビアの重要な商業都市として栄えた。ステファン・ラザレビッチ公（一三七七―一四二七）はドブロブニクとの交易に力を入れたこともあり、ドブロブニクからも商人や共和国の代表など有力者が訪れ、中央広場は、様々な地中海文化が出会う場所であった。広場は、今日も在る。一四五九年、セルビアが完全にオスマン帝国の支配下に入ると、町はイスラム文化の色を濃くする。後、ウィーン戦争（一六八三―一六九九）でオスマン帝国が敗退、オーストリア・ハンガリー帝国の勢力が南に広がると、バリェボは一時的にオーストリア・ハンガリー帝国の支配下に置かれたが、後にふたたびオスマン帝国の支配下に入る。この町も、東方教会の文化とイスラム教の狭間にあった。

　十九世紀の初頭、セルビアの民がオスマン帝国から独立を求めて蜂起が始まると、バリェボは、重要な役割を担う。バリェボとシャバッツの蜂起を指揮したのは、セルビア正教会の司祭マティア・ネナドビッチ（一七七七―一八五四）であった。バリエボの近郊の村、ブランコビナ生まれ、後にトルコとロシアとの交渉を行った人物で、その『回想録』は文学としても名高い。二十世紀を代表する女流詩人デサンカ・マクシモビッチもブランコビナ生まれ、ネナドビッチ家の出である。晩年に、デサンカは芭蕉を愛し、晩年には俳句も著していた。

ビドラックの丘へ

中央広場には、デサンカの立像が立っている。ユーゴスラビア時代は十月作家会議が開かれ、世界の詩人が集い、ここで様々な国の言語で朗読が行われていた。私が初めて詩を朗読したのもここだ。山並みの蒼さを憶えている。まだデサンカはお元気で、椅子に深々と坐り、詩人や多くの子供に囲まれて、和やかに微笑んでいたのが懐かしい。中央広場の周辺は、一八七〇年に開校したギムナジウムや市庁舎、銀行、美術館などが並び、町の中心をなす。川沿いの旧市街は、トルコ時代に形成されたが、ひと昔前まであった銅細工の店などは消え、カフェやブティックになった。それでも石畳の通りにはオリエントの風情が漂っている。

橋を渡り、南へ坂道をのぼると、古くからの家並みが残っている。ここはテシニャラと呼ばれ、居酒屋などもあり、かつては蜜蝋屋、トルコ風の菓子屋、パン屋など職人が店を出して賑わったというが、今朝は静かだ。草地に車をとめた。

林をぬけてビドラックの丘をのぼり、革命戦士記念公園へ歩く。空がひらけ、木々の枝を透かして、銀の光が見える。頂上の記念碑が近い。ステェパン・フィリッポビッチ（一九一六―一九四二）、パルチザン闘争に命を捧げた若者の立像。ユーゴスラビアの彫刻家ボイン・バキッチ（一九一五―一九九二）による「革命戦士たちの記念碑」だ。両手を空に広げて立ち、正面を見据える若者は、修復されたばかりのようで、ぴかぴか光り、どこか現実離れしていて、まず漫画の鉄人二十八号を思い出してしまう。細部が省略された抽象的な粗削りの形象……。写真では知っていたが、実際に見るのは初めてだ。だが見るということは、大切だった。じっと見ていると、力強い。揶揄することはできない。ヒワの澄んだ歌が、晴れ渡った空に吸いこまれていく。後から、恋人らしい若い男女が丘に現れる。携帯電話を取り出し、立像の前で記念写真を撮っている。立像の前の小さな墓標を、枯れはてた花環が覆っていた。花環のリボンに、ＳＰＳ（セルビア社会運動党）の文字が色褪せている。

石段を下りると、大理石の記念碑に、文学者ドブリツァ・チョシッチの言葉が刻まれていた。一九六〇年に記され、過去となってしまった時代の香りがする。だが死という犠牲は、確かなことだった。

パルチザン、共産党員、愛国者、
ファシストの征服者と国民の裏切り者に対する戦いに
没したすべての者に捧ぐ
一九四一年から一九四五年まで
ユーゴスラビアを人々が自由に歩むため
新しき世界が生まれるため、彼らは勇敢に

社会主義の理想を抱き、永遠に蜂起した

風が光る。少女の弾んだ声が聞こえる。母と子だ。記念碑の傍らに立って、町を見下ろした。山の青い環に囲まれた盆地に、川が光の帯となって伸びていく。

坂道を下りると、詳しい観光案内の看板があった。ステェパン・フィリッポビッチはクロアチアの共産主義者で、一九一九年、ネレトバ川の岸辺の町オプゼンに生まれた。一家はモスタルなどを経て、クラグエバッツに移住、ステェパンは機械工となり、第二次大戦中は、パルチザンとしてバリェボを中心に祖国解放運動で功績をあげた。

セルビアの反ファシズム運動は複雑だ。ティトーが率いる共産党系のパルチザンと、王国軍の流れをくみセルビア民族主義を主張するドラジャ・ミハイロビッチのチェトニクと二つあり、協力関係はなかった。一九四一年暮れ、フィリポビッチはチェトニクに捕えられ、ナチスに引き渡され、ベオグラードのゲシュタポの監獄で二か月に及ぶ拷問を受けながらも沈黙を守り、ナチスにより一九四二年五月二十二日にバリェボで処刑される。場所はあの中央広場だ。近くの村からも人が集まる市日が選ばれ、見せしめのための絞首刑となった。恐れることなく、両手の拳をふりあげ演説するステェパンの姿を、写真屋で働く娘、当時十七歳のスロボダンカ・バシッチが撮影、すぐに店で売りに出され、劇的な瞬間の写真が歴史に残った。むろん、危険な行為だ。当局により店は直ちに営業を禁止された。演説は、バリェボ高校の教師ミリボイ・マンディッチが記録した。「ただ闘争によって同胞を解放できる。死を恐れるな、死を恐れるのは臆病者だけだ。死は特別なものではない。あと数分で、首縄が僕の呼吸を止めるとき、それが君たちにもわかるだろう。戦え、同志たちよ」と言葉を結び、ステェパンは永遠の旅へ急いだ。小柄で、身長は約一六〇センチメートルだったという。

この写真をもとに、バキッチは記念碑を制作する。第二次大戦は、バキッチにも過酷だった。独立クロアチア国の民族主義団体ウスタシャにより、兄弟四人がヤドボの洞窟における大量虐殺の犠牲となり、自身はザグレブの刑務所に投獄された……。バキッチはフィリッポビッチの一歳年上、同世代である。両手を広げる若者と踏み台が、セメントとアルミニウムで作られた。全長一五・五メートル、踏み台は五メートル、足から頭までは八メートル。原型は一九五一年から五三年の制作、一九六〇年十月に立像は完成した。わずか三年ほどの社会主義リアリズム期の作品で、その後のバキッチは、幾何学的な抽象彫刻に移行する。「光の形象」と呼ばれる連作は、抒情的で幻想的だ。そうだ。ベオグラードの近代美術館の庭に光の輪の作品があった……。バキッチはクロアチアを代表するセルビア人の前衛彫刻家で、ヨーロッパでも高く評価され、ユーゴスラビア各地で祖国解放運動の記念碑を制作したが、一九九〇年代の内戦以後、クロアチアの民族主義者により七つの代表作が破壊され、五つの記念碑が損傷したと言う。彫刻家は、どんな思いだったろう……。銀色の像をふたたび見上げる。処刑台も首縄もない。堂々と両手を広げて、フィリポビッチが青空の下に立っている。自由という言葉が心をよぎった。

坂道を先に下りていくと、バス停があった。屋根のあるモダンな停留所で、ベンチもある。なかなか感じのいいバス停ね、と坊やを抱いた女の人の声がする。夫と一緒らしい。観光案内を読みながら、語り合っている。時刻表があるが、バスが運行している気配はない。

車にもどると、草地に大きな石の十字架の記念碑が立っているのに気がついた。「一九一四年から一九一六年、チフスの犠牲となった兵士および市民を記憶して」と記されている……。初老の男女が通りかかる。土地の人らしい。挨拶を交わす。男の人が語りはじめた。「第一次大戦で、まずオーストリア軍と、次にドイツ軍と戦って、セルビアは勝利しますが、死亡者の数は百十万人以上、成人男子の半分が亡くなったのでした。コルバラ戦線に最も近いバリェボの病院は、セルビア最大の軍病院となって、町はセルビアとオーストリアの負傷兵でいっぱいになり、学校、居酒屋、倉庫などは、まるで野戦病院でした。医者の数も足りず、衛生状態も悪い病院では、次々にチフスが感染して兵士たちが死んでね、軍の記録では五万人以上の兵士がチフスで死亡と言うけど、市民をあわせたら十三万から十五万と言いますよ。病院ではオランダやアメリカなど外国の医師も志願して働いていました」。そうだ。セルビアの女流画家ナデジダ・ペトロビッチ（一八七三―一九一五）も、バリェボの病院で看護兵として働き、チフスで亡くなった……。

男の人は言葉を続けた。「ビドラックの丘はね、トルコ語では丘を意味するバイトと呼ばれ、十九世紀に墓地となりました。第一次大戦では、軍の墓地でね、数えきれぬほどの墓標が整然と立ち並んでいた。どれも赤茶色の簡素な墓標で、セルビア人、オーストリア人やその他の国の兵士の名もあったといいます。犯罪学者のスイス人、アルチバルド・ライスをご存知でしょう。第一次大戦のオーストリア軍の戦争犯罪をセルビアで調査したローザンヌ大学教授ですよ。大戦直後に墓地を訪れて、『死は全てを均しくし、将校の隣には兵士が眠る』と記していますよ」。

ではその墓地はどうなったのですか、と尋ねると、男の人は「一九四六年に墓地の廃止の決定が下されて、希望する者は別の場所に墓碑を移しましたが、取り壊された墓碑も多かった。革命記念公園として整備されたのです。林の奥に行けば、チフスで殉死した外国人の医師の墓もありますよ」と答える。そうだったのか……。女の人は静かだった。お礼を述べると「どういたしまして」と男の人は微笑み、二人はゆっくりと坂道を上っていった。デサンカ・マクシモビッチの俳句を三句、思い出した。

子の墓に林檎に砂糖
子は食まず

旅に果て

村のはずれに葬られ
棺乗せた
牛車の先をゆく魂

丘の墓標群ステチャック

陽ざしが強くなる。車で町を抜け、ヤブラニツァ川に沿ってターラへ向かう。町のはずれの川岸にコンクリートのサイロが立っている。二〇一四年のバリェボの大洪水では地盤が緩み、サイロが倒壊しそうになったと聞く。コルバラ川は、氾濫を起こす危険な川で、毎年のように洪水がある。国道一七〇号線に入り、ポブレン山を越える。上り下りが激しく、カーブも多い。長くて曲がりくねった道、ロング・アンド・ワインディング・ロード、ビートルズの歌を思い出す。デサンカの詩「血まみれの童話」に「山がちのバルカン」という言葉があったが、高度が上がるにつれて視界が広がり、山々が青緑に波打っている。やがて下り坂となり、くねくねと車は山を下る。あたりに家は少ない。開け放した窓から、森が香った。ドリナ川が近い。車はバイナ・バシタに入りドリナ川に沿って走り、今度はターラ山を登りはじめる。ふたたび坂道が続き、樹海を走り抜け、ミトロバッツ村に着いた。

六月初旬のタ－ラは、様々な鳥の声に満ちていた。カッコ－のくぐもった声、ヒバリや鶯の明るい声。クロツグミが草に現れ、虫をついばむ。春に卵から孵った鳥が、成鳥になりかけ、恋の歌を交わす。夕暮れは肌寒い。セ－タ－を忘れた。暖房を入れる。六月は日が長く、空がいつまでも明るい。疲れ果てて、ぐっすり眠った。

翌朝は、冷たい霧雨となった。ラスティシテ村を訪ねる。車でタ－ラ山を下り、ペルチャッツ湖を抜けると、ドリナがゆったりと流れていた。ボ－トハウスがあり、釣り人が舟を浮かべる。デルベンタ渓谷が厳かに始まる。アスファルト道が途絶えて車は左に折れ、砂利道に入る。道に沿って浅い川が流れていく。全長二・三キロのデルベンタ川。源流はラスティシテ村で、ペルチャッツ湖に注ぐ。険しい崖が続き、荒々しい情景が現れる。秘境と呼ぶほかはない。沖縄の御嶽を思い出す。岩をぶち抜いただけの短いトンネルをいくつもくぐり抜けて、でこぼこ道を辿る。小さな教会があった。あたりに民家は見えず、人の気配はない。赤い国産車に追い抜かれる。土地の人だろう。さらに道は狭まり、車が一台、やっと通れるほどで、樹木の枝が緑のトンネルになる。途中、大きな農家があり、麦畑の傍らに先ほどの赤い車が止まっていた。この家の主らしい。

やがて小さな玉蜀黍畑があらわれ、国立公園の看板がぽつんと立っている。中世の墓標群ステチャックだ。白く横長の石に、様々な模様が刻まれている。クロアチア、ボスニア・ヘルツェゴビナ、モンテネグロ、そしてセルビアに分布し、十世紀から十五世紀に作られたというが、謎に包まれている。重要な遺跡に違いないが、草が生い茂り、風雨にさらされ、時の流れに身を任せていた。人影はない。

　ステチャックはボスニア・ヘルツェゴビナのストラッツなどが有名で、石に刻まれた模様も複雑だが、ドリナ川を挟んでボスニアに接するバイナ・バシタ周辺にも、簡素なものが見られる。観光案内の看板を読む。この墓標群は十四世紀から十五世紀と推定され、十三個が確認され、そのうち二つに十字架が記されている……。草を分け入り、ひとつひとつ調べて、それらしきものが見つかったが、見落としそうなほど十字架は目立たない。特別の地位の者だけが葬られたらしい。三日月の上に浮き彫りの円が施され、星を表すというが、何を意味するのだろう。石は、どれも東西の方向に並んでいた。雨が激しくなる。ふたたび秘境のトンネルをくぐり、ターラ山の宿へ帰った。

　夜は寒い。死者たち、歴史の流れに眠る人々を想った。記憶、あるいは忘却……。テラスから見上げると空は曇り、星は見えない。鳥は眠りにつき、静寂に森は抱かれていた。

水のはじまり

ドリナ川からターラ山の水源をたどって

ターラ山のミトロバッツ村で、夏の初めを過ごす。柔らかな若葉が萌え、濃淡の緑が森にまだら模様を描き、空気が香しい。今年の六月二十日は、正教会の五旬節、つまりペンテコステ。ハリストス（キリスト）が復活後、五十日目に鳩の形をした聖霊が現れたのを記念する祝日だ。ラーチャ修道院へ向かった。

ふたたびラーチャ修道院へ

車でミトロバッツ村を下りてバイナ・バシタの町に入ると、夜の雨のせいで、乳白色の霧がドリナの川面に浮かびあがり、白い帯が遠くへのびていく。自動車道を右に折れ、狭い山道を登っていくと、霧のなかに修道院が現れる。聖堂に入ると、マカリエ修道士が祈祷の準備を始めていらっしゃる。ああ、よくいらっしゃった。二年半ぶりの再会は、計り知れない喜びだった。マカリエ修道士の髭は、すっかり白くなって長くのびている。ゲルマン修道院長が祈祷を始めた。お二人とも軽症とはいえ、昨秋、感染症を罹ったが、すっかり恢復してお元気そうだ。聖堂に人々が集まってくる。仲良しのビオレッタもドラガナも祈りの列にいる。眼で挨拶を交わす。聖体礼儀のあとは、信者たちが聖歌を歌いながら、修道院長を先頭に聖堂の周りを三回まわり、聖堂の入り口でパンを裂く。リティアと呼ばれる儀式だ。聖堂の庭で人々はそれぞれ前の人の肩に手をかけてパンと繋がり、大きな人の輪が広がった。ゲルマン修道院長にご挨拶すると、「セルビアには感染症に効く薬がある。ラキア、火酒ですよ、ふふふ」と朗らかだ。

　地下の集会所に、長テーブルがいくつも並べられ、昼食会の仲間に入れていただく。修道士たちと土地の信者さんたちの心尽くしの御馳走だ。まずはラキア、プラムの火酒で乾杯。それからピタと呼ばれるチーズパイ、生チーズ、魚のスープ、からし菜でお米を包んで煮込んだサルマ、修道院の池で育った鯉と鱒の唐揚げ、数種類の小さな御菓子、そしてトルコ・コーヒー。和やかな話し声が心地よい。食卓の豊かなこと。祈りのなかで作られた料理の味は、格別だ。ラキアもワインも修道院で作られ、素直な味が魂に沁みる。ビオレッタの隣に座り、久しぶりのおしゃべりを楽しむ。初めて会う人とも旧い友のように話に花が咲いた。祈りで食事は始まり祈りで終わり、晴れやかな気持ちで、皆がそれぞれの家へ帰っていく。

ラジェビツァの泉へ

私は、帰りを急ぐ理由がない。ふと、ラーチャ川の水源地を訪ねようと思い立つ。ラジェビツアだ。修道院のすぐ裏の山道に黄色い道標があり、「ラジェビツァ、徒歩三十分」とある。陽ざしは強いが、木陰を行けばいい。歩いていくと、この道でいいのか心配になる。車が四台通りすぎた。人影はない。五台目の車の人と視線が合う。三十歳ほどの男の人が車をとめ、「ラジェビツァはこの道ですか」と私に尋ねた。車に十字架が飾られ、信心深い人らしい。「標識があるし、間違いないと思うけど、四十分歩いていますが、まだ泉に出ないので……」と私。すると彼は、「よろしかったら乗っていきませんか」と言う。四〇キロ離れたウジツェ市から、祝日の清水を汲みにきたとのこと。誘拐事件に発展する気配もなく、乗せてもらう。深い森に続く砂利道は狭くて、速度は出せない。農家が二軒あるが、人の姿は見えない。やっと道が終わり、小さな川が流れ、水にそって狭い山道が続く。車が数台止まっている。泉に着いたのに違いない。車を降りる。黒い岩肌から水が染み出ていた。木陰の石で、お婆さんが休んでいた。「泉はここですか」と訊くと、「そうだよ。祈りながら飲むと体にいいよ」と笑顔で答える。まず手を洗い、水を飲む。なんと美味しいこと。私は大きなペットボトルに水を汲みはじめ、男の人はお婆さんと世間話を始めた。お婆さんの病について、優しく耳を傾けている。

するると初老の男女が、息を切らせて大きなペットボトルを両手に提げ、細い坂道を上ってきた。「ここは、まだラジェビツァじゃないよ。この先、十五分くらいのところですよ」。せっかく汲んだ水を捨て、私たちは深い森をさらに進んだ。澄んだ水音が響きはじめ、水の匂いがする。泉は遠くない。道はさらに狭まり、最後は険しい石段となった。「濡れているから、足元に気を付けてくださいね」と男の人が言う。やっと上りつめると、巨大な岩の高みから勢いよく、白い滝となって水が流れ、石で囲まれた池に落ちてきて、そこから溢れて岩を伝って何層にも段を作って、いくつもの流れとなり、最後はひとつの小川となって流れていく。水音に心が洗われる。みごとな情景に、息を呑む。石にしゃがんで手を洗い、両手で掬って水を飲むと、穏やかに甘い。樹木と岩から生まれる味だ。ほとばしる水が霧となり、大気がひんやりする。この流れがラーチャ修道院のあるラーチャ川となり、修道院の水車小屋もこの流れの力で小麦を挽くのだ。

　観光案内の看板に、ラーチャ修道院出身の十八世紀の詩人だったキプリヤン修道士の言葉が記されていた。北上するトルコ勢力に追われてラーチャを逃れ、ハンガリーのサンタンドレで文学学校を開いて活躍した人だ。ラーチャ修道院は、かつてはこの泉の辺りにあり、考古学者たちの発掘調査も進んでいるらしい。

　無事に水を汲み、森を通って車に戻った。大きなペットボトルが三本になった。男の人の名はボジダル、ベオグラード大学法学部を卒業した後、今は故郷のウジツェ市でジムを経営している。学生時代は、沖縄空手を習っていた。「昔の人は、水をとても大切にしていました。今のように、薬の種類も多くなかったし、水に病気を癒す力があると人々は信じていた。眼や胃など、病を水で癒していた。よく泉に清水を汲みに来ますよ。湧水は身体にいい」。ふたたび車を走らせて修道院にもどると、修道士たちはそれぞれ務めの場にもどり、聖堂はひっそりとしている。ボジダルさんは、お別れに大きなペットボトルを一つ下さった。なんという贈り物だろう。修道院の売店に駆けて行き、お礼にラキアを贈る。満ち足りた気持ちで宿にもどり、清水をコップに注ぎ、ゆっくり味わうと、ほんのり森の味が広がった。

ブレロ川へ

金曜日。朝から雷が鳴り、曇っていたが、車でターラ山を下り、プレチャッツ村のブレロ川を訪ねた。ブレロとは、セルビア語で泉を意味する。全長三六五メートル、世界一短い川として名高い清流だ。ドリナ川の岸辺にある老舗、レストラン「ブレロ」の中庭を流れ、ドリナ川に勢いよく注ぎ込む水を何度も見ているが、水源地は見たことがない。軽く食事をとり、しぶきをあげて緑のドリナへ落ちていく水を見つめているうちに、泉へ行きたくなった。空も晴れてきた。

車道をわたると川幅は広く、水が浅くゆったり流れていく。右手に開店したばかりの鱒料理店があり、男たちがビールを飲んでいた。川に沿って民家が並んでいる。簡素だが心尽くしの庭があり、薔薇など花々が咲き誇る。手書きで「ラキア」、「ギャレリーこの先五〇メートル」などの看板がある。画家が棲んでいるのだろう。

ゆるやかな坂道を進むにつれ、川幅は狭まり、岸辺に樹木が根を張り、階段になっている。朽ち果てた水車小屋があり、私を立ち止まらせた。苔むして崩れかかっている。扉は今にも倒れそうで、部屋の中で時間が止まっている。中を覗き込むと、ガラスは破れて窓が外れ、薄闇の中で白い桟が十字架に見える。向こうの壁の窓から、緑の光がそそぎこみ、聖所に思われた。小麦を挽いていた臼も、湿った埃におおわれて押し黙っている。

流れはさらに速く浅く、透き通った水のなかで木々の落葉が堆積し、小石とともに錆び色の模様を描いている。手を洗い、水を両手で掬って飲む。味が深い。天国の味、という言葉を思い出す。顔を上げると、二〇〇メートルほど離れたところが崖になっていて、そこが水源地らしく、幅広い滝が勢いよく流れて落ちてくる。だが、この先は緑のフェンスで囲まれ、「関係者以外立ち入り禁止」とあり、水道局が管理している。浅瀬に水色のホースがあり、近くの住人の庭に続く。清水を家に引いている。至福の暮らし……。

ふたたび坂道をくだると、左岸に鱒の養殖場があった。つい最近、できたらしい。水源地の汚染になるなあ、と後から現れた若い人たちの明るい声がする。土地の名産の鱒は、ドリナ川に注ぎ込む清水で育てられていた。旧い樫の木の下で女の人が屋台を出している。薬草や毛糸の靴下、刺繍のテーブルクロスなどが並ぶ。

刺繍の花に、あの冬を思い出した。一九九一年から二〇〇〇年にかけて、ユーゴスラビア内戦で町や村を追われた家族が、プレチャッツやターラの休暇村で難民生活を数年間、送っていたころのこと。その年の暮れ、ベオグラードの難民支援グループの仲間とプレチャッツ村の小学校を訪ね、日本の小学校から届いた児童画を贈り、子供たちと遊び、その後、難民センターに衣類を届けた。難民の女性が、編み物や伝統の刺繍をあしらった手芸品を作り、東京の援助団体が販売するというプログラムがあり、手織りの木綿に、女性たちは故郷の花模様を刺した。小学校はブレロ川の近くで、旧い建物に難民センターはあった……。

そうだ。新しい鱒料理の店は、難民センターの建物を改装したものだ。ファサードに記憶がある。通りがかりの男の人に訊くと、小学校は閉校となったという。「児童数が減ってね。若者はこの町を離れ、都会や外国に出ていく。ここで仕事はないし」と、寂しそうに笑う。あの女性たちは、戦争の日々を、この清流のほとりで過ごしていたのだ……。

ターラの森の家へ

月曜日。森の道を歩いていると、ジープが止まり、「カヨさん」と女の人の声、仲良しのテレジアだ。カモシカのようなテレジアはアフロアメリカンで、バレーボールの名選手。世界選手権の米国代表チームのメンバーだったが、引退後、セルビア人のボリスと結婚。三人の子供とターラに住む。「ザオビネ湖の清水を汲んで家に帰るところ。家を建てたのよ。遊びに来て」と言った。笑顔が眩しい。車の後の席には、プラスチックの大型タンクに水がなみなみ入っている。私も散歩のときに、その泉で喉の乾きを癒す。だが木の危うげな水汲み場から、岩肌から染み出る水を大型タンクに貯めるのに、相当な時間がかかる……。水曜日の午后に訪ねる約束をした。

水曜日は、朝から雨で寒々としていた。外に出るのが嫌な午后……。お土産に、仲良しのドラギッツァのお手製人参ケーキを包む。約束の時間だ。雨は止まないが、傘をさして森の広い道を展望台にむかって進み、最初の角を右に折れて細い道をくだると、木の柵で囲まれた木造りの二階家が見える。庭から、ボリスの声がする。「カヨさん、柵を開けて入って」と。柵を開いて、庭へ入ったとたん、犬たちの遠吠えが始まった。ひやっ、五匹も。「大丈夫。みんな鎖に繋がれているから」とボリスの声。それから檻の犬に向かって、「黙れ、お客さんだ」と厳しい声が響きわたり、庭は嘘のように静かになった。「やあ、よく来たね」と、ボリスが畑から笑顔で現れる。すっかり日に焼け、長い髪を束ねて修行僧みたい。山羊が八頭、鶏たち、馬一頭。畑に、ジャガイモ、玉ネギなどが育つ。庭にはもう一軒、丸木小屋があった。サウナとトイレだ。水洗ではなく、オガ屑を入れたカセットが取り付けられていて肥料にする、とボリス。外の壁には寄木造りのカヌーがかかっていた。見事な芸術品だ。

木の階段を上って母屋の扉を開けると、テレジアと大きな瞳の三人の子供たちが迎えてくれた。ラーデとジャクソン兄弟、妹のテスラ。大きな箱に入って、わいわい遊んでいる。入り口に飲料水のタンクがあった。大切な水を沸かし、ターラ山の蜂蜜を入れたハーブティーに、心がほぐれる。木材を巧みに組み合わせた雄々しい家屋は、樹木の芳香を放ち、客人を優しく迎える。

夫妻のターラ山の暮らしは十年になる。私の定宿から徒歩十分の山小屋を借りて暮らしていたが、今冬、土地を手に入れて家を建てた。ミトロバッツ村は水道も電気もあるのに、あえて辺鄙な場所を選び、「できる限り自然を壊さない」生き方を選んだ。泉まで水を車で汲みに行き、料理と飲料水、家畜の世話、畑仕事までまかなうのは容易ではない。「辛くないわ。洗濯は泉のほとりでする。時間は充分ある」とテレジアは穏やかに微笑む。夏はいい。冬は大変だろう。「庭に大きなタンクがあるでしょ。雨水を貯める装置でね、知り合いから譲り受けた。少しは楽になる。錆びているからペンキを塗るつもり」とボリス。

電気は太陽パネル。「三枚あるけど二枚で足りる。電気は、携帯電話とインターネットに必要なだけだ。竈に薪をくべて料理をして、冬は暖もとる。灯は大型と小型の懐中電灯。日が沈んだら早く床につき、朝は日が昇ると起きる。これといった電化製品はないし。この冬は寒かった。次は暖炉を作る、石を積んでね」とボリス。ほかにプロパンガスの小型コンロが一つ。木の棚に食器類と鍋が並び、書棚には辞書と書物。余材で作った栗色のベッドは、昼はソファ、夜は夫妻の寝台。セルビア南部に伝わる手織りの絨毯は、知り合いが処分しようとしたのをもらった。赤と黒の幾何学模様が床に華やかだ。壁につけられた大きなテーブルは、友達の祖母からの贈り物で、作られてから百年の木製。「壁にぴったりの長さ、この家のために作られたみたい」とテレジアは喜ぶ。家はゆったりとしている。「一人一人のために区切られた空間がないからね。全部で四十八平米。暮らしに充分な広さだ」とボリス。

家は、ノビサドの建築家とボリスが二人で、ひと夏かけて造った。まず木材で枠を組み、そこに二階建てを建てた。いわば高床式の家で、移動が自由なため、家屋としての登録をせずに済むそうだ。秋までに床を支える木の枠の中に、石を詰めて安定させるとのこと。「市中の閑居」、鴨長明の方丈記を思い出す。二階は子供部屋で、梯子で上る。危なくないかと問うと、テスラがすいすい梯子を上って人形を取りに行った。

「この家の設計の構想を話すと、どの業者もそんなの無理だと言った。ノビサドの建築家だけが、引き受けてくれた。彼もターラが大好きで、自然で暮らすのを実践している人物だ。カヌーも彼の作品。ドリナ川で魚釣りに使う」とボリス。丸木を組んだ家は、壁の木と木の間に苔がむして、ひと夏で隙間をふさいだ。「自然の力ね」とテレジアは目を輝かせた。子供の教育は当分、アメリカの通信教育だけど、林間学校に来る子供との付き合いがある。「昨日、鷹が来たよ。大きかった」とラーデ君。まだ熊や狼は現れていないが……。今度はテラスを作る、とボリス。話は尽きず、満ちたりた出会いに感謝する。来てくれてありがとう、と二人が微笑む。陽は森に沈み、道が闇に沈んでいく。車で送ろう、とボリス。庭の犬は静かだ。

でこぼこ道を走り、宿に着いた。雨は止んで、青い闇に星が瞬いて、夏の草が香った。様々な水のはじまりが、夜の森にさざめいていた。

ニーシュはセルビアの南の町、人口は二十六万人。ローマ帝国のコンスタンティヌス大帝の生地で、古代はナイススと呼ばれ、二世紀にプトレマイオスが著わした地図『ゲオグラフィア』にも登場する。町を流れるのはニシャバ川。南モラバの最も長い支流で、ブルガリアとセルビアにまたがるスターラ・プラニーナ山（標高二三七六メートル）のマーリー・コム峰（標高一八四八メートル）に源流がある。ブルガリア領内の上流はギンスカ川と呼ばれ、対岸がセルビアの領域となり二つの国を流れるあたりからニシャバ川と名を変える。ブルガリア領内は六七キロメートル、セルビア領内は一五一キロメートル、全長は二一八キロメートルになる。ニーシュ市から約一〇キロメートルのトルパラ村で南モラバ川に注ぎ、スタラッチ市近郊で西モラバ川と合わさって大モラバ川を形成、スメデレボ市のあたりでドナウ河に注ぎ込み、黒海に溶け込む。

ニーシュは、ヨーロッパとアジアを結ぶ道に位置し、歴史を通じて、この町をめぐる戦いが繰り返され、異なる文明が溶けあっている。一世紀から七世紀まで続くローマ帝国時代、スラブ人の移住、十二世紀から始まるセルビアのネマニッチ王朝時代、十四世紀から十九世紀まで続いたオスマン帝国時代、オーストリア・ハンガリー帝国との相克……。十九世紀にセルビア人が蜂起し、オスマン帝国から独立、町は西欧の近代都市へと変容していく。だが二つの世界大戦で、ニーシュは深い傷を負う。ブバニの丘は、ナチス・ドイツの処刑場であった。

ブバニの丘

ニシャバ川の流れは、ここでは穏やかだ。日頃の水位は低く、水際に遊歩道が続き、夏はカフェのテラスが賑わう。遠くに山をいただき、京都の鴨川を想い出す。ニーシュに行ったら、居酒屋を訪ねること。情熱的な食物と酒、善き仲間、おしゃべりと唄……。

　この町を訪ねると、歴史の闇に一条の光が射してくる。十一月が過ぎ去ろうとしていた。ブバニの丘を訪ねたい、また古城を歩きたい。仲良しのスターナに連絡する。彼女は詩人、夫のスロボダンは歯科大学の教授だった人。ぜひ、いらっしゃい、息子の部屋が空いたから泊まれるわ、と明るい声。縞模様のトランクに、お土産のワインと書物を入れる。次の日、旅に出た。

　朝の七時、外は仄暗い。ベオグラードからニーシュへ、長距離バスで約二四〇キロ。三時間ほど走ると、左手になだらかな丘がつらなり、肥沃な平野が広がる。ローマ帝国のコンスタンティヌス大帝も、ここを通ったろうか。高速道路から右に折れ、ニーシュの町に入る。古城の傍らのバス・ターミナルで、スターナとスロボダンが迎えてくれる。二人の家に向かう。鄙びた庭が懐かしい。スロボダンの祖父が建てた家だ。スターナの手作り人形が並ぶ居間で、ポテト・パイの朝食。建築家の夫妻、シーマとゴーガが現れ、車でブバニへ向かった。

五分ほどで、落葉樹の森に着いた。車を降りると、土が香りたった。青空が高い。「雨が続いたのに、カヨが太陽を運んできたわ」とスターナが歌うように微笑む。入口に「ブバニ記念公園」の看板があり、白い石段が厳かに続く。若者が犬と散歩をしている。

シーマは、森を見つめて言った。「第二次大戦中、ここで一万人が虐殺された。一九四四年八月、ドイツの敗北が確実になると、ナチスは森に大きな穴を開け、虐殺した人々の骨や新しい遺体を放りこんで焼却した。二十日間かかったという。戦後すぐ、羊番の子供たちが森で遊んでいたらね、死体がたくさん見つかった。ここからは、まだ遺骨が出てくるはずだ……」。石段を上りながら、左右に広がる森を見渡す。樹木は、微かな風に赤や黄色の葉を落とし、地面は枯葉に埋もれていく。

五〇〇メートルほどで石段が終わり、広い野原が開けた。三つの巨大な拳骨の記念碑が、青空を仰いで立っている。手前には、大理石の白いレリーフがある。私たちは、記念碑の前に立った。左側に銃を構える兵士たち、絞首刑になった人々、殺されて横たわる人々、最後に抵抗を象徴する拳骨が、単純な太い線で彫られている。クロアチア人の彫刻家イバン・サボリッチ（一九二一―一九八六）の作品。一九五九年の公募で選ばれ、一九六三年十月十三日に除幕式があった。

拳骨は高さが違う。一六メートル、一四メートル、一三メートルで、鉄筋コンクリートで作られ、男、女、子供の手を表す。民族衣装の柄を想わせる幾何学模様が刻まれていた。レリーフは長さ二三メートル、高さ二・五メートル、厚さ四〇センチメートル、マケドニアのプリレップ産の白い大理石が用いられた。「詩が彫ってある」と、スロボダンがレリーフを指さす。土地の詩人イバン・ブチコビッチの詩で、社会主義の時代の香りがした。

共産主義者と愛国者の血から革命の拳骨が息吹いた
抵抗と警告の拳骨が、自由の拳骨が
僕らは処刑されたが、僕らは決して殺されず、屈しなかった
僕らは闇を踏みしめ、太陽に道を拓いた

森の奥に、戦後、最初に立てられた記念碑がある、とシーマ。道はぬかるんでいる。スロボダン夫妻はベンチで休み、シーマ夫妻と細い道を辿った。やがて、木陰に小さなピラミッドが現れた。解放運動の象徴、星が付けられている。高さ二・二五メートル、一九五〇年七月七日の日付が記されていた。灰色のごつごつした石を積み重ねた、素朴なものだ。

「セルビア人はね、自由を大切にする。十九世紀は、オスマン帝国からの解放で大きな犠牲を

払った。二十世紀は、バルカン戦争、第一次大戦で青年男子の三人に一人が死んで勝利した。第二次大戦の解放運動も、セルビア人が数多く参加した……」とシーマが言うと、ゴーガが言った。

「第一次大戦では、アルバニア越えという厳冬の行軍があって、祖父も兵士だった。飢餓とチフスで多くの人が亡くなった。祖父は、戦争の話はほとんどしなかった。祖父の名はね、ドラグティン……」。

鳥の澄んだ声が聞こえる。ここは珍しい野鳥の棲息地、春の歌声はとりわけ麗しい。ベンチからスターナとスロボダンが立ち上がる。私たちは、車で古城へ向かった。

歴史という地層

古城はニシャバ川の右岸にあり、一七二三年建造の大理石のスタンボル門が、オスマン帝国時代の威厳を示す。門の前に橋が架かり、イスタンブールに至る道へ続く。「四世紀から、橋はいつも、ここに架けられている。一九〇三年までは木橋、現在の橋は鉄製で一九六四年のもの。橋の工事で、コンスタンティヌス大帝の頭の彫像が発見された。橋の袂のあたりに、ローマ時代の橋の跡が残っている」とシーマが言う。鉄橋の下を覗くと、どっしりとした煉瓦の橋台の一部が残っている。大きな橋だったらしい。

門の傍らに、青い記念碑がある。一九九九年の春から初夏にかけて続いたNATO空爆の犠牲者を悼む記念碑だ。岸辺の少し先は、十二世紀、十字軍を率いるドイツのフリードリッヒ・バルバロッサ王とセルビア首長ステファン・ネマニャが会見した場所……。わずかな空間に、劇的な事件が記されている。

古城に入る。カフェのテラスで、スターナたちはコーヒーを飲み、シーマと私は遺跡をたどった。スタンボル門のすぐ左手は、オスマン帝国時代のトルコ風呂、その隣は要塞の一部で、カザマットと呼ばれる大砲を出す場所だが、今はコンサートホール。右手はオスマン帝国の軍の武器庫だったが、戦後は立派なギャレリーになった。

少し先の左手は、赤い煉瓦で囲まれた遺跡、かつてはローマ帝国の公衆浴場だった。「ギムナシウムと呼ばれた場所は、体操や話し合いの場所、今風に言えば文化会館だ。脱衣室が二つ、さらにフリギダリウムという冷水の風呂、テピダリウムとよばれる蒸気風呂があって壁が熱せられていた。奥はプレフルミユンとよばれるボイラー室だ。医学的にもよく考えられていたね……」。廃墟を見つめていると、晩秋の草叢からローマの貴族の裸体がたちあらわれる……。余所から来た者が病気を運ぶと考えられ、旅人は、衣服を脱いで熱気で消毒し、入浴してから町に入る決まりだったそうだ。昔も、人々は感染症を恐れていた。

いつのまにか、私はローマ帝国の都にいた。「コンスタンティヌス大帝は、三〇六年から三三七年まで在位した。父は軍人コンスタンティウス・クロルス、後に西の正帝となった人物だ。母ヘレナは宿屋で働いていたらしく、クロルスの最初の妻、二人はニーシュで結ばれた。コンスタンティヌス大帝はニーシュをよく訪れ、郊外には別荘地メディアナを築いている。ローマの貴族も競うように館を建てて、宮廷文化が花開いた……」。

　上り坂になってすぐ左は、イスラム教のバリ・ベグ寺院の跡だ。オスマン帝国時代にはニーシュに十三のモスクが作られ、十の寺院が城内にあったが、現在はわずか三つが形をとどめる。看板の観光案内によれば、一五二一年から一五二三年の建造、床は正方形で六十四平米、高さ約一二メートル。当初は、ミナレットという尖塔があったらしい。壁面は、赤い煉瓦と灰色の石を組み合わせて美しい。「煉瓦や石材は、ローマ帝国時代の遺跡のものを使っている」とシーマ。再利用だ。隣接して一八六八年に、図書館が作られた。オスマン帝国が崩壊寸前の時期に、どんな書物が保管されていたのだろう。モスクの前には、ローマ帝国時代の建物の廃墟があり、煉瓦を雑草が覆う。一八七八年にミラン・オブレノビッチの率いるセルビア軍によって、ニーシュがオスマン帝国から解放されると、イスラムの寺院は破壊された。一九七〇年代に修復され、今は「サロン77」という現代美術の画廊となった。

　ゆるやかな坂道を行くと、右手はローマ帝国時代のフォルム、公共広場の史跡だ。本道より低い位置に広い草地が広がり、煉瓦の建造物の入り口らしいアーチが見え、奥は闇だ。

「コンスタンティヌス帝は、ローマ帝国に転機をもたらす。三世紀後半からキリスト教徒に対する激しい迫害が続いたが、三一三年のミラノの勅令でキリスト教を容認する。三二四年には東方正帝のリキニウスを破り、テトラルキア（四分統治）を廃止し、ふたたびローマを統一した。コンスタンティヌス大帝は、母ヘレナとともに西方教会でも東方教会でも、聖人とされている。大帝自身が、キリスト教徒だったかどうかは微妙だが、三二五年にキリスト教の司教たちを集め、第一回ニケーア公会議（全地会議）を開いて議長を務め、教義や経典などの統一をはかった。三三〇年には、港町のビュザンティオンに、自らの名を冠したコンスタンチノープルを築いた。後の東ローマ帝国、つまりビザンチン帝国の首都だ。東と西の世界を結ぶ都市、後のオスマン帝国の首都イスタンブール。ニーシュから、コンスタンチノープルへ街道が続いていた……」。

フォルムを前に、シーマは語った。「古代都市ナイススは、形而上的な都市だ。浴場や市場など、実用的な機能を持つ建物だけではなく、死後の世界や魂の世界に繋がる神殿を組みこんだ都市設計だからね。コンスタンティヌス大帝は、ナイススの神殿に、母と自分自身を祀っていたらしい。母親崇拝は、キリスト教の聖母マリア信仰にも通じる。母ヘレナと息子コンスタンティヌス大帝の関係を、聖母マリアとキリスト（ハリストス）になぞらえていると言える。ここから正面に、アーチ型の入り口があるね、あの地下が宝物殿だった。フォルムの広場に、ずらりと露店が並び、右側が神殿だ……」。広場で聖と俗が交わっていた。

フォルムの位置がとても低いけど、と私。シーマは笑う。「長い歳月を経て、埃や塵で過去の建物は埋もれていく。ローマ帝国ができて二千年以上が過ぎている。毎年、少しずつ、史跡は埋もれていった。フォルムの中央から東西に石の敷かれた舗道があった。フォルムの左側にね、ビア・ミリタリスと呼ばれるローマ街道が通っていた。石畳のあとが見えるよ」と、シーマが指をさす。彼の言葉によって、見えぬものが立ち現れてきた。

「ビア・ミリタリスは、シンギドゥヌム（ベオグラード）から、ニーシュやソフィアを経由してコンスタンチノープル（イスタンブール）に至る道で、紀元後三三年に作られた。ローマ帝国の都市のネットワークが形成され、宿場町も発達する。この街道をもとに、中世はビザンチン帝国、オスマン帝国の道が整備されていく……」

だがローマ帝国の城市ナイススは、四四二年にフン族の攻撃を受け、瓦礫と化す。四七六年に西ローマ帝国は滅び、東ローマ帝国（ビザンチン帝国）の時代が到来。六世紀半ばに、ユスティニアヌス大帝は三十二の砦を築き、ナイススを復興する。しかし、この世に永遠はない。六世紀後半にはドナウを渡ってスラブ系の民族が侵入し、六一五年にナイススを抑え、ローマン系の人々は町から消えた……。

突然、頭上で轟音が響き、私たちの声を遮った。すぐ上をジェット機が飛んでいく。機体にエアー・セルビアのマークが見える。こんなに低いところを……。ここからニーシュ空港まで三キロメートル、とシーマは空を見上げる。「いつの世も、ニーシュは政治、経済、交通、軍事のネットワークで要となる町だ。第二次大戦では、ドイツもこの町を狙った……」

すぐ先はラピダリウム、ローマ帝国時代の墓標が並ぶ。軍人や家族の肖像、葡萄の蔦や鳥、年や日付、地位などが大理石に刻まれている。この地で生涯を終えたローマの退役軍人やその家族が、ここに眠る。

　通りの向こうは、オスマン帝国時代に建てられたパシャ（総督）の館だ。この先を少し行くと砦は終わり、ビニック山が現れる。「山は自然の要塞だ。ニシャバの水、広大な平野、道。城を築くのに理想的な地理的条件だ」とシーマ。城址の終わりの左手には、ローマ帝国時代の遺跡があり、八角形の床にモザイクがある。聖堂にも見えるが、謎だ。「考古学の発掘を本格的に始めたら、壮大な古代都市が現れるはずだ。今はその時期ではない。膨大な資金と時間がかかる」と、砦の傍らでシーマが語る。空が曇ってきた。

　シーマの携帯電話が鳴る。「みんな凍えそうよ。戻ってきて」と妻のゴーガの声。太陽が傾きはじめた。時計を見て驚く。三時を過ぎている。約二キロメートルの城の道は、数世紀の長さだった。

　レストランへ車を走らせる。塩漬けキャベツの葉で豚肉のひき肉を包んで煮込んだサルマ、牛のテールの煮込み。味わい深い。梨の火酒、マケドニアのワインはロゼ……。どれも濃厚な味だ。楽しい話と笑い声。いつしか、夜が来ていた。

　ニシャバ川を渡り、シーマとゴーガ夫妻の家に行く。庭は冬の匂いがした。明るい居間の壁に、ゴーガの祖父ドラグティンの写真がある。長い髭をたくわえ、聖人みたい。ケーキと手作りのマルメロ・ジュース……。小説や旅の話が続く。「もう遅い。帰らなくては」とスロボダンが言った後も話はやまず、気が付くと十時を過ぎている。ここの数か月は感染症の恐怖から、だれもが家に籠っていたのだ。砂漠で泉を見つけたように、私たちはお話ができる幸せを身体で感じていた。

　スターナの家に泊まる。アレックスの部屋は快い。「コンスタンティヌス大帝の本がある。カヨさんにあげよう」と、スロボダンが書物を下さる。「長い一日だったわね。明日は五時起き」とスターナ。古代から今日まで、歴史が大河のように身体を流れていく。清潔なベッドに身を横たえる。ブバニの鳥も眠っているだろう。窓に星が冷たく瞬いていた。

スターナの家で

ニーシュは、ドナウの旅の思想を変えてしまった。スターナの紹介で出会った建築家シーマから、歴史を観る眼について教えられたからだ。最初にシーマとゴーガ夫妻に会ったのは、スターナたちの家だった。

　ニーシュについて書きたいと、詩人スターナに相談すると、「東セルビアの歴史に詳しい人を紹介するわ。いらっしゃい」と言う。あの夏の午后、旅に出た。バスで夕暮れのニーシュに着くと、スターナの息子、アレクサが待っていた。穏やかな青年は画家だ。旧市街の職人横丁に宿をとり、スターナ夫妻の家に向かう。静かな通りにある家は、旧い煉瓦塀に囲まれ、庭に夏の花々が咲き、樅が枝を広げる。夫スロボダンの祖父はヘルツェゴビナの出身、十二歳でハンガリーに渡り、火酒の蒸留装置の製造技術を学び、ニーシュで工場を興して成功した人。父はユーゴスラビア王国の軍人で、社会主義時代に苦労した。歴史の狭間で、大きな館は家族を守ってきた。

　木の階段を下ると、半地下の居間の壁に、祖父と父の写真。油彩はアレクサの作品だ。テーブルにスターナの手料理が並ぶ。シーマとゴーガ夫妻も一緒。シーマはニーシュ市文化財保護委員会に勤め、遺跡調査も行った人。トマトのサラダの絶妙な味、黒ワイン。スジュックという腸詰のグリルが香ばしい。旧き友のように話が弾む。

　シーマが語る。「ニーシュに、スラブ人が定住をはじめるのは七世紀、当時はビザンチン帝国（東ローマ帝国）の領土だ。九世紀末にブルガリア帝国のシメオンがこの町を治めるが、ふたたびビザンチン帝国が奪回し軍事基地となる。一一八三年、ニーシュはセルビア首長ステファン・ネマニャの版図に入った。だが一四四八年、オスマン帝国が町を征服、セルビアは自由を失う」。食事をしながら、私はメモをとる。バルカンの歴史は複雑だ。

「十七世紀から十八世紀の初頭、オスマン帝国とオーストリア帝国は、ニーシュをめぐり何度も争う。セルビア人は、オーストリア側につく。一六八九年、大トルコ戦争のとき、オーストリアはオスマン帝国を抑えて入城。だが翌年、オスマン帝国はニーシュを奪回、一七一九年から四年かけて要塞を築く。長さ二一〇〇メートル、高さ八メートル、厚さ三メートル、バルカン一番の堅固な城壁、南にスタンボル門、北にベオグラード門ができた。一七三七年は、オーストリア軍がニーシュを占領。だが和平条約により、ニーシュはオスマン帝国の町となる。その後、オスマン帝国はセルビア人を弾圧し、一八〇四年にはセルビアの村長七人をはじめ聖職者らの首を斬る。これを機にセルビア人は蜂起、カラジョルジェが指揮をとった……」。宿に着くと零時。シーマの話をノートに整理。歴史の闇に沈むように、深く眠る。

チェガルの丘へ

ニシャバ川はニーシュの中央を流れる。川の北にチェガルの丘が町を見下ろし、町が南へ広がる。朝から暑い日。今日は、チェガルの丘をみんなで訪ねる。町から東へ四キロメートル、曲りくねった田舎道を車で走る。農家の生垣に夕顔が揺れ、庭で鶏が遊ぶ。じきにカメニツァ村のチェガルに着く。丘に記念塔があった。黒々とした大砲は、蜂起で使われたもの。ここがチェガルの戦いの舞台だ。十八世紀末から十九世紀初頭にかけて、西欧で民族ロマン主義が生まれ、セルビアでもオスマン帝国からの独立の機運が高まっていた。

　夏風に、大樹がそよぐ。木陰のベンチに手織りの絨毯を敷き、土産物や観光案内書を並べ、村の夫婦が簡易コンロでコーヒーを沸かしていた。白い長髪の男は、セロミル。一九八八年から家族で塔の番をしている、と言う。家族ボランティアか。案内書の裏表紙は彼の大きな顔写真、ナルシストに違いない。コーヒーで私たちをもてなし、大きな鍵で扉を開き、塔に案内してくれた。木製の狭い螺旋階段を上り展望台に立つと、ニーシュが一望できる。

シーマが語る。「一八〇四年二月十五日、オラシャッツ村で、カラジョルジェを長として第一次蜂起が始まる。九月にはロシア帝国の支持を得て、勇気づけられたセルビアの蜂起軍は、町や村を次々に解放、ニーシュへ近づく。

一八〇九年四月二十八日、蜂起軍はニーシュの北の山に約一万二千人の兵士を集め、七つの部隊に分かれ、一か月間、塹壕を掘る。だが、部隊の間に不和が生じていた。最前線のチェガルは、レサバ地方の長、ステバン・シンジェリッチの部隊が陣をとった。五月三十一日、オスマン帝国軍は、蜂起軍の部隊を個別に襲撃、トルコ兵がチェガルになだれ込み激戦となるが、援軍は来ない。ほかに術はなく、シンジェリッチは、弾薬樽に銃を打ち込んだ。自爆、日本風にいえば神風だ。その瞬間、セルビア兵もトルコ兵も爆死。オスマン帝国軍は大きな打撃を受ける。シンジェリッチらの犠牲で、他のセルビアの部隊は救われた……」

塔から見下ろすと、スターナたちが和やかに野原を歩いている。緑が眩しい。螺旋階段を下りて、外に出た。アレクサが、塔の写真を撮っている。塔を見上げ、スロボダンが言った。「数年の蜂起の努力も虚しく、この戦いで戦局は悪化した。一八一二年はナポレオンのロシア遠征の年、セルビアからロシア軍は撤退。翌年、蜂起の指導者カラジョルジェらもオーストリアへ亡命した……」。シーマが続ける。ヨーロッパで戦争の嵐が吹き荒れた時代だ。「第二次蜂起はね、ミロシユ・オブレノビッチ公が指揮し、オスマン帝国内にセルビア独立公国が成立。息子のミランはトルコ・セルビア戦争で勝利し、一八七八年にニーシュを解放した。この年に、セルビア王国がベルリン会議で承認される……」。森で鳥が歌う。アトリだろう。

観光案内に、記念塔は一九二七年建造、オスマン帝国からのニーシュ解放五十周年を記念、ロシアの建築家ユリアン・デュポン設計とある。どこか中世の聖堂を想わせ、入口がロゼッタに飾られていた。

石段に立ち、シーマは語る。「この戦いに、オスマン帝国の高官フルシード・パシャは激怒、セルビア兵の首を斬って持参せよと命令を出す。生首ひとつに二五グロッシュの褒賞金が出た。チェガルで戦死したセルビア兵の生首は、頭の皮を剥がされ木綿を詰められ、まずイスタンブールに送られる。町の革職人が作業をした。生首は集められ、見せしめのために『骸骨の塔』が造られる。オスマン帝国の末期、混乱期だ……」

観光案内書を買うとセロミルは喜び、「カヨへ、セルビアの聖地の愛好家より心をこめて、セロミル・マルコビッチ」と署名。スターみたい。そろそろお腹が空いた。「これから、お昼ご飯よ」とスターナが微笑む。

でこぼこ道を車で行くと、松林に店があり、窓から炭焼きの煙が漂う。「カメニツァの頂」は、木と石の素朴な料理店だ。旧い竈、土器の食器、赤と白のギンガムチェックのカーテン。テラスに席をとり、火酒で乾杯。ウシュティプツィという唐辛子入りの肉団子、セルビア・サラダ、ワイン……。蜂起の指導者の名をつけたカラジョルジェ・カツもある。豚肉でカイマックという生クリームを巻いた棒状のカツ、別名は乙女の夢だ。陽気に語り合い、御馳走の皿がゆっくり空になっていく。大人ははしゃぎ、アレクサは静かだ。平日だが満席、休日は家族連れで賑わう。陽光がテラスに溢れ、町が見渡せ、ニシャバが流れていく……。食事が終わると、「さあ、次は『骸骨の塔』だ」とスロボダンが言う。坂道を下った。

骸骨の塔

ニシャバ川を渡って東へ走ると、八角形の屋根の聖堂がある。チェラ・クーラと呼ばれる「骸骨の塔」は聖堂の中にあった。木陰に車を停めた。塔の前をガブロバッツ川が流れる。全長一一キロメートル、ガブロビツァ山（標高九〇二メートル）から流れ出し、ニシャバ川に流れ込む。川幅は狭いが水量は豊かで、春は氾濫する。木橋を渡ると、学芸員の女性が待っていた。スターナの知人だ。「橋の袂がオスマン帝国の検問所、川は町の境界でした」と彼女。「聖堂はディミトリエ・レーコの設計、セルビアの有名な建築家だ。建てられたのは一八九二年」と、シーマ。入口のロゼッタに赤、緑、黄色の円形のガラスがはめ込まれ、モダンな印象だ。

聖堂に入ると、朽ちかけた骸骨の塔があり、漆喰の湿った臭いが鼻をつく。塗り込まれた骸骨たちの虚ろな眼、口から声が消されている。学芸員が語る。「一七八八年から一七九一年までのオーストリア・トルコ戦争で、セルビア人はオーストリア側につきます。オスマン帝国が勝利しましたが、蜂起に有利な条件が生まれた。まずセルビアに多くの武器が残る。二つの帝国が通商条約を結び交易が盛んになると、貿易で財を築いたセルビアの商人が、経済、政治の人脈を形成して、独立運動に結びつく……」。

塔の骸骨は、チェガルで戦死したセルビア兵のもの。塔は高さ四・五メートル、土台は縦四・一五メートル、横四メートル。四つの面それぞれに、縦十七個、横十四個の骸骨が並べられた。やがて風雪にさらされ、骸骨の数は減る。父、夫、息子を葬ろうと持ち出す者、骸骨の粉が病に効くといって盗む者……。一八四六年、セルビア初のリセー（ベオグラード大学の前身）のイシドル・ストヤノビッチ教授は、九百五十二個の骸骨が塔に埋められていると記録。今は五十九個が残る……」。薄闇に、骸骨が呼吸する……。「蜂起に参加した言語学者ブーク・カラジッチは、セルビア側の戦死者は三千人、トルコ兵も合わせると四千人と記しています……」

スターナが、壁の銅板を指さした。ラマルチーヌの言葉がセルビア語とフランス語で記されている。「塔の最初の記述は、ロマン主義を代表するフランスの詩人、ラマルチーヌの『東洋紀行』にある。一八三三年、イスタンブールへの旅で、ニーシュに立ち寄ったのよ」と彼女……。掲示板に、ラマルチーヌの旅行記の一節があった。「猛暑だ。一マイルほど先、平野に白い塔がそびえ、パロス島の大理石のごとく輝いている。……塔に着くと、旅に疲れて、壁にもたれ、微睡む。眼を覚ますと、白く輝くものは骸骨だと知った。骸骨に残る髪の毛が、微風になびく。強く冷たい風が山から吹き、数多くの虚ろな頭、顔、骸骨に流れ込み、もの悲しく寂しい口笛が鳴り響いた」と記され、塔の傍でトルコ人の子が朽ちた骸骨の欠片で遊ぶ様子も記されていた……。骸骨の塔の精密なスケッチの複製が展示されている。オーストリアの考古学者、旅行家のフェリックス・カニッツ（一八二九―一九〇四）の著書、ドイツ語の三巻本『セルビア』（一九〇四）からの転載。黒雲の下に平原が広がり、寒々と骸骨の塔が立つ。

聖堂を出ると、陽ざしが強い。ゴーガが胸像を指さす。「これがシンジェリッチね」。口髭の英雄は、精悍で孤独だ。傍らに生涯が記されている。「レサバ地方の長、グロボバッツ村生まれ……。一八〇四年からカラジョルジェとともにセルビア蜂起に参加。チェガルの戦いまで五年間も、森で戦いの日々を送ったのだね……」と、スロボダン。ニシャバ川を渡り、北西へ。私たちは、赤十字強制収容所記念館に向かった。

ニーシュ赤十字強制収容所

自動車道の名は「二月十二日通り」、一九四二年の強制収容所からの受刑者大脱走にちなむ。道と並んで鉄道線路が走り、左手は工業地帯で煙草工場もある。じきに、赤十字強制収容所記念館に着いた。灰色の高い塀、花壇に日々草が光る。灼熱の太陽の下、運動場のような空間の前に、旧い大きな煉瓦の建物があり、壁が崩れかけていた。巨大なロール状の鉄条網、見張りの塔……。

一九六七年に重要文化財に指定され、外国からの観光客も多い。入り口で入場券を求めた。太陽の光がじりじりと熱い。ゴーガが、喉が渇いたわ、と言う。スターナは、ハンカチで汗をぬぐっている。アレクサが、売店で飲み物を買ってきた。冷水のビンが、手のひらに気持ちいい。建物に入る。蒸すわねえ、とゴーガ。空調もなく、窓が開け放されている。

「建物は、一九三〇年にユーゴスラビア王国軍の騎兵隊倉庫として建てられた。一九四一年四月八日、ナチス・ドイツ軍はニーシュを空襲して占領。九月にここを強制収容所に改装する。一・四ヘクタールの敷地に、本館のほか三つの補助の建物と四つの見張り小屋、サーチライトのある二つの塔がある。一九九九年のNATOの空爆で、一部が損傷した。記念館は、当時の姿を再現している」とシーマ。二〇〇四年の修復は、彼の設計によるものだった。

強制収容所は、ニーシュのゲシュタポ長官ハインリッヒ・ブラントが設立。一九四四年九月までに総計約三万人を収容、一万人が処刑されたと推定される。セルビアの有識者、資産家、共産党員、パルチザン、チェトニック（王党派）、ユダヤ人、ロマ人（ジプシー）、学生や生徒、子供もいた……。収容所に場所が空くと、また満員になった。一九四二年二月十二日、受刑者らは大脱走を決行。ヨーロッパ初のナチスの収容所からの大脱走だ。四十二名が殺され、百五名がビニック山へ逃亡。ナチスは五日後に報復として、ブバニで八百余名を処刑。「首つり台を前に、ある男が拳を空にあげ、来るべき自由を高らかに謳った。ブバニの記念碑は、この話をもとにしている」とシーマ。

一階に四つの大部屋、十一、十二、十三、十四と扉に番号がある。床は藁が敷かれ、ベッドもシーツもなく、家畜のように受刑者らは眠った。番号なしの小さい一室は拷問室、もう一室は司令官室だ。展示物に、沈黙する。いびつな飯盒、青の水玉模様のコップ、歪んだスプーン……。ワンピース、靴、縞模様のパジャマ、裸の人形、ダビデの星の腕章……。受刑者から奪われた懐中時計は、別々の時間を指す。持ち主の多くは、トラックでブバニへ送られ、処刑され焼却された。ノルウェー、マトハウゼン、ダッハウ、アウシュビッツへ移送された者もあった。展示物に、五つの骸骨がある。深い傷がある。琥珀色だから、善人だったろう。

壁を受刑者の白黒写真が埋め尽くす。シーマ、ゴーガ、スターナ、スロボダンは、写真の中に知り合いの親族を見つけては、「ああ、あの人が」と声を発している。明るい笑顔の娘、凛々しい軍服姿の若者、風格ある人、謙虚な人、父母、兄弟姉妹の家族写真、澄んだ光の瞳……。三歳の坊やが泣き叫ぶ写真は、ユダヤ人のサーシャ・ゴールドシュタイン。手編みの毛糸の服と帽子……。

広い木製の階段を二階に上がると、さらに暑い。展示物の白衣は、ユダヤ人の医師ベリザル・ピアーデの遺品。ワニ革の鞄、薬のビン、注射器……。自身の処刑の日まで受刑者の治療に当たった。ウィーン大学卒業、白髪のほっそりとした紳士、水玉模様の蝶ネクタイ、もの静かな眼……。

車輪の大きな乳母車があった。スターナが語る。「映画監督ジェリミル・ジルニックは、ここで生まれたの。共産党員の母ミリツァとユダヤ系でパルチザンの父コンラッドは処刑された……」

階段を上り屋根裏部屋に出ると、熱せられた空気にむせかえる。北向きに二十の独房が並ぶ。鉄の檻の中で光は遮断。斜めの天井の小さな丸穴から見える空だけが、世界との繋がり。床に鉄条網が敷かれ、人が横たわれぬ独房もある。壁に刻まれた名前や伝言、親族の生没年。「私、ここは見られない……」と、スターナは去った。

階段を下りて、外に出る。建物の前のベンチに、スターナが坐っている。スターナの母は、少女時代に解放戦線に参加した。誰もが、無口になっていた。

夕焼けに空が染まり、スターナの家で一息つく。アレクサは庭に蝋燭をいくつも灯すと、どこかへ出かけていった。弱い光の波……。その夜は、シーマ夫妻の家の庭で夕食。肉の炭焼きが皿に盛られ、琥珀色のワインがグラスに揺れる。焼パプリカはゴーガが母から伝授、魂に沁みる味だった。満天の星。夜気は、ゆっくり冷えていった。

大地は力を尽くして

ドリナ川をわたりロパレ町へ

ドリナ川をわたり、ボスニアのロパレ町で二日を過ごした。セルビア人共和国（ボスニア・ヘルツェゴビナ共和国のセルビア人居住地域）の小さな町だ。詩人スロボダン・ヨビッチから、ロパレ町文化会館で朗読会を開きたいと連絡があり、久しぶりの詩の旅となった。青いトランクに、一日分の着替えとお土産を入れる。

五月十八日、正午を過ぎたころ、文化会館から迎えの車が到着。運転手のゴランは、物静かな青年だった。高速道路に入り、車はドナウの流域に広がるスレム平原を走る。いちめんの麦畑が続き、空は次第に鉛色に染まっていく。稲妻が光り、じきに激しい雨となった。ゴランの見事な運転で、豪雨の中を車は滑るように走った。

スレムスカ・ラーチャをとおって

昨夜の疲れで、うとうとしてしまう。はっと眼を覚ますと、右手に樹海が広がり、国境は近い。サバ川にかかる橋を渡るとスレムスカ・ラーチャの検問所だ。水嵩は増し、灰緑の水が波立っている。この検問所を通るたび、一九九五年の八月四日を思い出す。クロアチアの「嵐」と呼ばれた民族浄化作戦で故郷を追われたセルビア系住民が、この橋を渡った。難民となった人々の長い列が、何日も続いた……。

　激しい雨は止まない。パスポートを提示すると、私はPCR検査の結果が必要だという。旧ユーゴスラビア諸国の国民は、身分証明書だけで入国ができるが、他国籍の者には適用されないという。永住権があるのに、不条理なこと。ゴランは検問所の職員に「この方はロパレ町立文化会館のゲストです。ちょっと待ってくださいよ……」と言って、携帯電話を取り出し、誰かと話をしている。しばらくすると、私も入国が許可され、車はボスニア・ヘルツェゴビナへ入った。「国境管理局の知り合いに、検問所の職員と交渉してもらったのです」と、ゴランが言った。法律ではなく人脈、バルカン半島だ。

　やがて緑の水をたたえたドリナ川が左手に現れ、車は大きな町に入った。岸辺にコンビナートが並び、工業の町らしい。ビェリナ市だった。旧ユーゴスラビアの内戦の激戦地だったが、その面影は薄れている。じきに車は本道を外れ、ドリナを離れて狭い山道に入り、なだらかな丘を登りはじめた。

トブット村

ドリナ川をわたり、ボスニアに入ると、対岸のセルビアの気候にそっくりで、植物相も似ているのに、空気がメランコリックになる。鳥の声すら、哀愁をおびている。高い山々が、暗い森を秘めているためなのか……。謎だ。たしか映画監督のエミル・クストリツァが「ボスニアでは、ほかのどんな土地より、悪も大きく、善も大きい」と言った。この地の民の人情は深く、光と闇がある。麦畑がなだらかに続くが、民家はまばらで、隣家まで三キロメートルはありそうだ。「トブット村」の標識が見える。スロボダンの故郷だ。昨年、コロナ禍が始まって、外出制限令のもとで書かれた彼の文章を今も覚えている。

手帖に緑のインクで
「三月二十一日、非常事態宣言」と記されている
インクのような緑の大地と草を見つめる
大地は力を尽くし
内なる自分をすべて与え、非常事態を知らない

ロパラ町へ

　しばらく行くと車は坂道をくだり、ふたたび坂をのぼり、それから小さい川に架けられた石橋をわたると、町に入った。ロパレだ。盆地の底にあり、山々に点在する村々の中心となる町だ。町を囲むように、峻厳な山々が青々と連なる。旧ユーゴスラビア時代には、大きな工場があって栄えたらしい。三階建ての立派な小学校があり、校庭も広い。なかなかの町だ。幅がさほど広くない大通りの両側に、社会主義時代に建てられた集合住宅がひっそりと並び、町の中央には図書館を兼ねた文化会館があって、まだ新しそうな教会が立っている。田舎町にはよくあるが、花屋さんは葬儀屋を兼ねていて、切り花のほか植木鉢や鉢植えの花が並ぶ。傘をさした女の人が、青いロベリアの鉢を選んでいる。隣の空地に霊柩車が止まっていた。

　暗い雨が続く。モーテルの前で、金髪の小柄な女性が出迎えてくれた。図書館の司書、ナターシャだ。「会場は歩いて五分のところですから、それまでお部屋でお休みになってください。あとからスロボダンが来ますよ」と彼女。マスクをしたほうがいいかと訊くと、彼女も先月は、コロナで寝込んだとのこと。軽症だったそうだが、ぎくっとする。国境での出来事を話すと、それは運がよかった、もし一人で長距離バスに乗ってきたら、国境で帰されていましたね、と言って、二人で微笑む。

　モーテルは、宴会場を兼ねたレストランの二階で、泊まり客は私だけらしい。清潔で気持ちのいい部屋には大きな窓があって、鬱蒼たる森が広がっている。窓を開くと、澄んだ空気が流れ込み、しばらく雨音を聴いていた。トランクを広げ、お土産の書物を取り出し、洗面用具をバスルームに並べ、コートをハンガーにかける。

じきにスロボダンが現れた。再会が嬉しい。彼は二メートルもある身体を半分に折り曲げるようにして、ちびの私は背伸びをして、挨拶をかわす。彼は僻地の分校でセルビア語の教師をしている。ロパレ町で文芸雑誌『ディヤック』を起こし、名の通ったセルビアの詩人たちも投稿する立派な雑誌になった。はにかみ屋で謙虚。教師としても詩人としても誠実な人柄で、仲間から信頼されている。最後に会ったのは二年前、セルビア人共和国のソコラッツ町の朗読会だった。

喫茶店で打ち合わせ、というより、長いおしゃべりが始まった。彼はまず大きな袋を取り出すと、「お土産だ」と、はにかみがちに微笑む。文芸誌の最新号が出てきた。一冊はあなたに、もう一冊は友達にあげて、と彼。それから二つの袋が出てくる。一つは茶色の紙袋、もう一つはビニール袋。「この土地の水車小屋で挽いた玉蜀黍の粉だ。昨日、買いに行ったらね、二軒、粉屋が並んでいる。ひとつの店で一キロ、もうひとつの店で一キロ買った。ひとつの店で買ったら、もうひとつに申し訳ないから」と笑う。民話みたいだ。

彼が教えるのはブルースニツァ村の分校で、一年から四年まで七人の子供が通う。私の手持ちの地図にはないから、トブットよりさらに小さな村だ。「児童教育における詩の読み方について」というテーマで博士論文を書いている。「ペタル・ライチェビッチ氏の研究書を読んでいる。

いい論文だ。カヨの知り合いだったね」と言う。そう、ペタルは寡黙で忍耐強く、修道士のような人だ。クロアチアのペトリニャ市の教育学部の助手だったが、クロアチアの「嵐」の作戦で難民となり、コソボ・メトヒヤのレポサビッチ市の教育学部で仕事を得て、教授となった。そこも民族紛争が絶えない。だが、どんな時代、どんな場所にも、子供と詩を大切にする仲間がいる。

教育の現場は、変わる。教員が記録する「デジタル日誌」の話になった。これまでの手書きの教員日誌が廃止され、デジタル化が進む。病院でもカルテが電子化され、医師の事務仕事が増えて患者の顔が見えない、と精神科医の友達が嘆いていたが、学校教育の現場も同じらしい。「教師の自由な記述ではなく、該当の項目に印をつける。手のひらの発汗、頻尿などの項目をチェックして五つ以上が該当すると、校長や警察にも自動的に連絡がいくシステムだ。非人間的でしょ。だけど、村の児童教育というものに、電子化の意味はない。教え子たちは、みんな遠くに住んでいるから、僕は子供たちを自分の車で送り迎えする。義務ではないけど、必要だ。先週は、あるお母さんから僕に電話があってね、長女が高熱を出して病院に行くので、鍵は入口の前の靴の中に入れておくから家に入っているように次女に伝えて、と頼まれた。ここには、人と人の強い信頼関係があるからね。デジタル日誌には、それを記入する項目がない。でもね、村の暮らしは楽ではない。この前も、村の若い家族がドイツに出稼ぎに行くことになった。ここに仕事がないから……」。昨春、スロボダンが書いた文を思い出した。

ちょうど非常事態宣言の発令の日に
僕らの山里で子供が生まれた
僕らの村々は消えつつあり
ここで子供はめったに生まれない
僕は悟った、天が僕らを励ましている、と
これから続く試練に耐えるために

大きなパン

灰色の空は重く、雨が降り続ける。夕方七時、文化会館に集まり、顔合わせをする。文化会館の名前は、セルビア現代詩を代表する女流詩人『デサンカ・マクシモビッチ』だ。会館のホールに、ギリシャやセルビアの正教会の修道院を撮影した写真展が開かれていて、黄昏の空に浮かび上がる鐘楼の写真に見入る……。やがて開場。まずスロボダンが編集する文芸雑誌の最新号が紹介され、それから朗読を始めた。コロナ禍で人数制限があったが、三十人ほどが集まっている。

少し迷ったが、戦火をテーマにした詩を朗読した。人々は、じっと言葉に耳を傾けている。朗読が終わると、記念に手織りのブラウスをいただいた。胸の花の刺繍が香り出しそう。「私はサラエボの町から難民となって来たから、あなたの詩は私のことなの。今度は、友達としてこの町に遊びに来てね」と、女の人が帰り際に話かけてきた。高校の教師だった。

いつのまにか雨は上がって、闇に菩提樹が香った。歩きながらスロボダンの仲間たちと話がはじまる。同僚のバレンティーナは小学校の英語の教師で、画家だった夫と離婚したあと三人の子供を引き取った。「私もサラエボから難民となってこの町に移り住んだの。サラエボでは、内戦中、自分がセルビア人であることを隠して生きた。苗字も名前もクロアチア系として通る名だったし。最後まで、生まれ故郷のサラエボで暮らすつもりだったけど、デイトン協定ができて、民族による棲み分けが決まり、サラエボがモスレム人の町となると、私たちセルビア人の家族はサラエボを去り、セルビア人の居住地域に入ったロパレ町に来たのです。戦争で思い出すことは、飢餓です。私は少女でしたが、いつもお腹がすいていた……」。

楽しい夕食のあと、スロボダンから、お母さんの焼いた大きなパンをお土産にいただく。生まれたばかりの赤ちゃんのように、まっさらな木綿の布に包まれ、ほのかに甘い匂いがする。

グニツァ川のほとりで

つぎの朝、空は晴れ渡っていた。朝食のあと、スロボダンが立ち寄り、カフェでコーヒーを飲む。秋には、彼の新しい詩集が出るとのこと。彼は車で坂道をのぼり、学校へ向かっていった。

ひとりでドゥシャン大帝通りを行くと、右に坂道があり墓地だった。人が歩けないほど、墓石と墓石の間に隙間がない。野草に覆われた墓標もある。故郷を離れ、墓参もできない人も多いのだろう。鮮やかな色の大輪の造花が、いくつもの墓標に捧げられている。枯れることのない百合や薔薇……。新しい墓標は、教師志望だった教育学部の女子大生のものだった。小高い墓地から、町が一望できる。川が細い光の筋になって流れていく。墓地を抜けて、丘へ続く道をたどると、肺病専門の病院があった。社会主義時代に建てられたらしい。結核などの治療をしたのだろう。入り口のガラスの扉に、感染症に関する貼り紙が貼ってあり、黒い矢印が示されていた。

丘をくだり本通りにもどると、教会の門が開かれている。庭では男の人が、ゴールドマリーと日々草を黙々と植えていた。職人たちは、司祭館を建てるのに忙しそうだ。

庭に大きな菩提樹があり、傍らに記念碑があった。一九四四年、セルビア正教会の復活大祭に、クロアチア独立国によって、この菩提樹の木で、七十七名が枝に吊り下げられ絞殺された、と記されている。最年少は、七歳の少女で名前はミリツァ。その他にも、近郊の村人が三百二十七名、虐殺されたとあり、村の名と犠牲者の名が刻まれていた。スロボダンの村もある。ヤブラニツァ、トブット、ラブツカ、ピルコブツィ、バクフ・ロパレ、ルカビツァ、ピペリ、マチコバッツ、コズィヤック……。

教会の裏の道を行くと、小さな公園があり、傍らを川が勢いよく流れていく。鉄でできた幅の狭い黄色い橋を渡ると、小さな集落があり、川の右岸は旧い農家の煙突から煙が立ちのぼり、広い庭には果樹が茂り、鶏が駆けまわる。低い声で、戸口から人々の話し声が聞こえる。町の中心は左岸に置かれ、右岸が田舎の暮らしを守っていた。

左岸にもどり川に沿っていくと石橋があり、市場があって、小学校に出た。校門の横には、黒い大理石の水飲み場があり、パブロビッチ夫妻の名前が刻まれている。外国で事業に成功し、スレムスカ・ラーチャに橋を架けた篤志家だ。水を飲もうとしたら、三十歳くらいの男の人が水を汲んでいて、お先にどうぞと言う。そこで話が始まった。川の名前は、グニツァで、水源地は標高約八〇〇メートルのメジェドニック山にあり、ロパレ町を通ってサバ川へ注ぎ込む。この内戦では、叔父さんを亡くしたそうだ。残酷な戦争でしたよ、と言う。

産業があるのか尋ねると、「かつては工業が盛んでした。今も煉瓦工場、材木工場、それから洗剤やソーダ工場があります。製塩工場で有名なトゥズラ市は、ここから二六キロメートルですよ」と言う。「セルビアのノビサド大学の観光学科を卒業して、豪華客船で二年間、世界を巡って働きました。日本にも行きましたよ。ヨコハマやフクオカ、日本が好きになりました。貯金したお金をもとに、観光業を始める予定でしたが、コロナ禍ですからね。小学校の前のキャンピングカーで、子供のお菓子やジュースを売って暮らしています。今は、旅が自由にできませんからね、この辺りの山をいくつも登りましたよ。美しいですよ。僕の家は丘の上です」と、新緑の眩しい丘を指さした。男の人は、大きなペットボトルに二本、水を汲むと、キャンピングカーのお店に戻っていく。「こちらが母です」と男の人が言うと、小さな窓から笑顔がはじけて、女の人が手を振る。私も手を振る。

それから、ナターシャに会いに文化会館へ向かう。一階はカフェで、テラスには土地の男たちがビールやコーヒーを飲んでいる。図書館は二階だった。広くはない部屋に並べられた児童書や絵本にほっとして、本の匂いに安心する。窓から森の山の連なりが見えた。「昨晩は、とてもよい会でしたね。多くの人たちから連絡がありましたよ」とナターシャ。良い聴き手たちでしたね、と私。もう一人の司書はドラガン。ノビサド大学文学部を卒業して、故郷に戻った。小さな町だからこそ、図書館は町の人の生活に溶けこんでいる。小学校の子供、高校生も本を借りに来る。「町長さんは、文化に理解があって、協力してくれます。夏は画家のコロニーもありますよ」とドラガン。文化会館が出版した詩集をいただく。土地の若い書き手だ。「この町は、内戦のときは大変だったのでしたね」と言うと、二人は口をそろえて言う。「私たち、もう二度と戦争のことを思い出したくないのです」と。穏やかな清々しい声だった。

　ゴランの運転で、帰路についた。石橋を渡り、ふたたび坂道を上り、車は森の道へ入った。ロパレの地名は、大きな石の竈でパンを焼くときの道具の名前に由来するという。竈からパンを取りだすときに使う、柄の長いシャベルのような道具だ。南イタリアの小さな町で見たことがあった。道具も旅をするのだろうか。帰り道も、ゴランの運転はあざやかで、言葉は少なく、礼儀正しかった。

聖なる水とクジャク

ドナウをたどり東セルビアへ

ティモック川は全長二〇三キロメートル、セルビアではドナウ河の右岸の最後の支流だ。カルパチア・バルカン山系の山々を源流とする無数の流れを集め、籠を編むように水系を成す。スブルリシキ・ティモック川とトルゴビシキ・ティモック川がクニャジェバッツで合流して、ベーリ・ティモック川となり、ザエチャルのあたりでツルニ・ティモック川と合わさってティモック川が生まれ、ドナウ河へ注ぎ込む。最後の一五キロメートルの対岸は、ブルガリア領だ。深さ五〇センチメートルから一五〇センチメートルと浅く、川幅も最大三〇メートル、蛇行しながら鄙びた情景を紡ぐ。ティモック水系の盆地は鉱物が豊かで、かつて金鉱があり銅も採掘された。ベーリは白、ツルニは黒。白は平野を流れ、黒は森を流れる。流域は一世紀ころローマ人が定住し、ローマ帝国モエシア・スペリオル属州、後にダキア・リペンシス属州の版図にあった。ローマ帝国の要塞や軍営都市の遺跡が、今も点在する。なかでもガムジグラード村のフェリックス・ロムリアーナはユネスコの世界遺産、ローマ帝国の宮廷の史跡として名高い。

あの夏、ニーシュを起点に東セルビアを旅した。遺跡に詳しい建築家シーマの案内、妻のゴーガ、詩人スターナと夫のスロボダンも一緒だ。三日間は、古代への旅だった。バスで、夕暮れのニーシュに着く。ホテルは、かつては商家だった趣のある建物だ。トルコ風の中庭がある。その晩は、シーマ夫妻の家で夕食。庭に蝋燭が灯され、ゴーガが左手に杖を持ち、右手でお盆にアイスクリームをのせて現れる。腰を傷めたのだが、立ち姿が美しい。トルコ石の首飾りの青が、金髪に似合う。テーブルの大皿に焼肉が盛られ、夏野菜が鮮やか。サラダは最高、とスターナ。「モラバ・サラダよ。パプリカ、ズッキーニ、ナスを焼いて皮をむき、トマトも皮をむく。細かく刻み、塩と酢油で味付け。祖母の味ね」とゴーガ。グラスのワインに炎が揺れ、陽気な声が混ざる。星空に果樹が香り、時はゆったり流れた。

　翌朝は快晴。私はシーマ夫妻の車に乗り、後をスターナ夫妻の車が走る。ニシャバ川の流れにそって田舎町を抜け、自動車道に入りクニャジェバッツへ向かった。カーステレオからレノンのスタンド・バイ・ミーが流れる。「右手はニシカ・バニャ、ラジウム温泉、ローマ帝国時代の貴族の保養地だ。ここから南へ、約四五キロメートルのスーバ・プラニーナ山脈が延びる。最高峰は一八一〇メートル、冬は雪が深い。ここはニシャバ盆地、これからティモック盆地だ」とシーマ。

　スブルリック村を通過する。土地は石灰岩を含み、葡萄の栽培に適している。羊の群が通った。果樹園が朽ちていく。「ドライナッツ村だ。老人ばかり、過疎の村だ。自然は厳しく、九月から朝の霧が深い……」とシーマ。やがてクネジェバッツに入る。「この町は、ニーシュより早く、一八三〇年にはオスマン帝国から解放されて栄えた。小パリと呼ばれ、ここを訪れたフランスの建築家ル・コルビュジエが、美しい町だと言った。戦後は工業都市、トラクター工場、靴工場、煉瓦工場があった」とシーマ。社会主義時代のモダンな集合住宅は、ひっそりしている。細い道に入ると、ゴーガが窓の外を指さして言った。「これは英雄の並木道、第一次大戦のとき、町から出兵して戦死した人の数だけ、栗の木が植えられた。今も六本残っている」と。

軍営都市ティマクム・ミヌスにて

やがて、ラブナ村に出た。ローマ帝国最古の軍営都市ティマクム・ミヌスの遺跡に向かう。煉瓦の家の庭に雑草がおい繁り、静かだ。大きなヘッドフォンの少年が、畑を横切っていく。道に「鹿に注意」の標識、梨の木に実が光る。

博物館の建物は、一九〇六年から一九六〇年まで小学校だった。門の横に、アイスクリームの空き箱が置かれ、猫が水を飲んでいる。館長はアーツァという若い男で、見学者は私たちだけ。アーツァが語る。「ティマクム・ミヌスは、一世紀にベーリ・ティモック川の岸辺にローマ帝国が造った属州最古の軍営都市、縦一一二メートル、横一四四メートル、面積約二ヘクタール。二世紀のプトレマイオスの中央バルカン地図にも登場し、タブラ・ペウティンゲリアナという四世紀の道路地図（Tabula Peutingeriana）にも記されています。一八九九年と一九〇二年の発掘調査で、大理石のディオニューソスの像が出土。本格的な調査は一九七六年から……」。

　庭にラピダリウムがある。「塔は木造だったが、三世紀にゴート族の攻撃があり、要塞は石で造られ堅固になる。大理石や砂岩ブロックを使ったが、建材不足で二世紀の墓石も使われた」とシーマ。新しい戦争が、死者の眠りを断った。軍人と妻と三人の子供、壺と葡萄を描いた墓標に見入る。家族という言葉を想った。陽ざしが強い。私たちは、先を急いだ。

フェリックス・ロムリアーナ

　ガムジグラードはスラブ語の地名で、グラドは要塞や町のこと。ガムジとは、蛇が「這う」という動詞の古い形だ。この村にフェリックス・ロムリアーナが発見されたのは二十世紀後半、つい昨日のこと。ガムジグラードにスラブ系の民族が定住するのは七世紀、住居は竪穴式の泥の家だった。十一世紀以降、集落は消滅する。砦の廃墟が注目されるのは、十九世紀に入ってからだ。一八三五年にザクセンの地質学者ヘルダーが著書で言及、一八六〇年と六四年には紀行家カニッツがここを訪れて細密画を残す。発掘は一九五〇年に始まるが、軍営都市か、宮廷かは謎で、都市の名も謎だった。一九五四年版の『ユーゴスラビア百科事典』には、ガムジグラードの古代都市の名は不明とある。

　一九七〇年から一九九六年の間に、考古学者スレヨビッチ教授が本格的な調査を行い、謎は次々に解明される。ロムリアーナの象徴である白い円柱や大理石の噴水が発掘され、気品あるモザイクの床、壁画、柱の装飾、レリーフが出土されて、華麗な古代都市が姿を現した。一九七二年は北部に巨大な神殿が、数年後には南部の神殿が発見された。スレヨビッチ教授は、出土品や地理的な条件から、軍営都市ではなく宮廷で、ガレリウス帝が建立して母の名ロムラを冠したフェリックス・ロムリアーナだとの仮説を立てる。反論もあったが、ここは軍事的に重要な場所ではないから軍営都市ではないと教授は主張した。村はローマ街道、ビア・ミリタリスから外れている。

一九八四年、謎が解けた。南西部、モザイクの床や壁画に混じって、大きな円形の石板が出土、FELIX ROMULIANAの文字が刻まれていた。ロムリアーナは、アドリア海の都市、スプリットにあるディオクレティアヌス帝の宮廷と同じ建築様式で、古代後期の建築美術の頂点を示す。こうして世界の考古学に、フェリックス・ロムリアーナは位置づけられた。一九八六年版の『ユーゴスラビア百科事典』では、都市の名が記され、ガレリウス帝の宮廷だと明記された……。

車道を左に折れ、田舎道をツルニ・ティモック川に沿って一一キロメートル走ると、ガムジグラードだ。広大な草地に、巨大な門が現れる。「ガレリウスの母ロムラはこの土地の出身、ガレリウスもこの地の生まれだ。羊飼いだったが軍人として名を成し、ローマ帝国のテトラルキアの時代、つまり四分統治の時代に、ディオクレティアヌス帝に見出されて副帝となり、後に正帝となった。二九八年に対ペルシャ戦争で勝利をおさめ、ローマ帝国の領土を拡大したガレリウス帝は、故郷に宮殿を築き、余生を過ごそうとした……」とシーマ。

駐車場に観光バスが並び、団体客が目立つ。太陽は眩しい。車を停める。スロボダンは汗でびっしょりのTシャツを着替え、スターナはサングラスを取り出す。高さ二〇メートルもの門をくぐると、青空のもとに白の大理石の柱が何本もそびえ、優雅な古代都市が現れる。高校生や外国人、店で記念品やプレゼントを選ぶ人々……。暑いから木陰で待つ、とスターナたちはベンチで休んでいる。私だけ、ここが初めてだ。

シーマの案内で、遺跡を歩く。観光案内の掲示板があった。宮廷は約四ヘクタール、最初の要塞は八角形の塔で、高さ四メートル半。後の二十の要塞は巨大な円筒型で、直径二三メートルから二八メートル、高さは八メートルと二〇メートルの二種類、厚さは三メートル六〇センチある。ずいぶん高い。多くの奴隷が働いたはずだ。門には、葡萄の実と蔓、雉、月桂樹をくわえた鷹が描かれている。

「フェリックス・ロムリアーナは、二九八年にガレリウス帝の対ペルシャ戦における勝利と関係が深い。自らの栄光をたたえ、『私は神だ』というコンセプションで宮廷都市を築き、皇帝の権威を堅固にした。あの丘をごらん」と、シーマは東の小高い丘を指さす。一キロメートルほど先、マグラ丘だ。煉瓦と石を積んだ円形の遺跡が、左右に並ぶ。「マグラ丘はね、ローマ帝国時代以前から聖なる丘だった。左は母ロムラの霊廟、右はガレリウス帝の霊廟だ。古代ローマ帝国には、皇帝を葬るアポテオーズという儀式があった。丘に薪を組み、死者を象った蝋人形を置く。

松明で火を放つと、蝋人形は溶けて煙となって天に向かう。天空と地上が交わる儀式。死者の魂は天界へ帰り、神となるという信仰だ。この儀式は、バルカン半島ではここが最後だったらしい。ペルシャ文化の影響もあるが、戦争で勝利したガレリウス帝は、自分は神々を統率する神ジュピターの後継者だと唱え、母を女神キベーリになぞらえた。キリスト教の処女受胎の信仰も混ざる。ガレリウス帝は、母ロムラが戦争の神マルスと結ばれて自分が誕生したとして、自分を神格化した。母と皇帝の関係は、聖母マリアとキリストの関係を想わせるがね、ローマ帝国では、皇帝が自分の父について語るのはタブーだったらしい。ふたつの霊廟は、母ロムラが地上の宮廷を治め、皇帝は全世界を治めるという思想を具現している。コンスタンティヌス大帝の時代からキリスト教が広まり、多神教の儀式は消えた……」とシーマ。澄みわたった空に、皇帝と母の魂が漂っているのだろうか。

「霊廟の傍らは、テトラパイロンの史跡、四つの柱の記念碑だ。四本の柱は四人の支配者を表わし、二人の正帝と二人の副帝、四分統治のイデオロギーの視覚化だね……」タンポポの綿毛が飛んでいく。女の子が追いかける。「町の左手が皇帝の住む宮殿で、右手が神殿だ。母ロムラの霊廟は地上界、すなわち宮殿を見守り、ガレリウス帝の霊廟は神として天界から神殿を見守る。今、僕たちが立っているのは、宮殿のトリクリニウム、生活の中心となる空間だ」と、シーマ。絨毯を模したモザイクの床は、淡い珊瑚色が美しい。異国の高価な石を贅沢に使った。眼には見えない壁や天井や回廊に、想いを馳せる。ここは大陸性気候、夏の気温は四十度以上、冬はマイナス二十度以下。厳しい気候条件からモザイクを保護するため布で覆ったり、冬は砂をかけたりするという。神殿の跡には、広い荘厳な階段が続く……。

ディオクレティアヌス帝が退位した三〇五年、ガレリウスは副帝から正帝となる。だが三一一年五月、ガレリウス帝はソフィアで病死。五十一歳だった。ディオクレティアヌス帝に従ってキリスト教を迫害した彼は、死期が近づく四月にキリスト教を寛容する勅令を出す……。

樫の木陰で、男の子と女の子が、無心で携帯電話を操作している。スターナたちと展示館に入った。ディオニューソスのモザイクは、香り立つようだ。床のモザイクには、六角形の迷路が描かれていた。ガレリウス帝の彫像は、頭部と左手が出土。エジプト産の赤の斑岩は、硬質で高貴な石だ。ずんぐりした顔と地球をのせた左手だけが残る。全能者の彫像は、ふたつの断片となった。人間は地上の全能者には成りえず、永遠に不完全なのだ。三〇三年に造られた彫像は一九九三年に出土、ユーゴスラビア内戦の時代だ。母の霊廟から出土した九十九枚の金貨がまばゆい。かまぼこ形の物体がある。床暖房のパイプだ。「ここで様々な人々が暮らした。病院、風呂、フォルム。兵士は塔に住んだ……」とシーマ。

ラヤッツ村のピウニツァ

消えた都市を想い描き、私たちは遺跡を後にした。シーマが言う。「遺跡が発見される前から、人々は、この村で蝋燭を灯して死者の霊を慰めた。この土地は、なにか聖なるものを感じさせるのだね」。午后一時半、ラヤッツ村に向かう。田舎道に、人の姿はない。かなり走ったが、道に迷ったのか。途中で、池を作っていた男に道を訊く。この道をまっすぐだ、と答える。「地図を読め、村人に訊け」とシーマが歌うように言った。森には、廃屋。踏切があり、線路を渡ると、旧い家の前で半ズボンの男が煙草をふかしている。壁には何枚も重ねるように、写真入りの死亡広告が貼ってある。ツルノマスニツァ村、黒い痣という意味の地名だ。じきに、向日葵畑がいちめんに広がる。モクラーニェ村だ。

　でこぼこ道を行くと、とうとうラヤッツ村に出た。村の中央に教会、噴水、第二次大戦パルチザン闘争記念碑。もう十五時半だ。坂道をたどると、石造りの集落、目的地のピウニツァはワイン造りの村だ。最古の家は十八世紀のもの、多くは十九世紀に建てられた。酒蔵でワインとチーズと生ハムが楽しめる、と聞いていた。だが集落は閑散としており、数十軒はあるはずの酒蔵で、三軒だけが開いている。窓にはクモの巣がかかり、埃っぽい。カヨ、ひとりで行っていらっしゃい、とスターナたち。酒蔵の暗い石段を下り、試飲する。店主が、タミヤニカという白ワインを出す。生ぬるく、酸味がきつい。外に出ると、ブーンと機械音。深紅のスポーツカーの前に若い男女。じきに機械音は静まり、小さな物体が男の左手に納まった。ドローンだ。車は去った。ワインもチーズもなし。観光地としてはこれからだね、とスロボダン。予約する必要があったらしいが、昼食は抜きだ。日が傾き、空気が冷めていく。

村を下りてネゴティンへ向かった。空が高くなり、微かにドナウが香る。そうだわ、市立図書館に寄りましょう、とスターナ。図書館の前で、詩人仲間のブラスタが出迎えてくれ、再会を喜び、冷たいジュースをいただく。美味しい。ネゴティンは、セルビア第一次蜂起の英雄、義賊ベリコの縁の町だ。近代音楽の祖である作曲家モクラニャツの生家もある。今日は時間がないの、とスターナ。作曲家の生家だけでも観て、とブラスタ。作曲家の部屋に、ピアノ、机、椅子、そして静けさ。歌を心で口ずさむ。日暮れが近い。駆け足で、緑に苔むした義賊ベリコの墓を訪ね、先を急ぐ。

軍営都市ポンテスへ

午后六時近く、車窓にドナウが現れた。夕映えの河に沿って走った。空に絹糸のような雲が流れ、糸杉が高い。「ブルザ・パランカ村、ここにもローマ時代の砦がある」とシーマ。「キャンプ場と水浴場もある。ドナウは力強く、危険な河よ」とゴーガ。グラボバッツ村を過ぎると、空は薔薇色に染まっていた。ドナウの水面は霧に包まれ、小舟が出ていく。

黄昏のクラドボ市に着いた。郊外のホテルに部屋をとり、シャワーを浴びる。運転は大変だったはず。夜の町に出た。旧い居酒屋で、鯰のフライ、鱚のグリル、セルビア・サラダ。ドナウ河の魚料理に、土地の白ワイン、笑い声とおしゃべり。ローマ帝国の古代都市が、美酒に沈んでいき、溶けていった。

次の朝、光が眩しい。朝の石畳にパンが香る。シーマは小さな店でチーズパイとヨーグルトを求め、私たちに配る。さあ、出発。まるで修学旅行ね、とスターナ。真っ青なドナウ河に沿って走ると、煉瓦の壁の四階建ての集合住宅が現れ、じきに集落が消える。車をとめて緩やかな坂道を水際まで辿る。対岸はルーマニアのドロベタ＝トルノ＝セベリン、赤煉瓦とコンクリート、社会主義時代の団地群が見える。ドナウ河の荒波を、白い船が力強く進む。

ここが軍営都市ポンテスの跡だ。ドナウ河にトラヤヌス橋の姿は、見えない。橋桁だけが水に佇む。ダマスカスのアポロドーロスの設計で、ローマ建築の傑作だ。岸辺には誰もいない。建築家のシーマは、考古学者のチームで橋の発掘調査を手掛けた。夏休みを何度も息子たちとこの村で過ごしたわ、とゴーガは懐かしそうだ。辺りは殺風景で、看板もない。

ドナウの風に吹かれ、シーマは橋を語った。五賢帝の一人、トラヤヌス帝は遠征を重ね、領土を帝国史上最大とした。トラヤヌス帝は、対岸のダキアに侵攻する。一〇一年から一〇二年の第一次ダキア戦争、一〇五年から一〇六年の第二次ダキア戦争だ。トラヤヌス帝はドナウの右岸からこの橋を渡し、ダキアを攻めた。辺りは、危険な渦巻きで知られるジェルダップ峡谷が終わり、河は狭まって水位も低く流れが穏やかで、架橋によい条件が整っていた。トラヤヌス帝は勝利をおさめ、ローマ帝国はダキアを属州とし、金と銀の鉱山を手にする……。浅瀬の深緑の水で、カエルが歌う。ルーマニア側にも橋桁が残っている、とシーマ。スターナは写真をとり、スロボダンはサングラスを取り出し、向こう岸を見つめる。

「最初の橋の記述は、三世紀に書かれたカッシウス・ディオの歴史書に登場する。約千年にわたり、ドナウ最大の規模だったが、橋として使われたのはわずか数十年。架橋工事に、七千から一万人の兵士が動員された。周辺には蛮族が現れ、二世紀から六世紀にかけて、ゴート族、フン族、アバール族による破壊が続いた。蛮族の侵入を防ぐため橋を落とすように命じたのはハドリアヌス帝だという説があるが、アウレリウス帝がダキア人の侵攻を防ぐため命令を下したとも言われる」と、シーマ。ローマ帝国は侵攻のために架けた橋を、後に守備のために落としたのだ。知らなかった。岸辺の葦が、風に揺れる。

「建築に金属が用いられるのは十二世紀から。この橋は木製だ。工期は約一年。ダキアの王デケバルスの攻撃に備え、完成を急いだ。橋脚の底面はほぼ正方形、石と煉瓦で造られている。ほかに、ローマンコンクリートという古代の建築材料が使われた。石と石灰と火山灰の混合物、火山灰は、三キロメートル先の村で採れた。まず、同じ二十の橋脚を水底に作る……」。どうやってアーチを架けたかと、スロボダンが問うと、シーマが言う。「現代のモンタージュ工法の発想と同じだ。岸で木製のアーチを組み建て、橋脚にのせた」。どうやって水を堰き止めたか、とスターナ。「当時の水位は低い。巨大な円柱のタルのようなものを沈めて水を堰き止め、水底を乾かした……」。大変な技術だ。「高さ一九メートル、直径四〇センチメートルの杭を、地盤の固いところまで打ち込む。アーチの幅は五六・五メートル、橋は全長約一〇六九メートル、高さ四五メートル、橋の幅は一四・五メートル。ここから三キロメートルの地点で組み立て、船で運び、岸から丸太と石を転がしてアーチを運ぶ。第二次大戦後、ジェルダップ水力発電が建設され、水位が高くなったがね。トラヤヌス橋は、ユスティニアヌス帝が修復するが、ビザンチン帝国が崩壊すると橋は意味を失う。洪水のために橋は役に立たず、船の運航の邪魔になった。十二の橋脚の跡が残っている……」。

シーマは語る。「遺跡の発見は一八五〇年、漁師が銅像の頭部を発見したのがきっかけだ。トラヤヌス帝か、その父の像らしい。水底にローマ帝国の都市が沈み、各地の属州の名を刻した煉瓦も発見された……」。自転車の男が荷台に古い空気入れをのせて、高い空の下を通りすぎた。私たちは車に乗って、中世の要塞フェティスラムに向かう。陽光が強い。

フェティスラムの城壁へ

クラドボの街の中心街を過ぎると、岸辺に大きな城壁が現れる。フェティスラムだ。木陰に車を駐車する。城内に、白い瀟洒な館があった。「第二次大戦時、ゲシュタポが使っていた館だ」とシーマ。城壁は荒れ果て雑草が生え、遊園地にペンキの剥げた滑り台がある。私たちはベンチで待っている、とスターナ。古城の跡を、シーマと巡った。「フェティスラムは、オスマン帝国が築いた城壁だ。小さな城は十六世紀、ルーマニアとトランシルバニアを征服するための要塞だった。大きな城は、十八世紀にオーストリア帝国が築いた。二つの弾薬庫、長い塁壁。ご覧、あの塁壁に開けられた穴から発砲した」とシーマ。煉瓦の城壁に黒々と穴が見える。十六世紀から十九世紀にかけて、北上するオスマン帝国と南下するハンガリー王国、後にはオーストリア帝国が、ここを舞台に戦いを繰り返す。

「一五二一年、ベオグラードを占領したオスマン帝国は、当時ハンガリー領だったドナウ左岸のセベリンを攻撃、クラドボの対岸、今のルーマニア領だがね。ハンガリーの守りは堅い。オスマン帝国軍はドナウの右岸に要塞を築いて攻撃、セベリンは陥落する。小さな方の城壁だ。十七世紀から十八世紀にかけて、要塞を巡って何度も戦争する。オーストリア帝国は要塞を占領すると、一七一七年から一七三九年にかけて大きな城壁を築く。だが一七八八年、第三次オーストリア・トルコ戦争でオスマン帝国が勝利し、要塞を奪回すると塁壁を拡張する。今の姿は、十八世紀のものだ」。

　見上げると、崩れかけた城壁に樹木が茂り、塁壁の窓から枝を張りだしている。獣が口を開けたような穴が、黒い闇を秘めている。要塞の内部には迷路が張り巡らされ、いくつも秘密の避難口があるという。「戦法が変わると築城法も変わる。十六世紀はスレイマン一世、十八世紀はマフムト一世、十九世紀はマフムト二世と、三人の皇帝が要塞の建築に関わり、城下町が生まれ、モスクや浴場もあった……」。その名残はない。

草地から古城の正門を眺めた。オーストリア帝国が築いた正門に記された文字はトルコ語で、オスマン帝国の皇帝に捧げた讃辞だ。ここに約百人の兵士が駐屯していた。崩れかけた石の建物がある。人影はない。オスマン帝国時代の牢獄だ、とシーマ。野草に覆われた塁壁で、職人が石を一輪車で黙々と運び、測量士が壁の石の大きさを測定している。古城の修復作業が始まっていた。老樹のかたわらに廃屋がある。屋根は抜けて窓ガラスも割れ、扉もはずれ、床から樹木が空を仰ぐ。スターナが、ベンチから手を振る。公園の古びたブランコで、幼い女の子たちが遊んでいた。

「一八一〇年に、セルビアの蜂起軍がロシアの援軍を得て、フェティスラムを占拠したが、三年後にオスマン帝国軍が奪回。古城がセルビアのものとなるのは一八七八年、オスマン帝国からセルビアが独立した年だ」とシーマ。公園の向こうは広いグランドで、白い建物がドナウ河を見つめるように立つ。中世の弾薬庫で、修復が終わったところだ。空気は熱く、スロボダンとスターナは木陰で涼をとる。シーマが携帯電話で話していた。相手は建築家の長男で、弾薬庫の修復工事を批評している。なかなか辛口の批評らしい。ゴーガが傍らで、息子に厳しすぎるわ、と呟く。修復プロジェクトは、夫妻の長男の設計だった。数々の遺跡の修復工事を手掛けた先輩、父の言葉は厳しいが、大きなガラス窓から青い光が広間に流れ込み、モダンなビジター・センターになるだろう。次に訪ねるときは、夏草の茂る廃墟は消えているかもしれない。どこまでを直すかがね、文化遺産修復の難しい問題さ、とシーマ。そこから車で、軍営都市ディアナへ向かう。

陽ざしが眩しい。

軍営都市ディアナ

約八キロメートル走ると、ドナウ河の岸辺の草地に優雅な遺跡群が現れた。茜色の煉瓦の層と灰色の石の層が重なり、古代の要塞都市が沈黙する。一世紀末に築かれ、トラヤヌス帝の治世に拡張され、四世紀から六世紀に修復。リメスと呼ばれるローマ帝国の巨大な防砦システムの中で、最も保存がいい要塞だと言う。彼方の水際に工場の煙突が立ち、造船所がある。車から降りる。辺りは静かだ。観光案内も店もない。南門をくぐり、古代都市に入った。

シーマは語る。「ディアナはローマ帝国時代の軍営都市。今、僕たちが立っている場所が中央通り、これに交差して、もうひとつ通りがあった。トラヤヌス帝は、ダキアとの戦争に備え、運河を作ってドナウの流れを穏やかにし、水路と陸路を繋ぐ要塞を築いた。ディアナは商業活動の要所となる……」。彼の言葉から、古代の町が目の前にありありと広がる。

「トラヤヌス帝の時代に、門と本営、穀倉が造られた。中央は聖堂の遺跡、床暖房や下水道もある。ダキア戦争が始まると、東西南北と四つの門が築かれ、見張りの塔が築かれる。高さ八メートルと十メートル。三世紀から四世紀は、蛮族との戦いで破壊されたが、六世紀、ユスティニアヌス帝が修復し、敵の襲撃に備えて三方の門を閉じ、南門だけを開いた……」。四世紀から五世紀にかけ、アウグスティヌス帝の治世には、ディアナはローマ帝国の国境だった。約五百人の騎兵隊が駐屯し、多くは土地の女と結婚した。約三ヘクタールの敷地には、二十二の塔の遺跡が今も残る。ディアナとは猟の女神。当時の人間の寿命は約四十歳、兵士の家族に思いを馳せる。ドナウは中央ヨーロッパの水を集めて流れていくのだね、とスロボダン。ローマ帝国では、見張りの塔から火で信号を送るシステムが確立され、驚くべき速さで国境に沿って命令が伝えられたという。夜の闇に揺れる炎を想った。

岸辺から白鷺が、空に舞いあがる。私たちは、ドナウ河の岸辺を北へ向かった。ルーマニア側の岸辺の丘に、風力発電機がひょろりと並ぶ。「旅人の一日は長く、留まる者の一日は短い」と、シーマが歌うように言った。

軍営都市ビミナツィウム

オスマン帝国の荘厳な古城の町、ゴルバッツに入り、アイスクリームで一息つく。要塞は修復工事を終え、観光客でにぎわっているが、どこか白々しい。車で先を急ぐと、左側に黄金の麦畑が広がり、ポジャレバッツ市に入った。野原の墓地で、白髪の神父がパンに蝋燭を灯す。死者の記憶らしい。トラクターがガタガタ音をたて、自動車道をのろのろ進む。一二キロメートル走るとコストラッツ、火力発電所の町に入り、軍営都市ビミナツィウムに向かった。ビミナツィウムは、ドナウ河の岸辺のローマ帝国の軍営都市、一世紀から七世紀に栄え、一時期はモエシア・スペリオル属州の首都だった。七千から一万の兵士と家族が暮らし、人口は約三万人。今で言えば百万都市、当時のローマの四大都市のひとつだ、とシーマ。現在は、四五〇ヘクタールが発掘調査を終えているが、軍営都市全体の面積の五パーセントに満たないという。巨大な都市だ。

　私が最初に訪ねたのは、二〇一一年。東北沖大震災から半年が過ぎた秋、スメデレボ市の詩祭の仲間と一緒で、空は鉛のように重かった……。心を奪われたのは、地下のネクロポリス、埋葬場所だ。狭くて天井の低い煉瓦の通路をかがむようにして進むと、暗闇に壁画が浮かび上がり、薔薇色の頬の少女が現れた。向かいあうように、もう一つの壁画に召使の少年が描かれている。大きな器に無花果など果物をのせ、少女に捧げようと草地を急ぐ。「高貴な娘が葬られています。幼子の葬儀は、婚礼の儀式に似せたらしい。少女の壁画は、セルビアのモナリザと呼ばれています」。薄闇に案内の女の声が響き、幼女の瞳を見つめた。永劫の時の鼓動……。ビミナツィウムからは、一万四千もの墓が発掘され、ローマ帝国の軍営都市の遺跡でも二番目の数だと聞く。住宅、病院、議会、聖堂など、現在の都市の機能をすべて備えるビミナツィウムは、地下に聖界を秘めた町だった……。

　この夏の軍営都市は、別の表情、俗界の豊穣を見せた。入場券を求め、ミュージアムの車で、広大な遺跡を巡った。最初は、埃っぽい大きな空間、浴場の遺跡だ。学芸員が語る。「二世紀から四世紀の遺跡です。浴場は衛生を保つ場所であると同時に、憩と交際の場所でした。帝国がキリスト教化するまでは男女混浴、商談も行われた社交の場。市民の入浴は無料。四つの温水の風呂、一つの冷水の風呂がありました。脱衣所や待合室、床暖房の設備も整い、床はモザイクで飾られていた。灯も出土しており、昼夜、浴場は賑わっていたのです」。

水の話になる。「水道橋が三つあり、約二〇キロメートル離れた山の水源地から飲料水を確保しました。ローマの人々は、ドナウの水質が悪いのを知っていた。下水道も整備され、汚水はドナウ河に流した。市民は野外の公共の水道を用い、高貴な者か、お金を払った者だけが家の中に水道を引く。水道管は粘土の素焼きで作られ、浄水装置でもあった。夜になると水道橋の管に穴を開けて、こっそり家に水を引く者もありました。水泥棒ですね……」。この浴場で沐浴を愉しんだ裸体の男女たちはとうに消え、時が止まっている。浴場のそばに住む者は、夜も浴場から悲鳴や叫びが聞こえ、眠りを妨げられたという。

学芸員とアンフィテアトルムへ向かう。階段状の客席が円状のアリーナを囲んでいた。閉園まで三十分、見学者は私たちだけ。茜色を帯びた土に、私たちの影が伸びる。虎、豹、獅子を相手に、剣闘士が戦う闘技をローマの市民は楽しんだ。野獣はアフリカなどから運ばれ、剣闘士は奴隷や捕虜や受刑者だ。獣か人が、どちらかが犠牲となる。残忍な見世物。アリーナを囲む石壁に木の扉があった。「扉が開かれ、野獣と剣闘士が現れた。扉の裏の牢で、剣闘士も野獣も鎖に繋がれ順番を待つ」とシーマ。観客は血を喜んだのね、とスターナ。背筋が寒くなる。今日も集団心理は変わらないな、とスロボダン。

博物館を訪ねた。展示場には、歴代のローマ皇帝のうち、十七人が今日のセルビア領内の生まれだ、と記されている。最新の技術を駆使して、当時の住人の顔が立体的に展示されていた。墓地の発掘により、考古学者は死から生の記録を読み取る。「骨から死者の食生活を分析すると、都市には九つのタイプの人間が暮らしており、うち七つのタイプはアフリカや中近東の人間のタイプと一致する」と説明がある。都市は、異邦人を集めていた。奴隷もあった。

シーマが言った。「なぜ多数の墓地が発掘されたかというと、ローマ帝国の崩壊後、この遺跡の上に都市を築く民族がなかったからだ。この辺は微風が吹き、埃塵が堆積しない。約二三センチメートル下に、巨大な都市が眠っていたのだね……」

夕映えが古代の都市を包みはじめ、歴史の旅が終わる。瞳を閉じると、聖と俗が溶けあう薄闇で、夭折の少女が微笑み、クジャクが聖なる水を飲んでいた。

すべては歌のように

東セルビア、コストラッツにて

岸辺に光が降りそそぎ
謎めく微笑の少女が
向こう岸を見つめ

対岸で少年は
茜色に頬を染め
葡萄酒を盃にのせ
風の中からあらわれ

左の壁に少女を描き
右の壁に少年を描いた
旅の画僧が去って久しく

大浴場を照らした灯りも
巨大な兵舎も帝国も消滅し
戦う者も歌う者も消されたが

青い光にひたされて
壁画から心臓の鼓動が
時間を刻みつづけていた
永劫が二人を隔てようとも

ヴィミナツィウム、ローマ帝国遺跡の壁画に添えて

ベオグラード物語

ドナウがサバ川と出会うとき

朝の町は、静かだ。司祭ルカ通りのセルビア正教会総司教座の向かいの聖堂に立ち寄ると、早課が始まっていて、祈祷の声が厳かに響き、芳香が漂う。聖堂の庭に、言語学者ブーク・カラジッチと啓蒙家ドシテイ・オブラドビッチの墓がある。セルビアの近代化の道に生涯を捧げた二人の墓石に、手のひらをあてる。ひんやり冷たい。右へ折れてペタル王通りに入り、ミハイロ公通りから横断歩道を渡ってカレメグダン公園へ入る。犬と散歩する年配の女性、ジョギングの若者……。

カレメグダン公園へ

松の木陰から、声がする。女の人が梢を見上げ、話しかけている。枝がざわめき、栗鼠たちがすべり下り、女の人の手から餌を取ると、すばやく高い枝に戻る。十二匹はいる。人の言葉がわかるのですか、と問うと、言った。「もちろんよ。名前もある。あれがスルジャン、こちらはゴラン、むこうはスザナ……。毎日、同じ時間に来る。先日、こんなことがあった。明日はお医者に行くから遅れるけど、待っていてと言ったら、次の日、みんな私を待っていた。ゼムンからバスで来るの」と。女の人の名は、ミリツァ。紙袋からヘーゼルナッツと胡桃を取り出して与え、栗鼠と話している。笑顔で別れ、赤煉瓦と石の堅固な城壁をたどる。

碧い空に、象牙色の時計台がそびえる。十八世紀、オーストリア支配下の建造。城壁の下部はオスマン帝国時代の刑務所、窓の鉄格子が、闇を閉ざす。特別展のポスターに、中世の拷問に使った釘だらけの椅子の写真。身の毛がよだつ。スタンボル門をくぐりぬけると、第一次蜂起の大砲に跨って少年が遊んでいる。スタンボル門は、イスタンブールに続く道の起点だ。

天国と弾薬庫

野原に、ステファン・ラザレビッチ専制公の銅像が立っていた。彼は、セルビアの歴史の荒波を生きた。彼の父ラザル公は、民謡に謡われる英雄だ。一三八九年、コソボの野で、ラザル公の率いたセルビア軍はオスマン帝国に敗北、「地上の王国ではなく、天上の王座を求めよ」という聖書の精神を、彼は民に示した。セルビア王国は、南部から徐々に征服されていく。父の死後、息子ステファン・ラザレビッチは、オスマン帝国に臣従し、武功をあげて信頼を得たが、一四〇二年、オスマン帝国がアンゴラの戦いでチムール帝国に敗北すると、いちはやく戦場から離脱して帰還、ビザンチン帝国より専制公の称号を受け、ベオグラードをセルビア王国の首都とする。当時、この町には、オスマン帝国の勢力は及んでいなかった。「じつに麗しき処、壮大なる要塞、べオグラードを見つけし」と、ステファン・ラザレビッチ公の言葉が大理石に刻まれている。彼は優れた詩人でもあり、詩集『愛の言葉』は、中世セルビア文学の金字塔だ。

草原の先を行くと、雑草の中に廃墟が横たわる。十八世紀の建造物、オーストリア軍の小弾薬庫跡と記されている。屋根は崩れ落ち、赤煉瓦の壁面を蔦が覆い、窓を緑の光が満たす。傍らに長い城壁が続いていた。狭い入口から中へ入ると銃口があり、ドナウ河が広がる。左右に暗く狭い通路が延び、奥へ迷路が続いている。草地に戻り、城壁の傍らの「専制公の門」をくぐった。十五世紀建立、セルビアの中世城郭建築を代表する建造物だ。

堀に架けられた木橋を渡り、振り返って城壁を見上げると、下部に白の大理石で築かれた部分が見える。ローマ帝国軍営都市の時代のものだ。城壁で最古の層だが、技術は完璧で、いちばん精密で美しい。当時、ドナウ河から城壁を見上げたら、純白に輝いていたはずだ。雪の日は、まばゆい光を放ったはずだ。城壁は、さらにビザンチン帝国、セルビア王国、オスマン帝国、オーストリア帝国と、時の支配者が築いた石と煉瓦の層が、微妙に色を変えて重なり沈黙する。

ジンダン門は、中世の要塞の典型的な様式でトンネルの形をしている。樫の木の扉はどっしりと威圧感があり、厚い板は黒い鋼鉄で覆われ、頑丈な鋲が無数に打ちこまれている。ジンダンとは、トルコ語で牢獄を意味するとか。木橋を渡ると、左右に巨大な円筒の塔がそそり立つ。オスマン帝国時代の牢獄、十八世紀にオーストリア帝国がバロック風の装飾を塔の周囲に付し、東西の建築様式が混ざりあう。朝の光に、男の声が聞こえた。右の塔はシートに覆われて足場が組まれ、修復作業が始まっていた。石にセメントを黙々と塗る音が、陽光に響いた。

聖ルジツァ教会

石畳をたどって階段を下りると、深緑の蔦に覆われた石造りの聖ルジツァ教会に出る。ルジツァとはセルビア語で薔薇、生神女マリアを象徴する。十五世紀、ステファン・ラザレビッチ公が献堂したが、今日の聖堂は一八六七年建立、ミハイロ大主教がオスマン帝国時代の火薬庫を聖堂に改築し、以来、セルビア王国軍の教会として祈祷が続けられた。黒髪の若者がただ一人、聖堂で祈りを捧げている。シャンデリアのような、二つの多燭灯を見上げた。第一次世界大戦時、カレメグダンは激戦地となり、オーストリア軍もセルビア軍も多数の犠牲者を出す。戦場に残された薬莢、サーベルなどを集め、クラグエバッツの国立鋳造所で多燭灯、シャンデリアが作られた。敵も味方もなく、すべての犠牲者の霊を悼むために……。

　王門と呼ばれるイコノスタス、大きくはない聖画に見入る。大天使ガブリエルから受胎を告げられたマリアが、淡い橙色の光の中で、神の意志を厳かに受け入れる。もう一枚の聖画では、マリアが膝に幼子ハリストスを抱き、真っすぐにこちらを見つめていた。凛とした優しさ、意志に支えられた従順、清純が静けさに溶けあう。シシャトバッツ修道院長、印象派の画家のラファイロ・モムチロビッチの作品。一九二五年から二十六年の制作だ。ラファイロは、一九四一年にクロアチア独立国のウスタシャに捕らえられ拷問を受けて死に、九月三日に昇天。今日、聖人として記憶される……。天井のフレスコは白系ロシア人の画家の作品、セルビア王家の歴代の献堂者が描かれる。画家は、ロシア革命によって祖国からベオグラードへ逃れてきた。静けさが、歴史の深い傷を鎮めている。イコンを描くとは祈ること、というある司祭の言葉を思い出した。

　聖ルジツァ聖堂を出る。眼前にいちめん、空と水が広がり、サバ川がドナウ河へゆったり流れ込む。樹海にうずもれた中州は、「大戦争島」だ。ベンチに座って、水を眺める。すると年配の女性が、座ってもいいかねと言った。隣にもベンチがあるが、お話したいのだろう。聖堂の傍らで蝋燭を灯し、お祈りをしてきた様子だ。どうぞ、と私。どちらから、と問うと、「一九九四年の内戦で難民になってね、サラエボの近くの村から来たの。今はベオグラードで暮らしている。夫は、七年前に亡くなった。娘は結婚して、孫もいるの。ここには、よく祈りに来る。私ね、ドラギツァ。よろしく」、と彼女。私も名を告げた。初めて会うのに、親族のような人だった。

　階段を下りると、聖女パラスケバ聖堂だ。聖堂の中に清水が湧き出る泉がある。イタリア人の賑やかな家族が、聖堂を前に写真を撮っている。オスマン帝国の支配下では、金曜日だけ、セルビア人が水を汲むのを許されていたと聞く。セルビアでは聖女パラスケバは聖女ペトカと呼ばれ、病気を治す聖女と信じられている。十月二十七日は聖女パラスケバ祭で、聖堂は信者たちで賑わう。第一次大戦前までは土を掘り下げた竪穴式の粗末な聖堂だったらしい。現在の聖堂には、モザイクの聖画が施され、右手の机にプラスチックのビンに詰められた聖水が並び、献金箱がある。時々、水を汲みあげる静かなモーターの音が聞こえる。聖女のイコンの前に、祈る人が並ぶ。大柄な女が、六本のビンを持っていく。私は、二本いただくと外に出た。

聖堂の横の細い坂道を上り、石作りの納骨堂に向かった。鉄格子の窓の向こうに、小さな祭壇があり、花々の刺繍を施した白い布が飾られている。一九一五年、ここを舞台にドイツ・オーストリア軍とセルビア軍は戦い、約四千人が戦死したと記されていた。窓に、蜜蝋の炎が揺れる。気温が上がってきた。さきほどのビンを一本あけ、一息に水を飲む。

ドナウとサバ川が溶けあって

水平線のように長い城壁が続く。ポーランド人らしい物静かな若いカップルが写真を撮っている。階段を上ると、サバ川が青緑のドナウに溶け込むあたりが一望できる。深い息をした。観光掲示板に、伝説の英雄ヤノシュ・フニャディーの説明があった。セルビアではシビニャニン・ヤンコと呼ばれる英雄で、ルーマニア人の貴族だ。ベオグラードがハンガリーの支配下にあった時代、一四五六年七月二十一日から翌日、オスマン帝国軍がカレメグダンに攻めこみ、大激戦の末に、フニャディーの率いるハンガリー軍が勝利する。キリスト教圏を守った戦いとして記憶され、対岸のゼムンにも彼の記念碑がある。だがオスマン帝国は、一五二一年にベオグラードを征服する。ドナウ河に、中世の船が繰り出して戦う、当時の版画を思い出す。「大戦争島」から炎が上がった……。

しばらく歩くと、中世に造られた「ムハメッド・ソコロビッチの水飲み場」に出る。これを築いたとき、地下からローマ帝国の軍営都市の遺跡が出てきたと記されている。何が出土したのだろう。暑い。オリエント風の装飾を施した白い石の水飲み場で、顔と手を洗い、木陰で涼む。一五七六年から七七年に築かれたが、数年前にトルコ政府の援助で修復を終えたばかりで真新しい。そうだ。ムハメッド・ソコロビッチとは、アンドリッチの小説『ドリナの橋』に登場する宰相だ。オスマン帝国の支配下で、人頭税としてイスタンブールへ送られたセルビア人の少年は、イェニチェリとなり、出世して帝国の宰相となり、ドリナ川に橋をかけた……。彼も、ここからドナウを眺めたのだろうか。

左手の草地に、基礎が六角形のオスマン帝国の白い建物がある。オスマン帝国時代のベオグラードの司令官、ダマド・アリ・パシャの墓。一七一六年、ペトロバラディンの戦いで戦死した将軍、と銅板に記されている。弔う人も無く、墓は口を噤む。

ドナウの岸辺へ

中世に築かれたデフトダル門をくぐり、下町へ向かう。石畳はでこぼこで、手すりを伝って下りる。トカゲが、素早く石影に消えた。坂を下りると、高い煉瓦の壁があり、鉄の柵の向こうは大火薬庫の跡だ。十八世紀初頭、オーストリア帝国が築いたバロック建築だが、後にオスマン帝国に移譲、第二次世界大戦中には爆撃され破壊されたものを修復したという。さぞ激しい爆音だっただろう。

城下は、ドナウの岸辺まで草地が広がる。半球を幾つも伏せた屋根のオリエント風の建物は、トルコ風呂の遺跡。数年前までプラネタリウムだったが閉鎖中で、壁には赤や黒のスプレイで落書きがある。地面に、赤煉瓦の欠片が落ちていた。オーストリア時代のものだろうか。若い女が、二匹のシェパードを連れて散歩している。鎖を外すと、犬たちが野原を駆けだした。老犬。何か低い音が唸りはじめた。蜂の大群だろうか。空を見上げると、ドローンが旋回している。城壁で初老の人が操作しているらしい。

小高い丘に、廃墟が見える。ビザンチン帝国時代、八世紀に築かれた大主教座の跡だ。傍らに色褪せた布の看板があり、「この周辺の歩行は危険、自己責任」と英語とセルビア語で書かれている。重要な遺跡なのに、近くに観光案内の掲示板もない。夏草に、廃墟が黙していた。煉瓦は、明るい錆び色だ。三つの窓の残る壁面と六つの窓の残る壁面には、聖堂だった面影がある。傍らに、かなり広い長方形の床が残り、崩れた壁が四方を囲み、大主教座の広間だったらしい。長い食卓とパンを想った。キリスト教の東西分裂の前のものだ。この壁にも赤いスプレイの落書きがある。今は無き聖堂に、蝋燭の灯がともり、薄闇から司祭の詠唱が聞こえる、そんな気がした。

そこから下町の中央に残る「カルル六世の門」まで、草地を横切った。一七一八年から三六年まで、オーストリア帝国の支配下にあった時代に築かれた門は、ベオグラードに残る数少ないドイツ・バロック建築、と案内に記されている。ここも白いシートに覆われ、修復中らしいが、職人の姿はない。門の上部には大げさな花弁などの灰色の装飾が崩れかかり、トンネルの形の門をくぐると、反対側にも野暮な装飾がある。門の向こうに、ハプスブルグ王朝の世界が広がることを象徴したというが、治世が続くのは十八年間にすぎない。ローマ帝国の時代から、ドナウ河の岸辺に貿易港が作られ、サバ川の岸辺には軍港が置かれたという。だが今は、オスマン帝国もオーストリア帝国も滅び、その面影はない。

ドナウ河の岸辺は十年ほど前から建築ラッシュが始まり、新建材を使った焦げ茶の高層ビルが、あたりの情景から浮きあがり、水辺の風景を遮っていく。高級マンションの群だ。ドナウの風景が、急速に変わっていく。携帯電話で話しながら、男が速足で通り過ぎた。大きな樫の木の木陰のベンチに女が休み、乳母車の赤ちゃんに話しかけている。岸辺に向かうと、右手に一階建ての簡素な灰色の建物があった。左右に大きな窓、中央に黒い扉があり、閉ざされている。十九世紀建立、オスマン帝国軍兵士のための食堂、と観光案内にある。セルビア人の蜂起が始まり、巨大な帝国が崩壊していくなかで、オスマン帝国の兵士たちは何を食べていたのだろう。

ネボイシャの塔

　そこから自動車道を渡り、岸辺にどっしりと建つ「ネボイシャの塔」に向かう。中世には、自動車道などなかったはず。ここが、サバ川がドナウ河に注ぎ込む合流点だ。高さ二二メートル、五階建ての八角形の白い塔には、銃口が黒々と開かれている。開館中のはずだが、ガラスのドアは閉ざされ、飲みかけのコーヒー・カップがデスクに置かれている。開館時間も記されていない。ここはセルビア、諦めよう……。十五世紀にオスマン帝国からキリスト教圏を守るために建てられたが、オスマン帝国が征服すると、この塔は牢獄となった。十八世紀末、ギリシャのトルコからの解放を歌った詩人、リガス・ベレスティンリス・フェレオスは投獄され、処刑された。ネボイシャとはセルビアによくある男性の名だが、スラブ系の言語の命令文「恐れるな」に由来し、同じ名の塔がスラブ語圏の各地にあるらしい。リガスは窓からドナウの流れを見つめ、何を想っただろう。ヨーロッパ全域で民族意識が芽生え、ギリシャでもセルビアでもオスマン帝国からの解放運動が始まっていた時代だ。思想は、河のように国境を越えて繋がっていた。

　塔の裏の銅板に、何か記されている。「第二次世界大戦時には、塔のあたりに死体がいくつも流れ着き、漁師たちが葬った。サバ川上流にあったクロアチア独立国のヤセノバッツ強制収容所の犠牲者である」と。強い陽光の中で、私は言葉を失った。そして少女時代を強制収容所で過ごした隣人、ラドミラを思い出した。

塔の傍らから、カレメグダンを見上げる。城壁の下に続く道は、オスマン帝国時代に「瞑想の道」と呼ばれた。中世の武将は、ドナウの流れを見つめ、何を考えたのだろう。パルチザンの英雄、モーシェ・ピアーデもそこに葬られている。ふたたび坂道を上り、古城を出た。優雅で繊細な大理石の階段は、セルビア近代建築に名を残した女性建築家、エリザベータ・ナツィッチの設計。赤い電車に揺られて、家へ帰る。橋を渡ると、大戦争島の辺りから一羽の白鳥が飛び立った。

人形たちの声

バニツァ強制収容所記念館にて

夏の朝、バスでバニツァ強制収容所記念博物館へ向かった。サバ川を渡り、トプチデル公園を通り過ぎる。車窓から、ミロシュ・オブレノビッチ公の館が見えた。セルビアを独立に導いた公の館は質素、カレメグダン要塞から大砲を撃っても届かぬ場所が選ばれたという。坂道を上ると、高い塀に囲まれたセルビア士官学校が現れ、バスを降りた。記念館は、学校の一隅だ。だが、扉は閉ざされていた。開館日のはずだ。通りかかった軍人に訊くと、記念館はベオグラード市の管轄、夏季休業なのでは、と言う。まさか……。

仕方ない。思い通りにならぬ旅もよい。しみじみと記念館の建物を眺めた。入り口は、四枚の高いコンクリートの壁の間に、黒の鋼の柵がはめ込まれ、冷酷な収容所を象徴する。建物の扉の上の高い窓の鉄の格子は、鉄条網を想わせるデザインだ。庭は、白い石と灰色の石が規則正しい模様を描き、訪問者を厳かに待つ……。バスで家に帰った。最初に訪ねた時は、学芸員アレクサンダル・チリッチの丁寧な案内だった。若手の考古学者で、歴史の闇を静かに語った。その時のメモが箱から出てきた。あの日の記録を、ここに記しておこう。

パパへ、ママへ

この建物は、一九三八年にユーゴスラビア王国が第十八歩兵連隊兵舎として建てられ、都心から交通の便もよい。三年後、ナチス・ドイツは兵舎を改築して強制収容所とした。扉、窓、部屋を改修。二十二の大部屋、二つの診療室、二つの警備室、六つの独房。敷地にバラックを増築した。記念館は一九六九年に発足、八三年に建築家スロボダン・ニコリッチの設計で、今日の姿となった。

囚人は政治活動に無関係の者が約六〇パーセントを占め、残りの四〇パーセントが抵抗運動に関わった人々。見せしめのため、芸術家、高名な学者が二百名以上も収容された。十三人のセルビア科学芸術院のメンバーの白黒写真が展示されている。強制収容所には、一九四一年七月九日から一九四四年十月三日まで、絶えず千五百人から三千人が収容されていた。記録に残るのは二万三千六百九十七名、そのうち二千六十七名が女性。また七百九十八名は、嬰児も含めた十七歳までの子供だ。九〇パーセントがセルビア人だが、ユダヤ人、イタリア人、ロシア人、ギリシャ人など十九の民族が囚人となった。農民、職人、画家、弁護士、教師、医師。様々な階層、職業、学者から文字の読めぬ者まで、飢餓、屈辱、恐怖、重労働、死を分け合った……。

ガラスケースには、遺品が展示されている。すべて遺族からの寄付です、とアレクサンダルが言う。白い木綿のハンカチは、刺繍で花束をあしらい、「ママへ」と縫い取られていた。手織りの袋は三センチメートル四方、「パパへ」と赤い刺繍の文字。反ファシズム活動を綴る遺書もある。手巻煙草の白い紙八枚に、細かい文字が鉛筆で書かれた手紙。木綿の布に刺繍の文字、十名の男の名。男の手の拙い刺繍だ。「自由に命を捧げる、一九四四年六月二十日、第一カテゴリー最後の班、死の部屋」と、縫い取られている。鉛筆はなかったろう。政治犯、祖国解放運動の青年たちだ。

　手作りの人形が、いくつもある。子供と一緒に収容された母親も多かったから、とアレクサンダル。小さな木板に、羊毛で羊と羊飼いと柵が作られている。背丈八センチメートルほどの人形は、両手を上げて扇を持ち、白いレースのドレスをまとう。若い工員の人形、民族衣装を着た男の人形。小包の紐で作った手足と胴体、エプロン、愛らしい顔の人形。どれも小さい。約三〇センチメートルの赤茶色のドレスを着た女の子の抱き人形は、黒髪で赤茶色の靴……。乏しい材料で作られ、どの顔も、目鼻が丁寧に縫い取りされ、何かを語ろうとしている。こちらは手作りのチェス盤、コマは配給のパンを噛んで捏ねた、とアレクサンダル。金属の煙草ケースには、バニツァ収容所の建物が釘で精密に彫られていた。極限状態のなかで、物を作って愛する人に贈る者たち。まぎれなく彼らは芸術家だ。

パンとスープ

展示室の壁の大きな素描「収容所、最初の夜」は、黒のコンテで粗末な小包用紙に描かれていた。画家で建築家のアレクサンダル・デロッコの作品。一九四一年秋の知識人検挙で、彼も逮捕された……。大部屋の天井で電球の光の中に、看守らしい四人の男が立ち、四方の壁にうずくまるように、収容された男たちは帽子をかぶり、外套を着てブーツをはいたまま、毛布にくるまって床に横たわっている。床に置かれた小さなトランクがふたつ。眠れぬ夜……。もう一枚は「収容所の昼食」。電球の光に鉄格子で囲まれた廊下が照らされ、帽子をかぶり外套を着た囚人たちが、立ったままで粗末な食事をとる。パンを小脇にはさみスープを食べる者、左手で皿を持ち、右手でパンをかじる者、左手で皿を持ち右手でスープを口に運ぶ者は、パンを食べ終わったのか。鉄格子の向こうで、銃をかかえた看守が見張っている。酷寒、空腹、不安……。届けられた小包の紙に描かれていますが、ご覧のように劣化が激しくて、と学芸員のアレクサンダル。

展示室の大きなガラスケースに、革の肩掛け鞄がある。傷みが激しい。ユダヤ系の女医ラヘラ・ミツィッチの遺品。とても重そうだ。一九四四年五月三十日、四歳の娘と収容され、同年十月一日に二人は処刑された。収容所解放の二日前だ。白黒写真を見つめる。娘は首を左に少し傾けてこちらを見ている。聡明な瞳。母と子は、パルチザンの星のついた帽子をかぶっている。娘の名前は記されていない。

　隣の大きな白黒写真に、身震いした。ベオクラードの目抜き通り、テラジエ通りの高い街灯に、男の死体が吊り下げられている。一九四一年八月十七日、ナチス・ドイツは解放運動に参加した五人の若者を処刑して吊るした。ユーゴスラビア共産党員、仕立屋、靴屋、二人の農夫はパルチザン。「そんなことするとテラジエ通りに吊るされるぞ」と人々は囁きあい、戦時を過ごした……。隣の部屋は、拷問の行われた灰色の独房室。大きな金属の器が置かれたトイレがある。うめき声、叫び……。

　最後の大部屋は、当時の二十六号室を再現する。ガラス窓に小包用紙が貼られ自然光を遮断し、人々から時間の感覚を奪い、空間は電球の弱い光に沈む。粗末な木製の板の寝台、穴の開いた毛糸の靴下、古毛布、壁の漆喰ははがれ、棚にはホウロウの小鍋と皿がある。人々は、ここから強制労働に送られた。カレメグダンの下町が耕作地となり、囚人が農作業をした。

　最後の壁に、処刑された人の名と生没年が、淡い光の中に照らし出されている。これまで四千二百余名の氏名と生没年が判明したが、大戦直後の調査によると、八千七百五十六人が処刑されたのが確認されている。ここからノルウェーやドイツ、オーストリア各地の強制収容所に移送されて処刑された人の名は、永遠に確認できません、とアレクサンダルが言う。私は、仲良しだったゾリツァを思い出した。少女時代に解放運動に参加した人だ。彼女の父は、チャーチャックの弁護士だったが、共産主義者として祖国解放運動に加わり、バニツァからマウトハウゼンの収容所に移送され処刑された。一つの数、一つの名前の重さ……。

九月のゲルニカ

最後に、入口の廊下に展示された絵を観る。これはセルビアのゲルニカです、とアレクサンダル。黒い背景に、裸体の女が六人。両手を後ろに垂れて仰向けに立つ四人、二人は瞳を開き何かを求めるように両手を広げ、右手に鉄格子が描かれる。一九四四年九月、バニツァ収容所は囚人を次々に処刑、外国への移送が増えた。死を予期した二十六人の女性は、それなら抵抗しようと決心し、素手で看守を襲う。集団自殺だ。全員、ただちに銃殺。絵の主題となった事件だ。どの顔も同じ、同じ髪型、同じ体型。全体主義の闇を暗示する。白と灰色と黒、世界は蒼ざめている。画家はミロシュ・バイッチ。パルチザン活動に参加してバニツァに収容され、後にマウトハウゼンに移送され、戦後、生還して創作を続けた芸術家……。

二度目に記念館に行ったのも夏だった。日本から来た社会学者の夫妻をお連れした。私は中へ入らず、夫妻の二人の子供と一緒に、白と灰色の敷石に忙しく働く蟻を観て遊んだ。幼子には、収容所を見せたくなかった。あの日も、青い空が高かった。今日の日のように。

子供と小島

ドナウに浮かぶ大戦争島から

ドナウに会いたい。八月の終わり、大戦争島に向かう。ドナウ河とサバ川の合流地点にある中州だ。右岸からカレメグダン要塞が見下ろし、左岸のゼムンからはガルドシュ要塞が島を見張る。全長約一キロメートル、約二一〇ヘクタール、水位により面積は変わる。一七一七年、オーストリア帝国のサボイ公オイゲンが大戦争島と名付けた。

家からバスで約二十分、ゼムンの「解放埠頭」に着く。岸辺の遊歩道だ。夏は、軍の管理する浮橋が渡され、戦争島まで歩いてゆける。島は二〇〇五年から自然保護区となった。島の水浴場リドは、ユーゴスラビア映画にも登場し、風情がある。

その日は木曜日、専門家が島を案内する日だった。浮橋を渡ると、七十人ほどが集まっている。小学生の孫を連れた年配の男女に混じり、若者もいた。案内役は、環境学研究家のイェレナ。背の高い、金髪の快活な女性。本日の水温は二十四度、水質は良好という。カヨ、と元気な声がして振り向くと、小説家のリュビツァ・アルシッチだ。なかなか来られないから参加したけど、集団で歩くのは苦手なの、ふふふ、と笑う。

樹海へ

楡の木陰で、イェレナが語る。「島が形成されたのは約五百年前。大戦争島は、名前の通り、歴史を通じて戦略的に重要な島で、一五一四年、ハンガリーのラザル・デアカの地図に登場。一五二一年、オーストリア帝国軍がオスマン帝国軍を破ったベオグラード包囲戦の舞台でした……」。十五世紀はオスマン帝国が、十八世紀にはオーストリア帝国が、島を軍事的な拠点とした。一七四〇年の和平条約により、島の半分はオスマン帝国、残りの半分がオーストリア帝国の領土となるが、どこが「国境」だったか定かでない。原生林をどのように分けたのかしら……。一八〇六年はカラジョルジェの率いるセルビア蜂起軍が、島からカレメグダンに向かって大砲を撃ったという。

島にはドナウ河の砂が様々な植物の種を運び、植物相が豊かで、独自の自然体系としてドナウ河で大切な役割を担う。保護区は三つのゾーンがあり、ひとつは研究者以外立ち入り禁止だ。第二次大戦直後は貧民島と呼ばれ、家のない者がスイカや野菜を育て、市場で売って暮らした……。「一九四八年、当時の政府は、島の樹木を建築材料にしようとしましたが、島にはたえず漂砂が堆積し、計画は頓挫します。ドナウ河が島を守ったのです。動物相も豊かで、約二百三十種類の野鳥が棲み、多くは絶滅危惧種。研究家が島を観察しています。動物は、鼠、ビーバー、蝙蝠、蛇、猪、鹿……」。鋭い野鳥の声が、響いた。鬱蒼たる樹木、鳥の巣は見えない。原生林に続く道は、ゆるい上り坂。沼地が広がり、ぬかるむ。春は睡蓮が咲く、とイェレナ。子供たちの後を、杖をつきながらゆっくり老人が歩む。

魚と鳥の卵たち

「棲息する魚は五十六種。島にはガリヤシュと呼ばれる自然の養殖場があり、ここで稚魚が育つ。水鳥の雛もここで孵ります。島の中央を流れる自然の運河で、長さ約八〇〇メートル、幅約三〇メートル、水深二メートル……」。沼地を囲むように柳が繁茂する。魚や鳥の豊かな餌場だ。

「樹木は、空気を冷却する。島は春に浸水しますが、そのまま放っておく。それが自然のサイクルです……」。蛙の鳴く音が響く。柳の他に、イチイ、楡、松やシダも生える。

「島は渡り鳥の休む場所。オジロワシも棲息します。巣は、直径二メートル近くにもなる。冬は様々な種類の鳥の雛が孵り、その数は約五千。雲雀、鷺、白鳥なども島に棲む。でも一九九九年、ＮＡＴＯによる空爆の年に、白鷺のコロニーが消滅した。鳥は環境の変化に敏感。鳥は橋が嫌い。水に振動が伝わるからです……」。空襲警報を思い出す。人だけが苦しんだのではなかった。


説明を聞かず列を離れる者も多く、だんだん人数が減っていく……。「島の面積は、少しずつ広がっていく。ドナウの水位が低くなり、浅瀬が広がりました」とイェレナ。彼女は道の傍らの楡に絡まる蔓草を引っ張ると、みんなに見せた。目立たぬ白い花だ。これは「アメリカのキュウリ(Echinocystis lobata)と呼ばれる北米産の植物ですが、九〇年代に園芸種として輸入され、カフェのテラスなどに植えられると、爆発的に繁殖しました。危険な侵入種です。これが樹木に絡まると、光合成ができず樹木は死ぬ……」。周囲を見渡すと、大樹の幹に「アメリカのキュウリ」が絡みつき、梢は枯れて、今にも倒れそうだ。ああ、と人々の列から溜息が漏れる。説明を聞かなければ、見過ごすところだ。日本では、アレチウリと呼ばれるらしい。

一九五〇年年代に、ゼムン区が島の土地を市民に耕地として貸し出し、島の植生が変わったと言う。現在、農耕は禁止だが、歩いていくと、小さな小屋と菜園があり、老夫婦がコーヒーを飲んでいる。規則違反だ。お爺さんは、にこやかに、こんにちは、と私たちに挨拶する。先を進むと、合歓の木がある。地中海の樹木だが、気持ちよさそうに枝を広げていた。大戦争島が気に入ったのだろう。

小鳥の澄んだ声が、響きわたる。語りかけるような声。グルムシャね、とイェレナが枝を見上げる。日本語ではズグロムシクイ、灰色の小鳥だ。じきに、視界が開けた。草原で少年がサッカーをしている。向こう岸には、社会主義時代のモダンな集合住宅が並び、救急車のサイレンが聞こえる。約二時間、ゆっくり歩いた森の世界は、夢のように終わる。眠りを断たれた子のように、ぼんやり現実界を見つめる。作家のリュビツァは、とうに人の群から去っていた。散策が終わる……。

ふと、思い出した。大戦争島の東の岸辺に、第二次大戦中、クロアチア独立国のヤセノバッツ強制収容所で殺戮された遺体が流れ着いた。その数は約二千体、子供の遺体も多かった。死者の名は不明だから、白い小さな十字架を立て埋葬された。ノビサドの「寒い日々」の大量虐殺の犠牲者の遺体もあったという。だが戦後、社会主義国家ユーゴスラビアは、民族間の友愛を考慮してか、悲しい記録を闇に葬り、共同墓地を撤去した。島の東岸は、ネボイシャの塔の対岸だ。歩いてきた原生林を振り返る。樹海の野鳥が子供の魂であれば、と思った。

若い二人と一緒に、水浴場リドへ出た。砂地は、海みたい。数日前から気温が下がり、誰もいない。彼は靴を脱ぎ、水に入る。彼女は、水に入らない。気持ちいいよ、と彼。彼女は靴を脱がず、微笑んで水際に立つ。陽光は柔らか、ゼムンの丘にガルドシュ要塞がそびえ、水面から白鳥が飛び立つ。

浮橋を渡り、「解放埠頭」に戻った。キューバ人がサクソフォンを吹いている。第一次大戦中の望郷歌「遥か遠く」だった。セルビア兵がコルフ島で歌った歌。そこから、久しぶりにゼムン市場に出た。観葉植物、スイカやプラム、活気あるお百姓の声。路上で、女の人が果物を並べている。もぎたての無花果を買う。よく熟して甘い。バス停まで歩き、帰りのバスを待つ。陽ざしに激しさはなく、夏が終わろうとしていた。

エピローグ

　ドナウ河をめぐる小さな水の旅が、ここで終わろうとしている。旅の記録は、二〇一〇年の秋から、コロナ禍の鎮まりかけた二〇二二年の夏までに紡がれた。思いがけず、東京で体験した二〇一一年三月十一日の東北沖大震災も記し、十二年の旅を織り上げた。

　セルビアを流れるドナウ河の岸辺からは、スメデレボ、ノビサド、クラドボ、ゴルバッツ、レペンスキー・ビル、ソコラッツのビミナツィウムを記した。サバ水系では、ベオグラード、ノビベオグラードとバリェボ、モラバ水系では、ゴロビリェ、クラリェボのジチャ修道院、そしてニーシュ。ティモック水系ではルタニ山、フェリックス・ロムリアーナなどを訪ねた。ドリナ水系では、ターラ山、ラーチャ修道院、ビシェグラード、ラスティシテ村、ラジェビツァ村をめぐった。水の流れをたどって、ボスニアの寒村やルーマニアの町も旅した。セルビア人でも知らないような小さな土地も、そっと織り込んだ。書物を、ドナウ河とサバ川の合流地点にあるベオグラードの大戦争島で結んだ。水はすべて、ドナウ河に流れ込んでいる。ドナウ河は、ヨーロッパ文明の大動脈だ。この流れは、セルビアの地に生きる者たちに、善きものと悪しきものをもたらしてきた。この土地の小説や詩、映画、音楽や歌にもドナウ河は登場する。クストリツァ監督の名作『アンダーグラウンド』も、サバ川がドナウ河に流れ込むベオグラードの水で結ばれる。ベオグラードのドナウの港には倉庫が並び、大型船が停泊して、遠い土地への夢をかきたてる。

　毎日、正午になると、ラジオのベオグラード第一放送からは、ハープの細波のような音楽とともに、ドナウ河沿岸の水位、主たる支流の町の水位が三か国語で報じられる。チェコ、スロバキア、クロアチア、ブルガリアの地名も聞こえる。私がこの町に住みはじめた一九八一年には、この番組がすでにあった。ドナウの支流や町の名が、旧い歌のように響きあう。航行する者たちには、大切な言葉の水先案内だ。地名と水位をセルビア語、ロシア語、フランス語のアナウンスで聞くと、河の情景や船影や空や鳥たちが、目に浮かんでくる。ところで、ベオグラード・ラジオの開局はユーゴスラビア王国時代の一九二八年三月七日。この年は、厳冬でドナウ河が凍り、空から飛行機で爆弾を投下して氷を割ったと言われる。その春は各地で洪水が起こり、ドナウに関する情報が必要となり、開局を予定より早めたと聞いた。

　セルビアを訪れて、紀行記を書いた著名な作家は少なくない。十九世紀前半には、ヨーロッパからバルカン半島を通ってオスマン帝国を訪ねる旅が、当時の知識人たちの間ではやっていたらしい。ラマルチーヌがそうだった。一八三八年に、アンデルセンはドナウ河の船旅に出て、ベオグラードを訪れ、カレメグダン要塞の素描を残している。船からは降りず、対岸のゼムンから描いたという。今はないイスラム寺院のモスクが描かれている。イスタンブールへの旅だったそうだ。セルビア第一次蜂起が失敗に終わり、言語学者ブーク・カラジッチはウィーンに亡命。ゲーテやグリム兄弟は、ブークのドイツ語への翻訳でセルビアの口承文芸を知って感動し、親交を深めていた。アンデルセンの旅にも、ヨーロッパにおける民族意識の覚醒の時代、ロマン主義の時代が背景にある。

今夏のセルビアは、猛暑のためにドナウ河の水位が異常に下がり、船の航行が不可能となった日々もあった。驚いたことに、第二次大戦にユーゴスラビアに敗北したナチス・ドイツ軍が自ら沈めた軍艦が、干上がったドナウ河から何艘も姿を現した。浅瀬の沼地に横たわる廃船が、テレビの画面に映し出された。爆発物が残っている可能性があり、解体作業は慎重に行われると聞く。

三年ぶりに日本に一時帰国して、東京の秋を過ごしている。京都へ旅をして、新幹線の車窓からいくつもの川を眺めた。静岡の安倍川は、川幅は広いが水位は低く、河原が広がっている。大雨が降らないかぎり、河原は乾いている。懐かしい風景に思わず見とれた。セルビアでは、河原が広がる浅い川は少ない。日本独特の風景なのだろうか。冥界を想わせ、どこか神秘的で見えない世界と繋がっているかのようだ。安倍川の水も、どこかでドナウと溶けあっている、と心の中で呟いた。

そういえば、子供だったころ、静岡市小鹿の公民館の拡声器から、農作業を続ける人々に正午を告げる音楽が流された。その一曲は哀調を帯びた「ドナウ河の細波」だった。一八八九年、ヨシフ・イバノビッチ作曲。ルーマニアのテミショワラ生まれ、クロアチア系の作曲家だ。短調と長調が転調しながら、ワルツは続く。悲しみと喜びを織り上げるドナウの水面の光が、私を待っているなど、思いもよらなかった。クストリツァ監督の映画『ドーリー・ベルを憶えているかい』でも、このワルツを少年がアコーデオンで弾いた。

　本書は、よき人々との出会いで織り上げられた。ドナウ河の研究家ドブリラ・ルーキッチからは、数々の参考文献を貸していただき、貴重な助言をいただいた。ノビサドの詩人ブラディミール・コピッル、ニーシュの詩人スターナ・スコチャイッチと夫スロボダン、建築家のシーマ・グーシッチと妻ゴーガ、タ－ラ山の宿の女主人ドラギッツァ、バイナ・バシタのビオレッタ、イェレナ女子修道院長をはじめとする修道女のみなさん、ゲルマン修道院長をはじめとするラーチャ修道院の方々、ロパレ町の詩人スロボダン・ヨビッチに心から感謝する。行く先々で、仲間たちが写真を撮影してくれた。ミラン・トゥツォビッチ、ブラニスラブ・トディッチ、ブラダン・マティイェビッチ、アレクサ・スコチャイィッチ、テオドル・コピツル、ベリボル・ジタレビッチ、山崎萌、山崎久、山崎佳夏子の各氏にありがとう。

左右社の小柳学代表、守屋佳奈子氏、脇山妙子氏、筒井菜央氏、デザイナーの佐野裕哉氏に支えられて、文章は書物の形をまとった。本書の執筆を勧めてくださった編集家今井章博氏、『やま かわ うみ』の編集者、山畑泰子氏に感謝する。山崎洋は、原稿のすべてに目を通した。セルビアの歴史に造詣が深く、数々の貴重な指摘と助言があった。

この書物の出発点である拙著『ベオグラード日誌』（書肆山田）の編集者大泉史世氏は、今春、遠い国へと旅立った。セルビアを代表する画家、畏友ミラン・トゥツォビッチは、二〇一九年八月に昇天した。ラドミラは天国に移り住んだ。三人の名前を、永遠に記憶する。

二〇二二年秋、代沢にて

山崎佳代子

旅のための書物たち

セルビアを訪ねるまえに、あるいは旅のあとで読んでみてください。

山崎佳代子
『そこから青い闇がささやき』ちくま文庫

ユーゴスラビア内戦のなかで、生まれた数々のエッセイ。

山崎佳代子
『ベオグラード日誌』書肆山田

二〇〇一年から十二年間の日々を記した一冊。セルビアの旅の記録も織り込まれている。

山崎佳代子
『パンと野いちご』勁草書房

ユーゴスラビア内戦で難民生活を体験した人々が、食物を通して戦争を語る。巻末にセルビア家庭料理のレシピーが添えられている。

山崎佳代子・文　山崎光・絵
『戦争と子ども』西田書店

一九九九年のNATO空爆の下で、少年だった光が描いたシュールな絵。戦争を体験した子たち、大人たちの言葉を添えた。ベオグラードを歩いたあとの一冊。

ダニロ・キシュ
『若き日の哀しみ』山崎佳代子訳　創元ライブラリ

アウシュビッツに送られ、帰らぬ人となった父を、少年の眼で描く。キシュの抒情的な自叙伝。

ダニロ・キシュ
『庭、灰』（「池澤夏樹個人編集世界文学全集、第二集」所収）河出書房新社

第二次大戦を背景とする少年時代を実験的な手法で描いたキシュの自叙伝。巻末にキシュの人生と作品について解説がある。

イボ・アンドリッチ
『イェレナ、いない女　他十三篇』田中一生、山崎洋、山崎佳代子訳　幻戯書房

ノーベル賞作家アンドリッチの代表作を集めた一冊。バルカン・スラブの光と闇を描いた。本書にも登場する「ジェパの橋」も所収。巻末にアンドリッチの人生と作品について解説がある。

イヴォ・アンドリッチ
『ドリナの橋』松谷健二訳　恒文社

ドリナ川に架かる石橋を主人公とした壮大な歴史小説。本書にも記したビシェグラードを訪ねるときの必読書。

柴宜弘
『図説　バルカンの歴史』河出書房新社

ユーゴスラビア史研究家によるバルカン半島の歴史。図版や写真が豊富で分かりやすい。

柴宜弘、山崎信一
『セルビアを知るための60章』明石書店

セルビアの歴史から料理にいたるまで、さまざまなテーマを分かりやすく解説した一冊。

初出一覧

「地球は震えている」『やまかわうみ』二〇一一年夏　創刊号（アーツアンドクラフツ）
「秋の海、ではなく」『やまかわうみ』二〇一一年春　創刊準備号（アーツアンドクラフツ）
「石、風、火」『やまかわうみ』二〇一一年秋　vol.2（アーツアンドクラフツ）
「村、水、炎」『やまかわうみ』二〇一一年冬　vol.3（アーツアンドクラフツ）
「橋と子供」『やまかわうみ』二〇一二年春　vol.4（アーツアンドクラフツ）
「鳩たちの砦」（「ゴルバッツ、鳩たちの砦」より改題）『やまかわうみ』二〇一二年夏　vol.5（アーツアンドクラフツ）
「廃屋のある情景」『やまかわうみ』二〇一二年秋　vol.6（アーツアンドクラフツ）

本書は、季刊誌『やまかわうみ』（アーツアンドクラフツ）に掲載された右記のテキスト、および左右社noteに連載（二〇一八年十二月四日〜二〇二二年九月九日）したテキストを加筆修正し、あらたに五つのテキストを書き下ろした。「円卓会議の故郷」、「大地は力を尽くして」、「ベオグラード物語」、「人形たちの声」、「子供と小鳥」である。

なお「橋と子供」は、短縮したものを『戦争と子ども』（西田書店）、『パンと野いちご』（勁草書房）に発表したが、このたび『やまかわうみ』に掲載された全文を本書に収めた。西田書店の日高徳迪氏と関根則子氏、勁草書房の関戸詳子氏に感謝する。

山崎佳代子（やまさき・かよこ）

詩人、翻訳家。一九五六年生まれ、静岡市に育つ。北海道大学露文科卒業。サラエボ大学文学部、リュブリャナ民謡研究所留学を経て、一九八一年よりセルビア共和国ベオグラード市在住。ベオグラード大学文学部にて博士号取得（比較文学）。著書に『パンと野いちご』（勁草書房）、『ベオグラード日誌』（書肆山田）、『戦争と子ども』（西田書店）『そこから青い闇がささやき　ベオグラード、戦争と言葉』（ちくま文庫）など、詩集に『黙然をりて』『みをはやみ』（書肆山田）、『海にいったらいい』（思潮社）など、翻訳書にダニロ・キシュ『若き日の哀しみ』『死者の百科事典』（創元ライブラリ）などがある。

ドナウ、小さな水の旅　ベオグラード発

二〇二二年十二月二十七日　第一刷発行

著者　山崎佳代子

写真　山崎萌

発行者　小柳学

発行所　株式会社左右社

東京都渋谷区千駄ヶ谷三丁目五五－一二　ヴィラパルテノンB1

TEL　〇三－五七八六－六〇三〇

FAX　〇三－五七八六－六〇三二

https://www.sayusha.com

装幀　佐野裕哉

印刷所　創栄図書印刷株式会社

ISBN978-4-86528-354-9